光源氏の運命物語

「かたり」から読み解く新しい『源氏物語』

伊井春樹

笠間書院

はじめに──『源氏物語』への招待

語られた世界

『源氏物語』は不思議な作品というほかなく、世に知られてすでに千年もの歳月を経ていながら、今なお人々は光源氏の物語に感動し、魅了され続ける。どうしてこれほどまでに、幾世代もの読者に受け入れられるのであろうか。古典文学の生命の長さとともに、後世への影響の大きさと強さを、あらためて認識せざるを得ない。

『源氏物語』は五十四帖からなる長編物語、その前半四十帖の「桐壺」巻から「幻」巻までが、主人公光源氏の一代記となる。桐壺帝の若宮として誕生し、三歳の年に母桐壺更衣を失い、春宮位に就くことなく、皇族から臣籍に降下して「源」の姓が与えられる。そこからが、源氏の新しい運命物語が展開していく。底流には「母恋い」が重要なテーマとなり、はなやかな恋の遍歴が語られ、多くの女性が登場するが、源氏ははたして心満たされた思いだったのであろうか。

母の面影に酷似するというのが藤壺中宮、しかし父桐壺帝の后だけに、どのように思慕しようとも結婚のかなわない存在である。その代わりを担って登場したのが幼い若紫で、源氏は理想の女性として養育し、紫上と呼ばれるようになる。源氏は准太上天皇となり、六条院の主として栄華をきわめ、絶大な権力を手中にする。そこで物語が終わっていれば、これほど幸運なめでたさはない。ところが朱雀院の女三宮降嫁という、あらたな試練が源氏に課せられる。それは過酷なもので、紫上は悲運の思いのまま病に臥し、四十三歳で命を失い（御法）、源氏は悲痛の思いに沈んで一年余を過ごす（幻）。五十二歳の暮、源氏は新しい年には出家するつもりで準備を進め、

もの思ふと過ぐる月日も知らぬ間に年もわが世もけふや尽きぬる

と歌を口ずさむ。孫の匂宮がはしゃいで走り回る声が聞こえ、人々は新年の準備をしている様子で、外の気配は日常の生活と少しも変わりがない。このようにして、源氏は物語の舞台から姿を消し、新たな人物と事件が宇治に舞台を移して語られていく。

過ぎていく月日とともに、一人の人生が終焉を迎え、残された人々は記憶とともに口にするにしても、やがてそれも遥か昔の話として語られるにすぎない。事実だったのかどうかも定かでなくなり、歴史に埋没してしまいかねない。それでも人々の生活は同じように続けられ、ただ時間とともに人が入れ替わるだけである。たまたま源氏の近くに仕えていた女房が、「このような方がいらっしゃいました」と、数奇な運命に翻弄された人物の生涯を思い出し、ぽつりぽつりと語っていく。うろ覚えもあるだろうし、自分が理想とする姿に解釈し直したところもあるのだろうが、ともかくかつて確かに存在したと、幾日もかけて話をしていく。ある者は共感を覚え、ときには「ひがごと」と反論して異見を述べたことであろう。記録者は、それらを

含め、自らの感懐もまじえて筆記したのが、いま目にする『源氏物語』だという。

源氏の運命

源氏は春宮となり帝位に就く可能性があったとはいえ、父桐壺院の決断によって臣下となった。業平をモデルにしたとされる『伊勢物語』のように、皇族を離れた源氏が、自由の身となり、女性遍歴をする物語に仕立てることもできたはずである。しかし語り手は、恋物語で人々の興味を引き、もう一つの重要なテーマを底に秘め、源氏一族の運命を語ることにした。源氏は政治的な圧力から須磨へ退避し、危機的な窮地に陥りながら、それでも復活を遂げる。たんに物語の興趣を高めるためだけの展開なら、見え透いた作り話として人々から見放されるであろう。語り手は周到な構想のもとに、源氏を通じて新たな歴史を紡ぎ出し、そこにうごめく人間の姿を詳述していく。生きる者の不条理さは、読者の共感を得るとともに、源氏に課せられた運命も理解できるように仕組まれる。はなやかな恋物語とは異なる、もう一つの世界が語られるのである。

桐壺巻は、「いづれの御時にか、女御更衣あたまさぶらひたまひける中に」と語り出され、ひときわ寵愛されたのが桐壺更衣だとする。父はすでに「故大納言」とされるように亡くなっており、母北の方が夫の遺言に従って入内させたという。桐壺院は大納言の遺志を知っており、約束を守ってくれたことを感謝し、生まれた若宮を春宮にしたいと考え、口にまでする。それ以上のいきさつは語られないが、どうして大納言も桐壺院も、身分も高くない桐壺更衣へ、異常な執着を示したのであろうか。このまま推移すれば、一宮（朱雀院）の母弘徽殿大后も、その父の右大臣も黙って見過ごすわけにはいかなくなり、政治的な動乱という不測の事態も生じかねない。桐壺院が悩みぬいた末に下したのが、高麗人の予言を判断の一つとし、若宮を源氏にすることであった。

故大納言は、姫君（桐壺更衣）が生まれるのをあらかじめ知っていたし、入内させることによって将来にわたり一族の栄華の訪れをも知っていた。明石入道の夢による姫君誕生、住吉の神の導きによって源氏と結婚し、生まれた姫君が宮中入りするという構図と重なってくる。さらに、故大納言と明石入道父の大臣とが兄弟であったという事実を知ると、二つの系譜はパラレルな関係にあった。明石君の出生譚、明石入道の執念ともいうべき源氏との婚姻、その語られた秘密は、そのまま桐壺更衣の出生とも重なってくる。桐壺院の廷臣として、将来も嘱望視されていた大納言は、明石君と同じように誕生にまつわる奇瑞を夢に見、生まれるはずの姫君（桐壺更衣）の入内を確約する。明石君の鏡像は、語れなかった桐壺更衣の姿を映し出す。

二つの運命を持つ若宮を、桐壺院は政治的な判断により、皇族に残すことなく、源氏の道を歩ませる。いずれにしても、源氏に災厄の運命が訪れるのは覚悟してのことであった。結果として源氏は都から追放されるように須磨行きとなったが、不可避であったにしても、そのような運命を歩ませたのは桐壺院である。醍醐帝が道真を流罪に処して地獄に堕ちたように、桐壺院も責任として地獄行きとなる。
須磨で源氏に重大な危機が迫ると、桐壺院は地獄から救出に駆けつけ、住吉の神の命のままに明石に赴くようにと諭す。このようにして、源氏の行動は明石入道の長年の祈願とも融合し、まさに予言の通りに一族の繁栄へと展開していくことになる。これが、私の読み解くもう一つの『源氏物語』の世界である。ただ、「めでたし、めでたし」で終わるのではなく、そこから新たな命題が派生していくことは、すでに指摘したところでもあり、それはまた次の課題ともなってくるであろう。

このように、私は物語の「かたり」を通じ、語られていない背景を掘り起こし、これまでにない人物の役割や『源氏物語』の世界の解釈を試みた。あらためて源氏の運命物語として読むと、桐壺更衣も桐壺院も、新しい機能のもとに、これまでとは異なった役割を果たして登場していると読める。複雑な構想が絡む物語だけに、これから展開する私の解釈の手引きになればと思い、序文として添えた次第である。

なお、登場人物名は、原則として最終的に呼ばれた名称を用いた。桐壺帝ではなく桐壺院とし、弘徽殿女御ではなく弘徽殿大后などである。それと引用した『源氏物語』の本文は、「日本古典文学全集」（小学館）、同「新編」を用いたが、私の判断により他本も参照し、句読点、読みの表記なども改めた部分がある。

光源氏の運命物語
――「かたり」から読み解く新しい『源氏物語』――

目次

一　光源氏の須磨での危機

1　桐壺院の出現

暴風雨と落雷

連日の激しい雷鳴と風雨、それに荒れ狂った波浪に、供人《ともびと》たちの恐怖心を払拭しようと、気丈に振る舞ってきた源氏も、さすがに不安な思いと困憊《こんぱい》はどうすることもできなかった。すでに十日余も続く天候の異変に、世の中はこのまま破滅に向かうのではないかと、源氏はふと言い知れない恐れに陥《おちい》ってしまう。このところ見る夢も恐ろしく、得体の知れない「もの」が現れ、「宮からお呼びなのに、どうして参上しないのか」と、暗闇で自分を探すようにうろうろと歩きまわる。源氏ははっと目が覚め、これは海の中にあるという龍宮からの使いなのであろうか、自分を引きずり込もうとしているのではないか、このまま須磨にとどまっていると、身は危険に曝《さら》されるのではないかとの思いがする。それが須磨から一刻も早く離れるようにとのサインだとは、源氏はまったく気づきもしなかった。

「人」なのか「物」なのか、毎夜の夢に出現して源氏にまといつき、呼び寄せようとする。そのような不安な日々を過ごしているところに、都の紫上から、源氏の身を案じての消息が届く。嵐の中を須磨まで必死の思いで歩き続けたのであろうか、ぐっしょりと濡れ、人間とも見えない使者の姿である。日ごろであればおぞましくも思うはずながら、「都から」と聞くだけで親しみまで覚える。都を出て山崎から淀川を下り、難波の港までたどり着いたにしても、そこからは波浪の激しさのため船での航海は無理なだけに、歩いてやってきたに違いない。

使いの者の話によると、都でも異常なまでの暴風雨のため、神仏の怒りの「お告げ」ではないかと人々は恐れ、宮中では国家鎮護の法会《ほうえ》が営まれたという。しかも、建物の倒壊があり、道路は雨で冠水したのか通行もままならず、公卿たちの出仕もなく、政務は事実上とどまってしまう。天変地異かと思われるまでの現象で、「地の底徹《とほ》るばかり氷降《ひ》り」と、土の中までえぐるような雹《ひょう》が激しく地面を叩きつけ、雷の鳴りやまない日がないほどのありさまである。恐怖でひきつった顔をした使者の、ぽつりぽつりと語ることばを源氏は耳にするにつけ、世の終末を覚えずにはいられない。

翌日からさらに天候は激しさを増し、住まいは海辺からすこしばかり陸地の、山に囲まれた場所ながら、岩に砕ける波の音がすぐ近くに聞こえ、空は墨を磨《す》ったような暗闇《くらやみ》、雷鳴はますます轟《とどろ》き渡る。供人も一緒になり、大声をあげて海を支配する住吉の神を始め、もろもろの神仏に祈願するものの、それをあざ笑うかのような雷の激しさ、ついに源氏のいる建物の廊下に落ち、炎とともに燃え上がる。人々は驚愕《きょうがく》で震え、急いで源氏を別の建物に移すというありさまである。身分の上下となくあわてまどい、大きな声を出して泣き叫《さけ》ぶ者もいる。源氏も必死で天地に祈りを捧げ、供人たちは、「私はどんな罪を犯して、このように悲しくつらい報《むく》いに遭《あ》わなければならないのでしょうか。父や母には会えず、妻や子の顔も見ないまま死に行く身なのでしょうか」と、それぞれの思いを胸に抱き、必死になって救いを求める。むしろ年の若い源氏のほうが泣いて訴えたいくらいだが、主人としてはそれができない。自分がうろたえると、供人たちも恐怖におののくことであろう。無実ながら官位を奪われ、都から追放されて須磨へと下る身となり、無念にもこの渚で命を失ってしまうのだろうかと、源氏は悲しみに浸りながら、それでも最後の望みは神仏への救済の願いであった。

巳の日の禊

源氏は身を切られるようなつらい思いを懐《いだ》いて須磨に下ってすでに一年、平穏な日々と風光明媚《めいび》な土地で、都とは異なり政務の煩雑さがないとはいえ、紫上もいない静謐《せいひつ》な環境は、供人を含め帰京の思いを強くしてくる。三月の巳《み》の日となり、こざかしい者が「今日なむ、かくおぼすことある人は、禊《みそぎ》したまふべき」と進言し、いずれも鬱々《うつうつ》とした思いを持っているだけに、海辺に出て厄払いでもしようということになる。「三月の最初の巳の日には、このようにもの思いで悩む者は、お祓いをするものだ」という。簡単な幔幕《まんまく》のようなものを張り巡らし、播磨の国に時に訪れる陰陽師を招き、祓《はらえ》をさせ、舟にやや大仰な人形《ひとがた》を乗せて沖合に流すことにした。形代《かたしろ》としての人形を撫《な》でて災厄を移し、水に流してしまうのである。春の穏やかな波間に揺られながら、少しずつ沖合に離れて行く人形の姿を見るにつけ、源氏は都から遠いこの地に流れ来た我が身の姿と重ねられてくる。

知らざりし大海の原に流れ来てひとかたにやはものは悲しき（須磨）

あの人形は大海原に漂い流れ、これから先どのような運命に翻弄《ほんろう》されるのであろうか、それは今の須磨での我が身の姿と同じではないか、源氏はどうすることもできない現状を、「ひとかた」（「人形」にかける）ならず、あれこれと悲しむしかなかった。凪《な》いだ海の波間に小舟は揺れながら、乗せられた人形は遠くなっていく姿を目にするにつけ、源氏はますます不安な思いに駆《か》られていく。

八百《やほ》よろづ神もあはれと思ふらむ犯せる罪のそれとなければ（同）

我が身は無実でありながら、どうしてこのような悲しみの運命に涙しなければならないのか、八百万《やおよろず》の神も私の今の姿を見て、きっと「あはれ」と思って下さるであろうと、源氏は訴えずにはいられなかった。するとそれに呼応したのか、それまで穏やかだった春の天候は、急に風が吹いて曇り空となり、雨が降り出しそうだと、祓を途中で切り上げることになり、人々は帰り支度をしてあわただしく動きまわる。ところが帰るのも間に合わず雨となり、囲いの幕は風で吹き飛ばされ、白波が立ち、海面は雷鳴とともに白く光ってくる。暴風雨と雷鳴は治まるどころか一段と激しく、車軸を流す雨で土は穿《うが》たれんばかりであった。

夕方になり神仏への祈願の力によるのか、少し小降りとなったとはいえ、今度は源氏の夢に

「そのさまとも見えぬ人」が現れ、「など、宮より召しあるには参りたまはぬ」と自分を探し求めるではないか。源氏は物好きな「海の中の竜王」が、自分を呼んでいるものと解し、うとましい思いがしてくる。このまま須磨にいたのでは、いずれ海中に引き込まれるのではないかと恐れ、「この住まひたへがたく」と、離れたい気持ちになってくる。実は天変による暴風雨は、神の意思表現であり、源氏を明石へ向かわせようとする諭《さとし》でもあった。神としては、怒りであろうが、善導であろうが、その思いを伝えるには、天候の異変によって知らせるのが直截《ちょくせつ》的である。源氏はそうだとは気づかないため、神は夢を通じて得体の知れない「人」を遣わし、「宮より召しあるに」と告げたのである。それでは執拗《しつよう》に源氏に訪れるのを求めた、「宮」とはどこなのであろうか。

源氏が「海の中」の龍王のお召しかと判断したことで、今日では「竜宮」とする解釈が一般的である。その後の源氏の行動は、明石に赴き、明石君と結婚して姫君誕生という栄華への階梯が始まり、「竜宮」などとはまったく関係なく物語は進行する。あれほど怒り狂って猛威を振っていたはずながら、源氏が明石に迎えられると、急に天候が平穏になるというのは、それが正しい決断だったからにほかならない。後に明石姫君が宮中入りするが、その道筋を示すのが、「宮」を暗示することばだったのであろう。

三月の初めから続いた嵐も、三月十三日の落雷による炎上が一区切りついたのか、夕暮れ時になって風は凪《な》ぎ、雨もおさまってくる。空には星がまたたき、月も昇り、吹き荒れた一帯を照らし出す。近くまで打ち寄せていた激しい波も、まだ荒々しさを残しながら遠ざかっていく。「この風がやまなければ、高潮が建物ごと流し去ったに違いなく、これも神のお蔭だ」という声を耳にする。

源氏は朝からの激しい風雨と雷鳴に翻弄され、気を張り詰めて過ごしていたこともあり、さすがに疲れを覚え、思いがけなくも物によりかかってうたたねをしてしまう。ふと気づくと、傍らに父桐壺院が生前の姿のまま立っているではないか。「など、かくあやしき所にものするぞ」と声をかけ、源氏の手を取って引き立てる。

2　桐壺院の告白

地獄からの救出

桐壺院はさらにことばを継ぎ、「住吉の神の導きたまふままに、はや舟出してこの浦を去りね」と、すみやかに須磨の浦から去るように命じる。どこへ行けとの指示はなく、住吉の神の意に従い、舟出してここからできるだけ早く離れるようにと、源氏を引き立てて連れて行こうとする。これまでもたびたび出現し、源氏にまといつくように訪れていた得体の知れない物は、源氏を海中に引きずり込もうとしていたのではなく、実は須磨から出るようにとの、住吉の神の忠告だったのであろうか。

桐壺院が亡くなってすでに三年半近くの年月、病床に臥して弱々しく遺言を繰り返し述べていたイメージはなく、生前と変わらない元気な姿で立って話しかけ、源氏の手まで引き立てる。源氏は父を目の前にし、これまでのつらい日々が沸々《ふつふつ》と脳裏に駆け巡り、うれしさにあふれ、甘えるように悲しかった日々を吐露し、「今はもうこの渚で身を捨ててしまおうと思っています」と訴えかける。その桐壺院の返答は、驚くべき内容だった。

「いとあるまじきこと。これは、ただいささかなる物の報いなり。我は位に在《くらゐ》りし時、あやまつことなかりしかど、おのづから犯しありければ、その罪を終ふるほど暇《いとま》なくて、この世をかへりみざりつれど、いみじき愁《うれ》へに沈むを見るに、堪《た》へがたくて、海に入り、渚《なぎさ》に上り、いたく困《こう》じにたれど、かかるついでに内裏《うち》に奏すべきことのあるによりなむ、急ぎ上りぬる」とて、立ち去りたまひぬ。（明石）

桐壺院は訪れた理由を述べ、源氏がこのまま須磨で身を果てたいとの思いを「あるまじきこと」と否定し、長い人生の中での「ただいささかなる物の報い」に過ぎないので、これを乗り切るようにと厳命する。須磨での自然の猛威による翻弄は、身の破滅に向かう運命かと諦めかけていた源氏の心を、桐壺院は鼓舞する思いもあったのであろう、「ほんの些細な報いに見舞われているにすぎない」と、重大事視しないように強く説き、ともかくこの場から脱出することで次の新しい世界の訪れを示唆《しさ》する。

「須磨の地で身の危機に瀕《ひん》し、死をも覚悟しているようだが、それは罪のせいではなく、生まれながら宿世として受け入れなければならない、いささかなる報いによるものだ」と、過酷な災厄に見舞われた源氏の悩みを慰撫《いぶ》し、安心させようとの思いもあり、桐壺院は現状の真の意義を解き明かす。源氏がこの十日余に味わった手ひどい苦悩は、「いささかなる罪のむくい」にしか過ぎなく、もうこれでそれも果たしたので、後は「住吉の神の導き」に従えという。源氏は「報い」の桎梏《しっこく》から解放され、後は定められた運命に進めばよいことになる。

桐壺院は、最愛の源氏の身を保証する一方では、思いがけない自身の置かれた重大な秘密をも打ち明ける。

「在位中、政務上の過ちはなかったはずながら、不可抗力とはいえ、自分は知らぬ間に罪を犯してしまっていた。今はその贖罪《しょくざい》のため、課せられた報いを果たさなければならず、それを終えるまでは多忙な日々を過ごしており、うかつにも現世の源氏が須磨で苦難に遭遇しているとは気づかなかった。時間的な余裕のなさから、この世の動きを見ることもしていなかったのだが、源氏が死ぬばかりの憂き目に沈んでいるのを目にし、このままでは大変な事態になると、もういてもたってもいられなくなってしまった。そこで遥かかなたの地獄から、海に入り、渚を駆け、やっとここまでたどり着き、源氏に忠告することができた。急いで訪れたため、ひどく疲れてしまったが、ここまでやって来たからには、この機会に宮中の天皇にも申さなければならないことがあるため、これから急いで上京する」

と言って、その場から立ち去ったのである。

この桐壺院の告白は、どのように考えればよいのであろうか。まず驚かされるのは、桐壺院は罪を犯して地獄に墜《お》ちており、その報いによる贖罪を果たさなければならない身になっているということである。「暇《いとま》なくて」とするように、罪科の責め苦の勤めを果たすため忙しく、この世で源氏がどのような運命にあるのか、見る間もないまま時を過ごしてしまっていた。ふと源氏の姿を追い求めると、なんと須磨でひどい目に遭っているではないか。これは助けなければ大変なことになり、源氏の将来の運命が狂ってしまいかねないと、桐壺院はあわてて須磨へ駆けつけたという次第である。

聖帝とも尊崇を受けてきた桐壺院は、成仏して極楽で過ごしているのかと思うと、実はそうではなかったことに、まずは驚かされる。どのような場所か不明ながら、現世で犯した罪の報いにより、日々作業が課せられ、桐壺院はその勤めを果たすため忙しく過ごしていたようである。別世界だけに、現世を見ることもできたようで、源氏の苦しみを知り、住吉の神が須磨から離れるようにと示唆しているにもかかわらず、まったく気づいていない。そこで桐壺院は、自らが出かけて教えなければと駆けつけてきたのだという。与えられた仕事は放棄できるのか、桐壺院が堕ちた地獄とはそれほど自由の効く場所だったのか、などとからかいたくもなってくる。

桐壺院の行動

源氏の災厄は罪によるものではなく、ささいな違《たが》い目による報いにしか過ぎないながら、父の桐壺院は明らかに罪を犯し、その報いによって地獄に堕ち、その地から解放されるまでは、時間に追われるように課せられた勤めに従事しなければならなかった。桐壺院は政務において の過ちはなかったとはいえ、もっともかわいく思う源氏をこのような苦難に追いやった罪があり、それは仕方のないことだったと、今では諦めて地獄での任務に心血を注いでいるのだという。ただ地獄からでも、現世の人々の姿を見ようと思えば透視することができる。桐壺院は死後思いがけなくも地獄行きとなったとはいえ、病床で綿々と源氏や朱雀帝に言い残したことばが、果たして右大臣や弘徽殿大后の政権のもとで堅持されているかどうか、不安な思いを懐き続けていた。往生していれば悟りを得てこの世への執着心も失せるのであろうが、地獄にいる桐壺院はまだそこまで心を澄ませることができない。

桐壺院の説明から、地獄の恐ろしさは実感として伝わってこず、現代的な表現をすると、あたかも刑務所に収監され、刑期の終えるのを待つ身のようなイメージさえもしてくる。地獄は異次元な世界だけに、人々の生きているこの世のすべてを知覚し透視する能力が備わっているにしても、桐壺院は罪を償《つぐな》う日々の生活だけに、源氏の姿を求める時間的な余裕もなかった。気がついて現世を振り返って見ると、源氏は大変な災難に見舞われ、命にもかかわる状況にまで追い込まれていた。源氏が世をはかなみ、自棄的な思いにでもなると、将来の運命が狂ってしまいかねないだけに、「これは、いささかなる物の報い」にしか過ぎないと緊急に知らせ、本人の自覚を促す必要があった。

日々課せられた勤めを果たすため、時間的な余裕もないと口にする桐壺院ながら、地獄を留守にしてこの世に駆けつけることはできたのであろうか。地獄を支配する鬼たちに、緊急の事態が生じたと願い出て、特別の許しを得ての訪れだったのかと、冷かし気味のことばを投げかけたくなる。それに地獄はどこにあったのか、「海に入り、渚に上り」と、海岸沿いを疾駆して須磨へと嵐の中を救助に訪れたというので、方角としては西のかなたのようでもある。「故院ただおはしまししさまながら立ちたまひて」と、桐壺院は病床のやつれた姿ではなく、在位中のイメージで源氏の枕元に立つ。束帯《そくたい》か直衣《のうし》を身にまとっていたはずで、海に入って濡れているのかどうか、などとさまざま荒唐無稽気味な想像をしてしまう。

桐壺院は、生身《なまみ》の人間ではないはずながら、現世の急変に対応するため、道もない海に潜り、海辺を走って来たため、ひどく疲れてしまったと、きわめて世俗的なことばを口にする。桐壺院は霊魂になっても飛翔《ひしょう》するという手段は持たず、人間と同じような肉体を駆使する必要があったのであろうか。ここまで駆けつけたため「いたく困《こう》じにたれど」と、ひどく疲れてはいても、桐壺院は休息するわけにはいかない。忙しさを振り切って現世にもどってきた重要な用件は、源氏の難儀からの救出と、もう一つの任務は朱雀帝への諫言《かんげん》であった。病床の身にありながら、見舞いに訪れた朱雀帝に、桐壺院は源氏を護るようにと縷々《るる》訓戒したはずなのに、それを果たしていない現実を叱咤し、原状への回復を命じる必要がある。

死者の魂といっても瞬間移動はできなく、地獄から駆けつけるには、それなりの時間を要し、陸海を駆けるという異常なまでの身体能力を保持する一方では、持続は疲労をもたらすという肉体でもあった。桐壺院は、「その罪を終ふるほど暇《いとま》なくて」と言い訳を口にしながら、地獄の持ち場から自由に離れることができたのか、特別待遇の身にあったのか、ささいなことばからいくらも疑問が生じてくる。桐壺院は疲れた身を奮い立たせて都に上り、朱雀帝の夜も更けた夢に現れて睨みつけ、源氏への処遇の不当さを激怒する。その後の桐壺院は、須磨を経由したかどうかはともかく、海辺に沿ってもとの道をたどって地獄へと戻り、課せられた贖罪を果たす作業に就いたはずである。

3　源氏の危機的状況

藤壺の出家

源氏の庇護者であった桐壺院が崩御すると、それを待っていたかのように兄の朱雀帝を擁する右大臣・弘徽殿大后《こきでんたいこう》方は権力を強め、逆に政権の中枢を占めていた左大臣方の人々は、急速に逼塞《ひっそく》した状態に追いやられてくる。朱雀帝は、父桐壺院から厳命された遺言に従い、源氏をいとおしく思って庇護しようとしたところで、若うおはしますうちにも、御心なよびたるかたに過ぎて、強きところおはしまさぬなるべし、母后《ははきさき》、祖父大臣《おほぢおとど》とりどりしたまふことは、え背かせたまはず、世のまつりごと、御心にかなはぬやうなり。（賢木）

と、まだ年も若く、もともと穏やかな心の持ち主だけに、母弘徽殿大后や祖父右大臣がすることには強く反対もできない。「若うおはします」とはいえ朱雀帝はすでに二十六歳、老練さはないとはいえ、若さを強調することによって、自分なりの政治方針はありながら、逆らえず権力を委《ゆだ》ねる結果になったと、釈明せざるを得なかった。ここで目障《めざわ》りになってくるのは源氏の存在で、桐壺院から春宮《とうぐう》の後見人として定められているだけに、このまま時が推移して新しい天皇の誕生となれば、権力は再び右大臣方から左大臣へと移譲されてしまいかねない。朱雀帝という重要な駒《こま》を手にしている右大臣一派にとって、権勢を持続し将来の基盤を固めるのは今の時期しかないだけに、源氏をじわじわと追い詰め、政治的にも無力化をはかっていこうとする。あわよくば今の春宮を廃し、源氏の権力の及ばない人物を春宮に立てることだって可能で、そのためには世の人々が反論のできないような口実を設ける必要がある。

圧力は源氏だけではなく藤壺中宮にも及ぶにつけ、桐壺院から春宮の将来を託された遺言があるとはいえ、即位しても母后としての権力を行使する意図などはないとの意思表明をし、現下の危機的な政治状況の判断のもと出家の決意をする。俗世から身を引くことによって、藤壺中宮は春宮の存立を源氏の力に委ねようとする。源氏と結びついた今の春宮ではなく、右大臣方が制御できる人物を新しく立てようとの、不穏な動きが背景にあったのであろうか。当初からの構想だったのかは不明ながら、後の宇治十帖にいたって、桐壺院の八宮《はちのみや》（源氏の義弟）がその候補にあがっていたと記され、計画は存在していたという。意志薄弱な性格の八宮だけに、右大臣勢力に取り込まれていたのは確かなようで、源氏が早く帰京して権力を掌握するにいたったため、擁立計画は頓挫《とんざ》してしまう。

桐壺院の諒闇《りょうあん》も明けた翌年一月の人事において、藤壺中宮周辺の人々にはまったくの配慮もされず、当然あるべき昇進の加階《かかい》も無視されるありさまであった。藤壺が出家したとしても、中宮に支給される収入まで停止になるという、あろうはずのない嫌がらせが続く。藤壺中宮は仏門に入ったことを後悔する折もありはするが、今は我が身を無にし、ひたすら春宮の安泰と、源氏との秘事を秘匿《ひとく》し、仏に罪の許しを乞うしかない。

右大臣方の圧力は源氏に仕える人々にも及び、人事等を見てもあからさまなやり口である。当然のことながら、魔手は桐壺治世を支えた左大臣にも延び、

左の大臣《おとど》も、公私《おほやけわたくし》のひきかへたる世のありさまに、ものうくおぼして、致仕《ちじ》の表《へう》たてまつりたまふを、帝は、故院のやむごとなく重き御後見《うしろみ》とおぼして、長き世の固めと聞こえおきたまひし御遺言《ゆいごん》をおぼしめすに、かひなきことと、たびたび用ゐさせたまはねど、せめてかへさひ申したまひて、籠《こも》りゐたまひぬ。（賢木）

と、逼塞《ひっそく》せざるを得ない状況に追い込まれる。左大臣の位は名ばかりで、宮中ではもはや居場

所もないありさまとなり、鬱屈した思いのまま辞表を提出する。左大臣は政権維持の要《かなめ》であり、大切にするようにとの父桐壺院の遺言でもあっただけに、朱雀帝は辞意を認めようとしない。ただそれも形式的なやりとりで、右大臣や弘徽殿大后の権力の前には、朱雀帝の意向など意味がなく、左大臣は無理に辞退（「かへさひ」）し、そのまま家に閉じこもることになる。

朧月夜への通い

源氏の身辺は政治的な監視のもとに、徐々に厳しさを増し、もっとも危険な藤壺中宮との密通によって生まれた春宮の素性さえも、穿鑿《せんさく》されかねない状況が生まれつつある。その秘密は守り通したとしても、権力者側からは難癖《なんくせ》を何かとつけてくるであろうし、ささいな疑惑が生じようものなら、それで源氏の運命は決しかねない。そこで源氏が秘策としたのは朧月夜との関係を前面に出し、藤壺中宮との関係はあくまでも隠蔽《いんぺい》するという、いわば身を切る覚悟で注意を逸《そ》らせる作戦であった。

朧月夜を朱雀帝に入内させる予定だったにもかかわらず、源氏が密かに通じて阻害したというのが、右大臣側の言い分の根拠であろう。理由は明らかにされていないが、理不尽なことにも源氏は無位無官の身となってしまった。須磨の暴風雨に遭遇し、神仏に祈誓したことばに、「天地ことわりたまへ。罪なくて罪に当たり、官位を取られ」とするのは、このことを指している。よしんば源氏が朧月夜と密かに逢瀬を重ねていたにしても、それはあくまでも一人の女性としての出逢いであり、入内《じゅだい》して女御などと呼ばれる公的な女性との関係ではなかった。相手が女御などであれば、源氏は大罪に処せられても異議を唱えることなどとてもできるはずがない。

源氏の身辺にはさまざまな噂が飛び交い、ある筋からの情報によると、「遠く放ちつかはすべき定め」（須磨巻）が、天皇の命によって近く発布されるという。源氏を流罪《るざい》に処すという決断のようで、もっとも遠い国になると伊豆や佐渡、土佐といった国々がある。かつて小野篁《たかむら》は嵯峨上皇の逆鱗《げきりん》に触れ、官位剥奪の上隠岐の島へ流罪となった。理由は何とでもつけられるのが権力者の常套《じょうとう》手段であるだけに、国政の最高機関である太政官《だじょうかん》のもとで審議されているとなると、その実現の可能性は大きいであろう。構成するのは大臣や大納言、中納言、参議など、中には源氏に心を寄せる者たちもいたに違いないが、今の政治的情勢から、源氏は寡黙にならざるを得ず、議決された案件が天皇に奏上されると、ほぼ決定して執行されてしまう。このような情報も、心ある者から密かにもたらされたに違いない。源氏としては処分を甘受し、安閑《あんかん》としているわけにはいかなく、さまざまな手立てを講じたはずである。

右大臣は、娘であり弘徽殿大后の妹でもある朧月夜を、いずれは朱雀帝の後宮へ入れ、政権をさらに確固としたものにしようと考えていた。そのように将来像を描いていたにもかかわらず、源氏との関係が露見し、右大臣方は悔《くや》しい思いながら皇妃としての入内は諦め、尚侍《ないしのかみ》としての宮中勤めをさせることにした。内侍司《ないしのつかさ》は天皇に近侍する重要な女官の役所、その長官の尚侍は皇妃に準じた扱いでもあった。右大臣方は、女御としての入内は果たせなかったものの、ほぼ同じ待遇だけにこれでひとまず安心との思いであった。その朧月夜尚侍と源氏は宮中で密かに出会っており、病気になって右大臣邸に退出すると、大胆にも源氏は毎夜のように忍び入って逢瀬を重ねていたというのだ。何とも警戒のおろそかな屋敷と言うほかなく、これは花宴の夜、弘徽殿の三の口から源氏が忍び入り、朧月夜と初めて出会ったという不用心さとも通じてくる。源氏の夜な夜なの訪れを、一部の女房は知ってはいたが、右大臣に報告するとかえって厄介なことになると、口をつぐんでいた。

ある激しい雷雨の夜、明け方近くになってやっと小降りになる。右大臣は朧月夜が恐ろしく思っているのではないかと気になり、あわただしく部屋を訪れ、「いかにぞ」と御簾《みす》を引き上げると、そこに男が平然としている姿を目にしてしまう。右大臣はその男が源氏と知り、落ちていた源氏の手紙も手にし、すぐさま弘徽殿大后のもとに赴いて不満をぶちまける。このような経緯から、日ごろ目障りに思っていた存在だけに、弘徽殿大后はこれを聞き、「ことさらに軽《かろ》め弄《ろう》ぜらるるにこそは」と、愚弄するのも甚だしいと怒りは抑えられず、このついでに「さるべき事ども構へ出でむに、よきたよりなり」と、源氏の追い落としを画策することになる。

このことばからすると、源氏の処分を考えながら、決定的な根拠もないだけに、どのようにすればよいのか考えあぐねていたと知られる。ところが今夜の行動は我が家への侮辱であり、女官としての尚侍との密会は罪にならないにしても、謀反を企てていたと騒ぎ立てる理由にはなる。権力を手中にした者にとっては、政敵を追い落とす理由はいくらでも作り出すことができる。源氏はこのような情勢を知り、一旦は都から退散するのが最善の策と思考するにいたったのである。

4　御陵における桐壺院の姿

藤壺中宮の身のふり方

源氏が藤壺中宮を恋い慕う気持ちは、桐壺院崩御後もますます狂おしくなるばかりで、彼女にとっては身の置き所もない思いであった。桐壺院の重鎮として仕えていた左大臣は、かつて葵上を朱雀帝（当時は春宮）に入内させなかったことを、弘徽殿大后はいまだに恨みに思っていた。右大臣の狙いとしては、葵上を朱雀帝へ入内させ、皇子でも生まれるといずれは春宮に立てることができる。そうなると、左大臣の血筋ではあるとはいえ、権力は右大臣がすっかり掌握することができるとの目算があった。左大臣はその申し出を断り、まだ幼い源氏を婿に迎えただけに、かねがね弘徽殿大后としては腹立たしい思いを持っていた。

桐壺帝は若宮を臣籍に下して「源氏」にしたのは、将来における政権の中枢に据えるためで、祖父も母親もいないとなると、有力な後見人が必要であり、右大臣の勢力と対抗するには左大臣が最適との思惑もあった。そのような経緯もあり、右大臣とはもともと良好な関係でもなかった上に、桐壺院崩御後の政治状況の窮屈さもあり、左大臣はますます宮中へ出向かなくなってしまう。かつての左大臣は、桐壺帝の信頼のもとで自分の思い通りの政務に励むことができたとはいえ、今ではすっかり右大臣が権力を持ち、思うにまかせない世の訪れとなってしまった。

桐壺院の崩御後三条宮に退出した藤壺中宮は、参内して冷泉春宮にしばしば会いたいと思いながら、宮中はこれまでと異なってよそよそしい雰囲気に包まれる。かといってまだ六歳の幼い春宮を、母親のいない宮中に残しておくわけにはいかない。孤立した春宮の頼りは源氏しかいないのだが、宮中に出かけると自分を求めて迫ってくるだけに、その姿が見られでもするとすべての運命が狂ってしまうと、恐ろしさに苛《さいな》まれる。

源氏の狂おしいまでの恋情に、藤壺中宮は驚きと悲しみにおののき、桐壺院がまったく気づかず命を終えたことが、今さらながら安堵《あんど》する一方では、我が身の犯した罪の深さに胸の潰れる思いでもあった。絶対に隠し通さなければならない秘密、それは春宮が源氏との逢瀬《おうせ》によって生まれた密通の子だということである。そうでなくても、源氏との関係を疑い深く注視する人々の多いこの頃だけに、少しでも噂が立てば身の破滅となり、春宮や源氏の地位にも累は及びかねない。「どうか源氏の、我が身への恋心がなくなりますように」と、藤壺中宮はひたすら祈るしかなかった。

どのように女房たちをたばかって源氏がもぐり込んだのか、藤壺中宮の寝所に近づくという、あまりにも無体なことが生じてしまう。藤壺中宮は必死に難をのがれ、胸の痛みの苦しみ訴え、源氏はそのままどうすることもできない。藤壺中宮の病気と知った人々が訪れてくるため、源氏は抜け出すこともできなく、納戸としても用いる塗籠《ぬりごめ》の部屋に隠れざるを得なくなってしまう。翌日も一日その場にとどまり、人の少なくなったところで源氏は抜け出て、再び藤壺中宮に思慕の情をうち明ける。藤壺中宮はひたすら抵抗し、その翌朝になってやっと源氏は悲しみの思いを残して屋敷を離れていった。このようにして、藤壺中宮は桐壺院の一周忌の法要の後、つらい決断ながら出家の身となったのである。

かねて桐壺院は、春宮の安泰をはかり、いずれは即位させるようにと繰り返し遺言し、政治的な後見人には源氏、補佐役としては母親の藤壺中宮を頼りにしていた。しかし源氏の恋着がやむことなく、先夜のような危なっかしいふるまいが噂として漏れ出ようものなら、たちどころに藤壺中宮は過酷な運命に曝《さら》されるだけではなく、春宮の身さえも不安定になってくる。その恐れは想念だけではなく、現実に起こる可能性もあり、しかも桐壺帝に入内した藤壺中宮が、弘徽殿女御を飛び越して中宮になったことを、いまだに恨みにしている。今でこそ朱雀帝の母后と呼ばれるとはいえ、桐壺帝にもっとも早く入内した身でありながら、身分は女御のままであった。個人的な憎しみもあり、源氏との密事が知られようものなら、「戚夫人《せきふじん》の見けむ目のやうにはあらずとも、必ず人笑へなることはありぬべき身にこそあめれ」と、恐ろしさに震えおののく思いでもある。

これについては、少しなりとも解説を加える必要がある。『史記』によると、紀元前の前漢の高祖劉邦《りゅうほう》は、呂雉《りょち》皇后よりも戚夫人《せきふじん》を寵愛し、その子趙王《ちょうおう》の立太子まで考えていた。高祖の没後、呂雉皇后は子の孝恵《こうけい》を即位させ、戚夫人と趙王を積年の恨みとばかり死罪にするのだが、とりわけ夫人に対してはおぞましいまでの残虐な方法がとられた。『源氏物語』の基本構想は、中国の歴史に依拠しているのではないかと思われるほどの類似性を示しており、藤壺中宮にとっては弘徽殿大后から虐殺されないまでも、それに類した災厄が身を襲い、春宮位も抹消されかねない危惧の念を抱いたというのである。

早くから構想されていたのかどうかは明らかではないが、先にも述べた宇治十帖における説明によると、弘徽殿大后方では、冷泉春宮を廃し、源氏のずっと年下の八宮《はちのみや》を擁立しようと画策していたとする。八宮は右大臣方の操り人形となって春宮候補となっていたとはいえ、源氏の帰京が早まったことからあえなくも計画はついえ、結果として政権から見放され、その後は悲しい運命に翻弄されて宇治の地に逼塞《ひっそく》するにいたったことは、七十年ばかり後の物語として語り継がれ

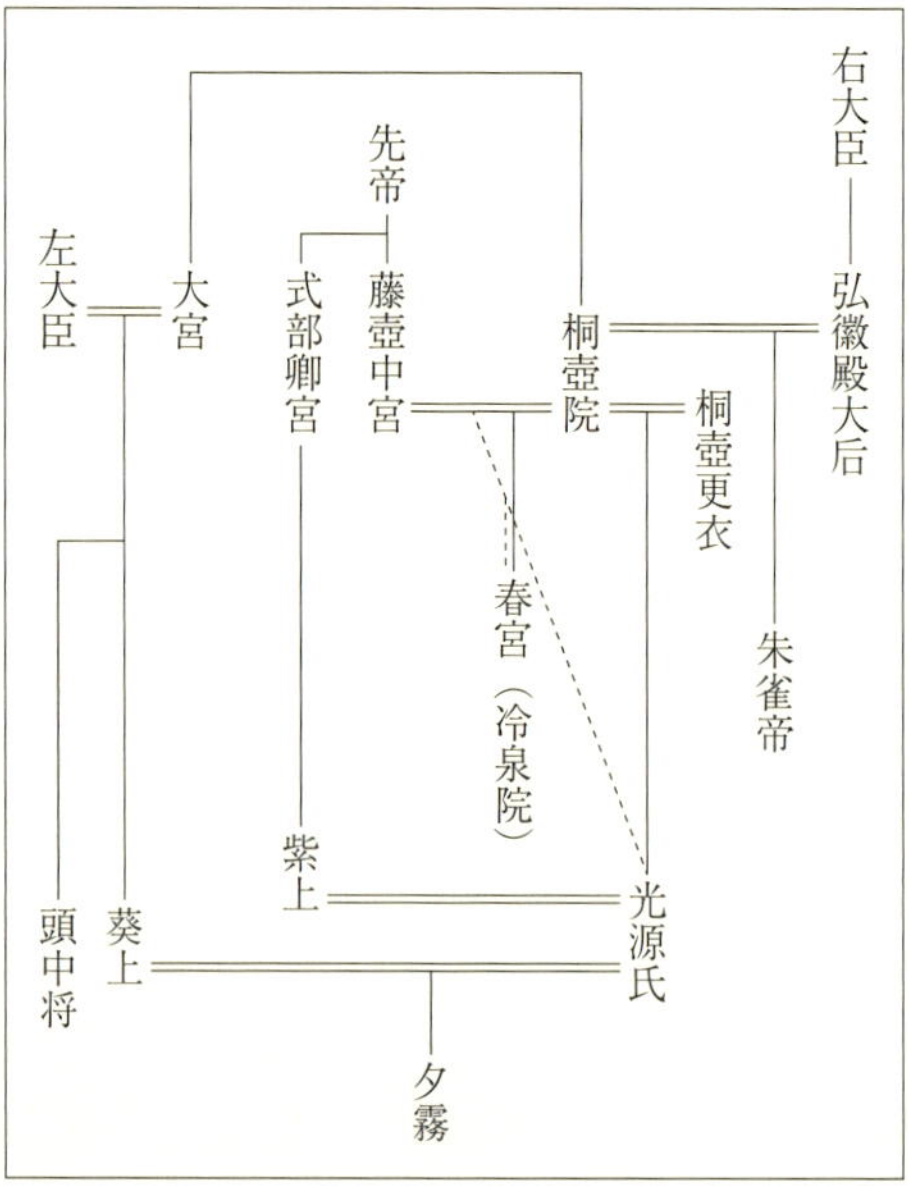

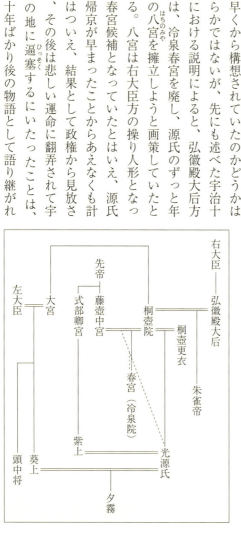

ていく。

藤壺中宮と源氏との不義の関係が明らかにされないまでも、このような今の春宮を退位に追い込もうとする政治的な陰謀は密かに進行していたはずである。桐壺帝が退位した後にも、左大臣の下位に甘んじて耐え忍んできただけに、右大臣方はやっと手にした権力を、むざむざ源氏に返納するような思いはなかったことであろう。藤壺中宮としては、この危機から抜け出るためにも、出家の道に赴《おもむ》かざるを得なかった。

桐壺院の出現

源氏が宮中から帰りかけると、右大臣の孫にあたる頭《とう》の弁が、「白虹《はくこう》日を貫《つらぬ》けり。太子畏《お》ぢたり」と、これまた『史記』の一節を聞こえよがしに口ずさみながら通り過ぎる。燕《えん》の太子丹《たん》が、秦《しん》の始皇帝《しこうてい》の暗殺を企て、刺客として荊軻《けいか》を遣わしたところ、白い虹が太陽を貫くのを見て、計略の失敗を恐れたという故事である。「源氏が起死回生のため、謀反を企てたところで、うまくいくはずがない」と、皮肉めいたあてこすりにしか聞こえない。源氏がむきになって抗弁でもしようものなら、人口に膾炙《かいしゃ》した詩句の朗詠にすぎないと言われるのがせいぜいで、いきり立ちでもすると、かえって嫌疑がかかってしまいかねない。追い詰められている源氏は、何か事を起こすのではないかという噂が立っていたのかも知れないが、不用意に動こうものなら、むしろそれを口実に弾圧してくるのは必至のなりゆきでもあった。

藤壺中宮が出家し、左大臣は閉じ籠ってしまったとなると、春宮を護るのは源氏だけとなり、身辺は安穏な状況にない。それに朧月夜とのかかわりで、右大臣や弘徽殿大后が激怒し、「遠く放ちつかはす」評定がなされていると聞くにつけ、源氏のなしうる方法は、「今の政権に異心は持っていない」という意思表示をする以外になく、そのためにも都から離れて許されるまで謹慎することであった。「わづらはしうおぼし乱るることのみまされば」（花散里）と不穏な空気が漂う中、源氏はあえて後見すべき春宮を放置してまでの須磨行きの決断であった。なまじ春宮にかかわることは、擁立に拘泥しているのではとの嫌疑がかけられるだけに、ことさら無視する態度を示したとも考えられよう。

　源氏は密かに人々へ別れを告げ、出立する前日の夕暮には、北山の桐壺院の御陵を訪れ、離京の報告をする。夜更けから暁にかけてやっと顔をのぞかせた月明かりのもと、誰にも気づかれないようにと、五六人の供とともに馬で出かける。賀茂の社を参拝し、桐壺院の葬られた山に向かう。源氏はさまざまなことを涙ながら亡き父に訴え、もはや遺言も守られなくなってしまった現状を縷々《るる》と語りかける。

「御墓は、道の草茂くなりて、分け入りたまふほど、いとど露けきに、月も隠れて、森の木立、木深く心すごし」（須磨）と、墓までの道は、生い茂った草をかき分けて進まなければならないほどで、月も雲に隠れ、木々の暗闇はむなしさでさむざむとした思いもする。権力が移譲すると、直前の帝の静かに眠る場所とて整備されることなく、無残にも放置されてしまっている。

権力の冷酷さが、この描写によって示されているのであろうか。

源氏はこの場から離れがたい思いのまま参拝していると、そこに「ありし御面影、さやかに見えたまへる」と、暗闇の中に桐壺院の姿が浮かびあがるではないか。桐壺院は無言のまま、源氏の立ち去る姿を見守るしかなかったのであろう。

桐壺院はどのような表情をして源氏の前に出現したのか、月が雲に隠れたのが象徴しているように、不安な思いを懐きながら、須磨に行くといっても、今はどうすることもできず、これが「いささかなる物の報い」と理解するしかなかったのであろう。それが須磨では大変な災難に遭遇するとは、桐壺院もそこまでの予想はつかず、注視することもないまましばらく時が過ぎてしまった。

須磨の暴風雨の後に姿を見せた桐壺院の語るところによると、あの世では罪ほろぼしをしていて暇がなく、「この世をかへりみざりつれど」と、しばらく源氏の姿も追い求めることをしていなかった。気がつくと、源氏が災厄に遭遇して難儀していると知り、これは救出しなければならないと駆けつけてきたのだという。桐壺院は、須磨からの脱出を指示するとともに、「このついでに急いで都へ向かう」と立ち去ってしまう。源氏は恋しい父院を目にし、後を追いすがるように求めた場面で目を覚ますと、そこには人の影はなく、暴風雨の治まった空には「月の顔のみきらきらとして」と、明るく輝く月を目にするだけだった。桐壺院はやっと憂いを晴らすことができたとの晴れ晴れしい思いが、月の輝きによって表現されているのであろう。

須磨巻での桐壺院の語ることばによると、「海に入り、渚に上り」と、遠い道のりを経て訪れたことを告げていたが、御陵で姿を見せた折も、同じように源氏の身を心配して駆けつけたのであろうか。地獄からでも姿だけは、この世に投影することができたのかどうかは明らかではない。桐壺院は在位中に罪を犯し、地獄でその償《つぐな》いを果たさなければならず、現世をうかがう時間もなかった。そのため源氏が須磨で死に瀕するほどの難儀をしているとは知らず、危機に陥っているのにやっと気がつき、助けなくてはとあわててやって来たのだと言明していた。御陵で見せた姿と、救出しなければと夢に現れた姿との整合性を求めるのは、物語の虚構性から邪道なのかも知れない。源氏を助けるためにとった行動の具体的な内容と、御陵での姿とは、どうしても齟齬《そご》を感じてしまう。

これらの経緯をあえて解釈すると、桐壺院は地獄に追放され、その地で課せられた責務を果たしながら、必ずしも拘束されているわけではなく、自分の意思でこの世に戻る特権を有していた。やや奇異なことながら、地獄にいながら現世を望見して救済するとか、逆に六条御息所のように恨みを晴らそうと物の怪となるなどの能力は保持していた。『往生要集』の往生思想からすると、地獄はおどろおどろしく、抜け出るには永劫《えいごう》の時間を要し、現世に駆けつけるのは不可能な空間と思われがちである。ただ平安貴族にとって、仏道で強調されるほどの、過酷な地獄行きは深刻に受け止めていなかったようでもある。むしろ地獄の恐ろしさを想像する以上に、極楽への親近感のほうがまさっていたとされる。『源氏物語』の地獄も、そのような貴族仏教の背景のもとに生み出され、桐壺院のいた地獄もそれほど恐怖に満ちた世界ではなかったのかもしれない。

二　源氏の須磨行きの決意

1　源氏の寂寥

藤壺中宮への恋慕

源氏が左大臣の一人娘葵上と結婚したのは、元服した年の十二歳であった。葵上は十六歳という年上だけに、幼さの残る源氏を見るにつけ、自分には似つかわしくないと思わずにはいられない。それに源氏のもっぱらの関心は、母として慕う五つ年上の藤壺中宮に向けられていた。源氏は皇族を離れて臣下として「源《みなもと》」の姓を名乗っているとはいえ、父の桐壺帝はいつもそばに置いておきたいかわいがりようで、母桐壺更衣から伝領した二条院へ気楽に退出することもできない。そうなると思うままに婿君として左大臣邸へ訪れる足も自然に遠のき、気位の高い葵上との心はますます離れていくばかりとなる。

左大臣としても、すっかり成人しているわけでもない源氏の姿を目にし、仕方がないと思いながら、それでも婿君としての訪れを強く求めざるを得ない。父の溺愛、左大臣の遠慮、源氏の藤壺中宮への思慕と、いくつもの要素が重なり、葵上との心は隔てられてしまっていた。

『源氏物語』の書き出しは、あまりにもよく知られているように、

いづれの御時《おほん》にか、女御更衣《にょうごかうい》あまたさぶらひたまひける中に、いとやむごとなき際《きは》にはあらぬが、すぐれて時めきたまふありけり。はじめより我はと思ひあがりたまへる御方々、

めざましきものにおとしめそねみたまふ。（桐壺）

と、桐壺帝による、源氏の母桐壺更衣の寵愛ぶりから語り始められる。桐壺帝の後宮《こうきゅう》には大勢の女性たちが入内していたにもかかわらず、その中でもひときわ桐壺帝のお気に入りは、身分もそれほど高くない桐壺更衣であった。いずれの女性たちも、自分こそは帝からもっとも大切にされたいと思うのが当然のことながら、いつも一人の女性だけに愛が注がれるとなると、多くの女御や更衣たちは心穏やかでない。そうなると陰湿ないじめが生じ、桐壺更衣は一人苦しむことになる。右大臣を父に持ち、第一皇子も生まれている弘徽殿女御にとって、もっとも腹立たしい存在として目に映り、なおさら第二御子が生まれた桐壺更衣は脅威にさえも思われてくる。桐壺帝の桐壺更衣と若宮（源氏）への異常なまでの愛着ぶりは、次の春宮位を我が子から奪ってしまうのではないかという恐れであった。

若宮三歳の夏、桐壺更衣は苦悩の重なりもあってはかなく亡くなってしまう。母の温《ぬく》もりはあったにしても、源氏は消え失せた姿を求め、孤独な悲しみに生き続けるのが物語の底流として描かれていく。桐壺帝も同じで、桐壺更衣の幻影を追い続け、心のむなしさを満たそうと、噂のある女性を次々と宮中に入れはするが、あの桐壺更衣とは比べようもない。やっとその心がかなえられたのが、先帝の四の宮という女性で、それが当時十五歳の藤壺、源氏とは五つ違いであった。

桐壺帝の常軌を逸したような桐壺更衣への執着、その不遇な死、それが藤壺中宮の登場となり、そのことが源氏の運命を決定づけることになる。「つらつきまみなどは、いとよう似」ているという桐壺更衣の再出現、桐壺帝は擬似母子として扱い、若宮をしばしば藤壺中宮の部屋にも連れてゆく。失われた母の面影を藤壺中宮に求め、いつもそばにいて甘えたい思いがしながらも、源氏の元服にともない出入りは禁じられてしまう。その後に葵上との結婚となったとはいえ、源氏の関心は母としての藤壺中宮にあった。桐壺帝がそばから離さないこともあり、藤壺中宮の姿をほのかにでも見る機会があるのではと、源氏はいつも宮中にとどまっていたい思いであった。強い母への思慕の思いが、やがて源氏の心に藤壺中宮の恋情へと変質してくる。ここにきわめて危険な関係が築かれたといってもよく、それはまた源氏の運命を導く避けようもない基本的な構想でもあった。

源氏の狂おしいまでの藤壺中宮への求めが、秘密を絶対に守り通さなければならない密通事件となり、若宮（冷泉院）という不義の子の誕生となってしまう。源氏の運命は、すべてこの子にかかわり、これを中核にして物語はさまざまに派生していく。『源氏物語』は多くの女性が登場し、源氏と多様な関係を持ちながら描かれる恋物語とはいえ、追い求めていくと藤壺中宮へと導かれ、さらにその背景には失われた母への思慕が大きく存するという物語の構造になっているといえよう。藤壺中宮とは所詮結婚できない仲、その行き詰まりを打開したのが、よく似ているという若紫の登場で、まだ幼い十《とお》ばかりの少女を盗み出し、自分の理想とする女性にしようと養育する。いわば代償行為であり、その根源は〈母恋い〉から生じており、藤壺中宮とは果たせなかった結婚であった。このようにたどってくると、源氏の結婚相手は桐壺帝に入内していた母桐壺更衣という、きわめて危険な、倒錯的な考えにとらわれてしまいかねない。

六条御息所の伊勢下向

桐壺帝のもとでの春宮は、弘徽殿女御を母とする第一皇子（朱雀）で源氏より三つ年上、元服に際して右大臣方は葵上の入内を求めたものの、左大臣は即答を避け、曖昧な態度を続けていた。本来ならば願ってもない話で、入内して男御子が誕生でもすれば、いずれは春宮となって帝位に就き、祖父が権力を掌握するという構図が生じてくる。ただこの場合、右大臣も祖父の立場にあり、むしろ左大臣の方が支配下に置かれる可能性が強まってくる。桐壺帝のもとでは、左大臣はその妹を正妻に迎えて右大臣の勢力を圧倒し、政権の中枢を占めているだけに、ここで桐壺帝最愛の源氏をも取り込めば、その優位な立場は揺るぎのないものとなる。

これは左大臣だけではなく、父桐壺帝の思惑とも一致するところでもあった。観相の判断などによって源氏を春宮にさせることを断念し、皇族から切り離して臣下にする道を歩ませる大きな決断をした。桐壺帝が生きているうちはまだしも、自分の死後は誰が源氏の庇護者になるのか、兄の朱雀帝にいくら自らの遺言の確約を求めたとしても、右大臣一族の身にあるだけに安心するわけにはいかない。帰趨《きすう》するところは左大臣の娘との婚姻で、葵上の入内を辞退させる方向で桐壺帝からの密かな申し出もあったのではないだろうか。しかも左大臣の正妻は桐壺帝の実妹である。桐壺帝と左大臣との利害の一致により、源氏の成人まで待つことにした。それを知った右大臣家は、驚きよりも怒りを覚え、両家は対立を加速させていく。それだけに桐壺院の崩御後は、これまでの反動として右大臣家は左大臣に対して顕著な圧力をかけてくる。

源氏は葵上と結婚して十年、二十二歳の秋八月に、夕霧の誕生と引き換えのように葵上は命を失ってしまう。右大臣は、この機会に左大臣家との切り離しを画策し、正妻の後釜として、娘の朧月夜の婿君となるように申し出るのだが、源氏はすげなくも断ってくる。これについても、右大臣には腹立たしいことであった。かねて朧月夜と源氏は通じているとの噂も聞いていただけに、穏便な方法によって源氏の勢力を取り込もうともしたのだが、うまくことが運ばなかった。

これらと並行して語られていくのが、源氏の紫上との結婚、新しい帝の即位にともなう伊勢の斎宮は、六条御息所の娘が卜定《ぼくじょう》され、源氏二十三歳の九月十六日に親子ともに下向することなどである。六条御息所は嫉妬のあまり葵上に生霊として取り憑《つ》き、死に追いやった自責の念とともに、自分の姿を源氏に見られた慙愧《ざんき》の思いもあり、幼い娘の世話を名目に伊勢を目指すことにした。彼女とて、葵上の没後、あるいは正妻に迎えられるかもしれないと、ほのかな期待を胸に抱いていたとはいえ、その可能性は絶たれてしまったことを知る。源氏は恋情の悲痛な思いから、都にとどまるようにと説得を試みるものの、六条御息所は先の見込みもないだけに離別の道を選ぶ。

ここですこしだけ、六条御息所の存在について補っておく必要があるだろう。桐壺帝が即位し、その後の春宮となったのが弟宮、そのもとに大臣の娘六条御息所が入内する。後の回想によると、

十六にて故宮に参りたまひて、二十にて後れたてまつりたまふ。三十にてぞ、今日また九重《ここのへ》を見たまひける。（賢木）

と、六条御息所が春宮に入内したのは十六歳、四年後に夫が亡くなり、宮中から実家の六条京極邸での寡婦生活となる。入内してすぐに姫君が生まれたようで、今は十四歳になっていた。その娘が斎宮に任ぜられたのだが、まだ幼いとの理由で、母親も伊勢へ従うことにした。源氏が三、四歳の頃に、誰を次の春宮にするのか問題が生じたのは、弟宮が亡くなり、春宮位が不在だったことによると知られる。

六条御息所は、伊勢へ下るにあたって、斎宮の娘とともに朱雀帝に別れのあいさつに訪れる。宮中を離れてすでに十四年、自分は早くも三十歳になったと、感慨深い思いで、かつて過ごしていた建物などを眺める。源氏が六条御息所のもとに密かに通うようになったのは十七歳、斎宮の伊勢下向の年は二十三歳なので、発端は六年前にさかのぼる。すると六条御息所は二十四歳、源氏とは七年違いとなり、恋愛関係を持つにはそれほど不自然な年齢関係ではない。ただこのまま源氏の春宮候補になった年代にずらすと、六条御息所は十歳ばかりになってしまい、

これではまだ弟宮への入内などありえなくなる。このあたり、源氏との関係を持たせるため、六条御息所の年齢を十年ばかり操作して若くしたのであろう。

源氏の運命の変転

源氏の身辺は政治的な変革だけではなく、周辺もあわただしい動きを見せるようになる。葵上の死の翌年には六条御息所の伊勢行き、十一月には桐壺院の崩御と続き、源氏二十四歳の父の一周忌には藤壺中宮が仏の道に入るという俗世からの離別、身近な人々が次々といなくなってしまう。しかもひたひたと迫るように、政治的にも不穏な動きはやまなく、源氏にとっては思うにまかせない世の中となってくる。

紫上と結婚した後、父親の式部卿宮（藤壺中宮の兄）は有力な一族が加わったと喜び、源氏のもとにも親しく訪れるようになっていたのだが、このところの厳しい政治情勢を知ると、手のひらを返したように冷淡な態度を示し、右大臣の権力にすり寄るようになる。紫上は実の娘でありながら、見舞いのことば一つをかけるでもなく、源氏とも疎遠な態度をとってしまう。板挟みに悲しむ紫上の苦衷をも無視するありさまで、源氏の須磨行きを耳にした継母などは、「正妻の葵上が亡くなって、紫上は思いがけなくも妻としての待遇となり、孤児《みなしご》がこんな幸せをつかんだとうらやましくも思っていたが、源氏は須磨へ下るのだという。その幸せもわずかなひと時で終わってしまうとは。紫上は幼い頃に母を失い、やっと成長したかと思うと祖母まで失い、今度は夫の源氏からも見放されるとは、何とも縁起の悪いことよ」と、悪態をつくありさまであった。

式部卿宮は、故按察使大納言と北山の尼君との間に生まれていた娘のもとに通い、生まれたのが若紫であった。大納言は、娘を入内させたいと願っていたものの、その思いを果たすことができないまま、早く亡くなってしまった。このあたりは、桐壺更衣の父大納言と重なってくるのだが、煩雑になるのでこれ以上は述べないことにする。式部卿宮の本妻は身分の高い出自のようで、夫が通う女性を脅すこともあったのだろうか、幼い若紫を残したまま母親は心労のあまり亡くなり、祖母の尼君が育てているのだという。このあたりも、夕顔と玉鬘を連想させるなど、さまざまな構想の糸が張り巡らされてもいると知られる。式部卿宮の本妻は、こころよからず思っていた紫上が、源氏と結婚するという栄誉から、転落するにいたった現状を皮肉ながら痛烈に批判するという、ここで典型的な悪役の継母像を演じたのである。

左大臣は、宮仕えに精を出しながら、鬱屈した日々を過ごすばかりであった。桐壺院からは、春宮を護り源氏と藤壺中宮との後見を強く求められていたとはいえ、今の状況ではどうすることもできず、ついに源氏二十五歳の正月には辞表を出すことになってしまう。一月の人事においては、藤壺中宮は勿論、左大臣一家も、源氏にとっても何の恩恵は与えられず、報復的な処遇としか言いようがない。これまで権勢を誇ってきた、源氏や藤壺中宮も含まれる左大臣一家は、周辺から徐々に追い詰められるようなありさまとなる。

左大臣と大宮（桐壺院妹）との間に、源氏と従妹であり正妻でもあった葵上と、年も近く幼い頃から親しんで来た頭中将がいる。今は三位中将となり、弘徽殿女御の妹四の君を正妻として迎えている。左大臣は、右大臣との融和策として長子を婿君に入れたのである。それだけに右大臣としては三位中将をあらわに弾圧することはできないまでも、このたびの人事では「思い知れ」とばかりのひどい待遇であった。もっとも頭中将は四の君の婿君とはいえ、右大臣家への通いは熱心ではないため、娘に心を傾けようともしない態度への見せしめでもあった。

右大臣家の婿君であるにもかかわらず、いわば干されてしまった三位中将は、同じく逼塞《ひっそく》して宮仕えもしなくなった源氏のもとを訪れ、ともに学び、音楽などに興じて心の憂さを晴らす日々であった。二人で漢詩を作り、専門家の博士を招き、管弦の遊びに耽り、宮中勤めもほとんどしなくなってしまう。これがまた現在の政治への抵抗とも受け取られ、このままでは政権側としても無視するわけにはいかず、いずれは不穏な事態でも生じるのではないかと、世の人々は危惧の念を持ちもする。

三年前に葵上の死、翌年には桐壺院の崩御という悲しい運命が続き、六条御息所の伊勢下向、さらには藤壺中宮の出家、義父左大臣の政治世界からの引退とあいつぐ現実に、源氏は孤独な寂しさを味わうことになる。身近な人々の不在の悲しみを救ってくれるのは、今では紫上一人である。しかしその女性とも、危険が身に迫っている不穏な状況だけに、都に残して別れなければならない時が近づいて来た。

2　須磨への左遷説

源氏の須磨行き

源氏は二十六歳の三月、「世の中いとわづらはしく、はしたなきことのみまされば」（須磨）と、次々と煩わしさが増すばかりの世情から、脱出するように都を離れる。息苦しい世の中の訪れに、気にしないで過ごそうとしても、できるようなありさまではなくなったことに起因する。宮中に出仕しても、右大臣や弘徽殿大后に阿諛《あゆ》する官僚たちであふれ、源氏の姿を見るとひそひそと蔭で話をし、聞こえよがしに、謀反でも起こしかねないようなことばを口にして通り過ぎる者もいる。地方官の人事異動の除目《じもく》の日が近づく一月にでもなると、毎年のように源氏の屋敷には大勢の人々がご機嫌うかがいに訪れ、通りは牛車であふれるほどであった。それが今年は、桐壺院が崩御して諒闇《りょうあん》という喪に服しているとはいえ、誰の姿も見かけない。ことさら源氏の御殿を避けるように、人々は右大臣邸に向かうありさまで、これは一時的なことではなく、この先も日常化した姿になっていくことであろう。

この苦境からどのように抜け出せばよいのか、今の危機を回避するには、謹慎の態度を示して都から離れることが最善の方途と源氏は考える。ただそうなるともっとも気になるのは、春宮の安泰と紫上の身の上、世俗から離れた藤壺中宮に多大な期待をかけるわけにもいかず、運を天に任せるか、朱雀帝に望みを託するしかない。周囲から冷やかな目で見られるとはいえ、源氏はあえて参内し、すがるような思いもあって朱雀帝と対面する。

桐壺院は亡くなる前に、人々に自分の思いを伝えていたが、朱雀帝にも強い口調で春宮と源氏の後見をするようにと言い残していた。源氏を前にしてのことばによると、「春宮をば、今の皇子《みこ》になしてなど、のたまはせ置きしかば」（賢木）と、桐壺院は春宮を朱雀帝の養子にするように求めていたという。自分がいなくなると、政治は右大臣と弘徽殿大后の専横に任せる事態となり、気の弱い朱雀帝はその力の前に押し潰されてしまうであろうと、すでに予想もしていた。そうなると、いくら春宮の身を護るようにと厳命したところで、約束は反古《ほご》にされかねない。安心できる措置としては、春宮を朱雀帝の養子とし、後継者であることを内外に示しておけば、たとえ権力構造に異変が生じても、まさか我が子となった春宮を見捨てることはないだろうとの思いによる。

桐壺院の深謀遠慮といったところながら、その遺言を果たすことができなかったと朱雀帝が源氏に弁明する背景には、弘徽殿大后などの強い反対があったからにほかならない。朱雀帝にはまだ男皇子の誕生がなかったこともあり、将来の政権の担保のためにも、春宮を養子にするようにとの桐壺院の判断でもあった。

源氏が都を離れて二年余、朱雀帝は母弘徽殿大后の意向に背き帰京するようにとの命を下す。さまざまな経緯もあったのだろうが、朱雀帝は春宮（冷泉帝）への譲位を決意し、その後のポストに承香殿《じょうきょうでん》女御腹の二歳になった我が子を据える考えにいたったことによる。折しも明石君は懐妊した時期とも重なり、源氏は明石の地を離れがたい思いに捕われるが、二度目の宣旨によって帰京の決意をする。朱雀帝から無条件で、繰り返し帰京の要請があったほうが、源氏にはその後の権勢に対するフリーハンドを得ることになる。なお朱雀帝の御子が春宮となり、冷泉帝の次の帝として即位（若菜下）し、やがて明石姫君が入内するという物語の展開となるのも、作者の念入りな構想のもとに仕組まれた結果であるといえる。ここに源氏の栄華の物語が、一つの完成した姿として出現したのである。

源氏が須磨に下ったことについて、政権への反逆によって流罪に処せられたとする説が古くから唱えられる。『古今集』によると、在原業平の兄行平が須磨で詫び住まいをしていたことが知られるが、十四世紀の『河海抄《かかいしょう》』では、その跡を尋ねて「隠居」したのではないかとする解釈の立場と、「人は配流の宣旨によりて左遷するなり」と、天皇による流罪の勅命がなされたことによる、との二つの考えを示す。これが室町中期の『花鳥余情《かちょうよせい》』になると、表面では讒言《ざんげん》を恐れて都を離れ、行平中納言のように隠棲《いんせい》した体裁をとりながら、実際は罪を負って流されたのだとし、菅原道真や源高明《たかあきら》が九州の大宰府へ、小野篁《たかむら》が隠岐へ流罪となった例を模しての物語化であったと解釈する。この考えが以後長く継承され、源氏の流罪説が中心だったが、現代では源氏は左遷の処分を受けたのではなく、自主的な退去であったとする立場が大勢を占める。

「令《りょう》」の規定によると、太政官が罪の軽重を諮《はか》り、程度によって都からもっとも遠い地への遠流《おんる》、以下、中流・近流《こんる》があり、流刑人は四季ごとにまとめて地方へ移送された。また配所《はいしょ》には妻妾も同伴し、量刑を終えてもその地に長くとどまるとか、みだりに都に戻ることは許されず、なおさら逃亡は固く禁じられた。このような条文からすると、源氏の行動はまったくといってよいほど該当しない。集団で護送されたわけでもなく、三月二十日ばかりのほどに、親しい御供《とも》七八人を従え、人目を忍んでの旅立ちであった。難波を経ての船旅、紫上を連れて行くことも考えはしたが、寂しい海辺の生活を思いやるにつけ、それではあまりにもかわいそう過ぎると断念する。

須磨での生活

源氏は左大臣邸を密かに訪れ、須磨行きの決意のほどを打ち明け、このようになるのも「前《さき》の世の報いにこそはべる」(須磨)と、自らの運命のなせるわざだと述べる。どのような沙汰だったのか明らかではないが、現在のところ源氏は官職と位階が剥奪された身である。本来ならば源氏は従三位右大将のはずながら、謀反の嫌疑によってすべての地位を失ってしまった。しかも、噂によると源氏を遠流《おんる》に処するという審議が始められ、近くその決定が下されるというのだ。源氏にとっては身に覚えがないとはいえ、現在の権力機構からすれば抗弁のしようもなく、なすがままにされかねない。そのような危険な状況にあるだけに、のんびりと過ごすわけにはいかなく、一旦処分でもされようものなら、源氏にとって将来はすべて無に帰してしまう。源氏はすぐさま行動をとる必要に迫られ、天皇家への異心《いしん》などは毛頭もないことを明かし、自宅で静かに過ごすのではなく、都から離れての謹慎をすることにした。現実の歴史にはあり得ないことながら、ここでは業平や行平のみやびなふるまいの虚構が優先する。

源氏は自らの判断で須磨へ下り、父桐壺院の霊の導きによる緊急事態の発生とはいえ、朝廷の許可もなく暴風雨を避けるように明石に赴《おもむ》くというのは、気ままなふるまいというほかはなく、この一連の行動からしても流罪であったとはとても考えられない。それに須磨での住まいは、「藻塩たれつつわびける家ゐ近きわたりなりけり」と記述するように、在原業平の兄行平が、

わくらばに問ふ人あらば須磨の浦に藻塩《もしほ》たれつつわぶと答へよ（古今集、雑下）

と詠んだ住まいの近くだとする。「わくらばに」は「偶然にも」の意、「たまたま、このところ行平の姿を見ないと聞く人がいれば、今は都を遠く離れた須磨の浦で、海藻から塩水が垂れるように、涙をぽとぽと流しながら寂しい住まいをしていると答えてくれ」との歌なのだが、そのような寂しさは、源氏の今の心境でもあった。

それに、「茅屋《かやや》ども、葦《あし》ふける廊《らう》めく屋《や》など、をかしうしつらひなしたり」と、都とは異なるわび住まいながら、表面的には風雅なおもむきの生活のさまが描かれる。物語としてはこのように描くしかないとはいえ、源氏や供の者にとっての現実は、厳しくも悲しい生活であった

はずである。

源氏の須磨行きは、政治的な駆け引きでもあった。官職の停止処分を受けた身だからといって、業平の東下《あずまくだ》りを連想させる自由な行動は許されるはずはなく、まして都を離れることなど、右大臣方は想像もしていなかった。弘徽殿大后は厳罰を求めて遠流が妥当と提案していたかもしれなく、これを機会に源氏勢力の将来にわたっての根絶を強く意図していたはずである。源氏がどのように無実を主張したとしても、相手は理由などいくらでもこじつけてくるであろうし、政治情勢からいって勝ち目はない。源氏は機先を制し、都にとどまって処罰を待つという受け身ではなく、多少なりとも自由の効く土地として須磨を選び、そこで蟄居《ちっきょ》する態度を示すことにした。権力を揺るがすような意向などまったく持っていないことを、自らの行動によって示したともいえよう。

源氏のふるまいはきわめて危険で、自らの立場を放棄したと見なされて政権側から放置されると、再び都の地を踏めなくなる可能性が生じてくる。兄の朱雀帝による強い決断に運命を委ね、源氏の現状を憂慮し、帰京するようにとの宣旨が下されるのを期待するしかない。それでは源氏は目途《めど》もなく須磨行きを決意したのかというと、父桐壺院の遺言が念頭にあり、幼い頃に下されたという高麗人の観相に、一縷《いちる》の望みをかけていたからにほかならない。若宮だった源氏をなぜ春宮にしないで臣下の「源姓」にしたのか、桐壺院は将来に訪れる栄華の展望を語るとともに、その過程には一抹の不安な事件が降りかかることも示唆していたはずである。高麗人だけではなく、桐壺院は確認するためにも多くの相人たちに占わせ、その帰趨《きすう》のもとに源氏の運命を決断した。源氏が今あるのは、いわば父の掌《たなごころ》のままに歩まされてきた人生だけに、それに運命を任せるしか今のところ方途がない。

源氏は不安な思いのまま、紫上を都に残して須磨に隠棲するにいたった決断の苦衷《くちゅう》を語りかける。「なほ世に許されがたうて、年月を経ば、巌《いはほ》の中にも迎へたてまつらむ」と、確たる成算もないままの下向《げこう》だけに、「帰京も許されず放置されるようなことにでもなれば、住む先が岩山のような場所であったとしても、きっとお迎えする」と源氏は紫上に誓いを立てる。自分は罪のない身とはいえ、朝廷から謹慎の処分を受けかねないだけに、妻妾を伴って都を離れたとなると、なおさら気ままな行動と批判が生じてしまう。かつての政治勢力を一掃しようとする現政権下においては、もはや何をしてもあらがいようがなく、少しの動きでもあれば糾弾し、それを理由にさらなる罪をかぶせようと狙ってもいる。「ひたおもむきにもの狂ほしき世」と、狂おしいまでの世情を嘆き、ここで「思ふ人」を連れて行きでもすれば、相手方の術中にはまることになってしまいかねないと、都に留まらせるにいたった事情を紫上に語りかける。

源氏は今の政治的な背景を述べるとともに、人里離れた寂しい土地に紫上を住まわせるのはとても悲しみに堪えない思いもあり、綿々と思いのたけを打ち明けて納得させる。しかし一方ではこのまま永別になるのではないかとの恐れもありはするが、源氏は不安をことさら表情に出すこともなく、覚悟のほどを紫上に吐露するのであった。紫上は夫のことばを信じ、別れの悲しみを抑えるしかない。役人たちに護送されて流刑地に行くのではなく、源氏は自らの判断で仮寓の地に赴くのである。

三　流罪された人々の運命と源氏の須磨での謫居

1　源高明と源氏

高明の配流

源氏が須磨に下ったのは、二十六歳の三月二十日ばかりの夜明け、わずかの供とともに、人々に見送られることもなく、山崎から淀川を下って難波で宿泊、翌朝は海に出ての船旅である。都にいても日々に感じる鬱屈した思い、じわじわと追い詰められるような圧迫感に源氏は堪えられない思いからの脱出であるとともに、桐壺院が死の床で自らに打ち明けた、宿世《すくせ》というかすかな望みをかけての行動であった。「日長きころなれば、追風《おひかぜ》さへそひて、まだ申《さる》の刻《とき》ばかりに、かの浦に着きたまひぬ」（須磨）と、春になって日も長くなっただけに、まだ明るい午後四時ころには須磨の海岸にたどり着く。

源氏が都を離れた姿と重なってくるのは、これまでもモデルとしてしばしば語られる源高明《たかあきら》との関係であろう。高明（九一四〜九八三）は醍醐天皇の第十皇子、七歳の年に臣籍に降下して源氏となり、学識に優れていたため政治家としても昇進を重ね、中納言、大納言を経て左大臣にも就く。妻は藤原師輔《もろすけ》三女、その姉の安子は村上天皇に入内して中宮となり、第二皇子憲平春宮（冷泉帝）、第四皇子為平親王、第五皇子守平親王（円融帝）の母でもあった。高明は、自分の娘を為平親王の妃として宮中に入れるなど、皇族との結びつきを強め、それなりに将来を期するところもあった。

複雑に絡み合う姻戚関係、ここに高明の運命を狂わす陥穽《かんせい》もあった。『栄花物語』（巻一）によると「かかるほどに、世の中にいとけしからぬことをぞ言ひいでたりや」と、作者も驚くような噂が流れ、大きな事件へと発展する。

それは、源氏の左の大臣《おとど》の、式部卿宮（為平親王）の御ことをおぼして、みかどを傾《かたぶ》けてまつらんとおぼし構ふといふことといできて、世にいと聞きにくくののしる。（巻一、月の宴）

村上天皇は四十二歳の康保四年（九六七）五月二十五日に崩御、すぐさま春宮《とうぐう》の憲平親王が冷泉天皇として即位する。問題は次の春宮を誰にするかで、候補者としては同母弟の為平親王と守平親王が存在する。高明としては、娘婿でもある為平を推したはずながら、藤原氏としては将来源氏に権力が移譲するのを恐れ、弟の守平親王を春宮に据えることにした。そこに権力闘争があったのかどうか不明とはいえ、通常であれば天皇の即位後すぐさま春宮が決まるはずながら、守平親王が就いたのは九月一日、決定するまでに三ヶ月以上の空位となるありさまであった。

冷泉天皇は即位したものの、「物の怪」に悩まされることが多く、早々に退位が噂されるほどで、そうなれば次こそは為平親王が春宮にと、高明は望んでいたかどうか、そのあたりは知りようがない。ただ、世間の噂として、左大臣高明は為平親王を春宮位にしようと、朝廷の転覆を謀ったというのである。「いでや、よにさるけしからぬことあらじ」と、まさか高明はそのような大それた謀反など企てるはずはない、というのが世評でもあり、本人も事実無根との思いであった。それなのに神仏は高明を見捨てたのであろうか、『栄花物語』によると、

（安和二年）三月二十六日にこの左大臣殿に検非違使《けびゐし》うち囲みて、宣命《せんみやう》読みののしりて、「みかどを傾けたてまつらんと構ふる罪によりて、大宰権帥《だざいごんのそち》になして流し遣《つか》はす」といふことを読みののしる。今は御位もなき定《ぢやう》なればとて、網代車《あじろぐるま》に乗せたてまつりて、ただ行きに率《ゐ》てたてまつれば、式部卿宮（為平親王）の御心地、おほかたならんにてだにいみじとおぼさるべきに、まいてわが御事によりて出で来たることとおぼすに、詮方《せんかた》なくおぼされて、われもわれもと出で騒がせたまふ。北の方、御女《むすめ》、男君達、いへばおろかなる殿の内のありさまなり、思ひやるべし。昔菅原の大臣の流されたまへるをこそ、世の物語に聞こしめししか、これはあさましういみじき目を見て、あきれまどひて、みな泣き騒ぎたまふも悲し。（巻一、月の宴）

と、今日の警察と裁判官を兼ねたような検非違使が高明邸を取り囲み、天皇の勅命である宣命が読み上げられる。転覆を計画したという謀反の廉《かど》で左大臣位を剥奪し、大宰権帥《だざいごんのそち》（大宰府の次官）として流罪に処するというのだ。高明は無位無官ということで、粗末な網代《あじろ》車に乗せられ、すぐさま九州の地へ護送されて追放の身となったのである。

式部卿宮為平親王にとって、自分のことで義父高明が流罪の憂き目に遭うとは驚きというほかはなかった。人々は「われもわれもと出で騒がせたまふ」と泣き叫びながら、私も連れて行

けと、旅の身支度までする。まして北の方（師輔《もろすけ》の娘）や子供たちは、ことばにできないほどの悲しみにうちひしがれる。その昔、菅原道真が流された事件は、世の悲劇として語り継がれているが、醍醐天皇の皇子が現実にこのような運命に見舞われようとは思いも及ばず、あきれまどう大騒動であったという。

高明の騒動

歴史史料の『日本紀略』によると、安和二年（九六九）三月二十五日の条に「左大臣兼左近衛大将源高明、大宰員外帥《そち》となし、右大臣藤原師尹《もろただ》を以て左大臣となす」とし、左大臣の追放にともない藤原師尹がその空席のポストに就いたと記す。わずかにこれだけの人事異動の背景には、〈安和の変〉と称される政治的陰謀の事件が存在したのである。源満仲・藤原善時等が、源連《みなもとのむらじ》や橘繁延《しげのぶ》達による謀反計画を密告する。諸卿は参内して陣を固め、密告文は関白藤原実頼《さねより》（師尹の兄）に報告される。検非違使がすぐさま遣わされ、罪状も告げないまま謀反人を禁獄に処してしまう。どのような内容なのか不明ながら、累は源高明に及び、張本人とされてしまったのか、官位を剥奪した上で流罪という重罰の勅命が下された。しかも一族までも処分されるという悲劇は、道真の先例に倣《なら》ったのであろう。「禁中の騒動、ほとんど天慶の大乱のごとし」とするように、承平・天慶年間（九三一～九四七）に勃発した関東の平将門《まさかど》と瀬戸内の藤原純友《すみとも》の叛乱を想起させるほどであったという。高明邸は謀反という嫌疑により検非違使に取り囲まれ、護送されて流刑された騒動に、都の人々は驚愕したことであろう。『栄花物語』では道真の流罪を連想し、無実との人々の同情が寄せられたのか、痛ましい事件としてあきれ、悲しみに沈んだという。

高明は翌日赦免を求めて出家するが、赦されることなく身柄は網代車で大宰府まで送られる。密告して謀議を未然に防いだ満仲以下の人々は、恩賞が与えられる。数日後の四月一日には、高明邸は火災により焼失、わずかに雑舎二、三棟が残ったにすぎなかったとする。このような経緯からすると、かなり仕組まれた陰謀のもとに、〈源氏〉勢力の弾圧を意図し、高明を政権から抹殺する意図が背景にあったように思う。高明が流罪となって五ヶ月ばかり後に冷泉天皇は退位、春宮守平親王が円融天皇として即位することになる。

高明の事件によって藤原氏の政権は安泰することになったとはいえ、当事者の人々は忸怩《じくじ》たる思いと、後ろめたさがあったはずで、無実の者の流罪には恨みによる報いが伴うという恐れは、かつての道真事件によっても顕著に示されていた。『日本紀略』をたどると、四月一日に高明邸が焼失したのに続き、「冷泉院南門転倒、牛一頭圧死」と、突然の門の倒壊により牛の命が失われてしまう。そのようなことにもよるのか、九日には建礼門院において「謀反流罪」による大祓《おおはらえ》を、十七日には「謀反のこと」によって諸陵に使いを遣し、五月二日に大極殿において「臨時の御読経《どきやう》」を催す。高明を策謀によって流罪に処した後、左大臣の位を得ていた藤原師尹は十月十五日に五十歳で亡くなってしまう。この一連の事件の推移について、『大鏡』

では次のような記述をする。

この大臣（師尹）、忠平のおとどの五郎、小一条の大臣と聞えさせたまふめり。御母、九条殿（師輔《もろすけ》）に同じ。大臣の位にて三年。左大臣にうつりたまふこと、西宮殿（高明）、筑紫へ下りたまふ御替《かはり》なり。その御ことのみだれは、この小一条の大臣のいひ出でたまへるとぞ、世の人聞えし。さて、その年も過《すぐ》さず失せたまふことをこそ申すめりしか。それもまことにや。（巻二、左大臣師尹）

西宮左大臣源高明が筑紫への流罪となり、その後任として、忠平五男の小一条殿師尹が左大臣に就任するが、右大臣となった康保四年（九六七）から数えると、大臣の在位は三年にしかすぎなかった。都から追放して七ヶ月、師尹は五十歳で急死し、「その年も過《すぐ》さず失せたまふことをこそ申すめりしか」と、世の人々は同じ年に亡くなったのは、高明の恨みによると噂をしあったという。高明を流罪にするという話の発端は、師尹から出されたことであった。政権側としては、道真の轍《てつ》を踏まないようにと、異例のことながら、高明を流罪に処して三年もたたないうちに、召し返すようにとの勅命が下される。恨みを恐れたというのは、本当なのであろうかと、『大鏡』の語り手は疑問も呈する。

高明と紫式部

源氏が都を離れたのは「三月二十日あまりのほど」、高明が追放されたのも三月二十六日、読者は二人の運命を重ねて読んでいたはずで、そこから源氏は流罪に処せられたと解釈するようになったのであろう。しかも為平親王の擁立を謀り、現政権への謀反を企てたという嫌疑は、そのまま源氏の置かれた立場と通底する。朱雀帝を排して春宮（冷泉院）を即位させ、後見として源氏は権力を奪取しようとしていると、右大臣方が恐れを懐くのも首肯できなくはない。そのような意図はまったくないことを証するためにも、藤壺中宮は出家し、源氏は須磨行きによって権力への志向意思のなさを示そうとした。

高明の流罪は当時一大事件だったようで、都の人々の関心の高さは、道綱母《みちつなのはは》の『蜻蛉日記《かげろうにっき》』の記述によっても知られる。

二十五六日のほどに、西の宮の左大臣流されたまふ。見たてまつらむとて、天《あめ》の下《した》ゆすりて、西の宮へ、人走りまどふ。いといみじきことかなと聞くほどに、人にも見えたまはで、逃げ出でたまひにけり。愛宕になむ、清水《きよみづ》に、などゆすりて、つひに尋ね出でて、流したてまつると聞くに、あいなしと思ふまでいみじう悲しく、心もとなき身だに、かく思ひ知りたる人は、袖を濡らさぬといふたぐひなし。あまたの御子どもも、あやしき国々の空になりつつ、ゆくへも知らず、ちりぢり別れたまふ、あるは、御髪《みぐし》おろしなど、すべていへばおろかにいみじ。大臣《おとど》（高明）も法師になりたまひにけれど、しひて帥《そち》になしたてまつりて、追ひくだしたてまつる。そのころほひ、ただこのことにて過ぎぬ。

この上もなく詳細に語り、女性にとっても大いに気になる事件であった。高明の邸宅は右京の四条にあり、「西の宮」と呼ばれた豪邸だった。謀反の罪の疑惑で審議され、その決定通知が高明邸にもたらされたのであろう。かねてその推移を知ってもいただけに、高明は密かに逃走を図ったようだが、大騒ぎの末に探し出されて捕縛されてしまう。高明が隠れた先は、愛宕だ、清水だなどと聞いたというのは、逐一の情報が道綱母のもとにもたらされていたか、人を遣って聞き集めてもいたのであろう。権力を持ち、栄華を誇った高明も、今では検非違使に追捕され、九州へ護送されるという身となってしまった。このようないきさつを耳にした者は、涙を流して悲しまない者はいないほどである。

栄枯盛衰というにはあまりにも悲しい一族の運命というほかなく、多くの子供たちも散り散りとなり、出家する者、左遷の憂き目に遭う者、父を慕って九州に下る者、「すべていへばおろかなり」といった、悲惨な運命に翻弄されてしまう。高明は出家して悔悛《かいしゅん》の情を示したものの、許されることはなく、予定通り「帥《そち》」（実際は「権帥《ごんのそち》」、大宰府の次官とはいえ、名ばかりの官位）として九州送りとなってしまった。

道綱母の夫兼家《かねいえ》は、権力の渦巻く中枢にもいただけに、高明事件は無関心ではいられなく、世間ではもっぱら同情の声であふれてもいたようである。なお高明は、二年半後の天禄二年（九七一）十月二十九日に召喚の命が下り、翌年の四月二十日に帰京し、現在の京都市左京区に位置する葛野《かどの》の地に隠棲する。その後は、政治の世界とまったく無縁の余生を過ごし、天元五年（九八三）十二月十六日に六十九年の生涯を終える。

何ともいえない不運な高明の人生というほかはなく、同じような運命が源氏の身に降りかかろうとしていた。紫式部は高明事件を直接見聞きしたわけではなかったにしても、その悲哀はなまなましい語りとして、人々の記憶にまだとどめられていたはずで、源氏の人物造型に用いたことは疑いがない。

源氏の須磨行きには、多くの人物がモデルとして挙げられるが、その内の有力な一人に高明がいる。鎌倉期の注釈書ですでに指摘され、十四世紀の四辻善成《よしなり》の『河海抄《かかいしょう》』によると、紫式部は女童《おんなわらわ》として高明邸に仕えていたともする。高明の晩年と紫式部の幼少期は年代として重なるにしても、そのような記録や証拠はまったく存在しない。さらにそこから発展した説話になると、高明の左遷に紫式部は深く悲しみ、須磨まで供をし、そこで別れたという。『源氏物語』で須磨、明石が詳細に描写されるのは、その時の体験に基づいており、高明の姿を源氏に投影させたのだとする。さらにまた別の説話になると、紫式部は高明の流罪を嘆き、救いを求めて石山寺に参籠し、そこで書いたのが『源氏物語』であったと、話は次々と尾ひれがついて広がっていく。高明と源氏の運命とが酷似していることもあり、中世の人々は豊かな想像力をめぐらしてもいたようである。

2　伊周の悲劇

一族の繁栄

藤原伊周《これちか》ほど運命の変転に翻弄され、喜怒哀楽に涙し、あわただしい生涯を過ごした人物は、稀有な存在といえるであろう。父は世をときめく関白道隆、伊周の実妹は一条天皇中宮の定子、まさにこの世の春ともいった覚えのめでたさで、正暦四年（九九三）には弱冠二十歳で内大臣に任じられる。父の弟道長は二十八歳、二年前から同じく大納言の身にあるとはいえ、伊周の異例なまでの昇進にあさましいまでの思いを持ち、交流することなどほとんどなかった。「この殿は、御容貌《かたち》も身の才《ざえ》も、この世の上達部《かんだちめ》にはあまり給へりとまでいはれ給ふに、ゆゆしきまで思ひきこえ給ふもことはりなりと見えさせ給ふ」（『栄花物語』巻四）と、容貌とともに才能もひときわすぐれていたため、「ゆゆしきまで」と、若死にするのではないかと、人々から不吉なほどに見られるのはもっともなことであった。「佳人薄命」といったところで、あまりにも美しすぎると、かえって天命の薄さを感じるのだという。伊周には美しい姫君たちにも恵まれ、いずれは入内させて后にしようと、将来の栄華の訪れを楽しみにもしていた。

長徳元年（九九五）にいたって、「世の中いと騒がうなりたちぬれば、残るべうも思ひたらぬ、いとあはれなり」と、世も騒然とする疫病が蔓延《まんえん》し、生き残る者もいなくなると思われるほどのすさまじさだった。三月になると道隆もついに病に倒れ、重い患いにもかかわらず参内し、自分の病中の政務はすべて「内大臣行ふべき宣旨《せんじ》下させ給へ」と、伊周に委ねるように奏上し、三月八日の勅許の宣旨が下される。道隆は自分がいなくなれば、政治的にも未熟な伊周は、才能の長《た》けた道長などから、すぐに押しつぶされてしまうに違いないとの危惧の念があり、動けるうちに天皇と約束しておきたいとの強い思いがあったのであろう。

道隆はほどなく危篤状態に陥り、四月六日に出家、十日に四十三歳で亡くなってしまう。父の威光によって存立していた伊周だけに、すぐれた能力がないとみられると、たちどころに人々の間に不信感が広がってくる。四月二十七日に道隆弟（道長兄）の道兼に関白の宣旨が下ると、一族からの離反も相次いで表面化する。伊周は権力の維持を図ろうと画策するものの、かえって自らの墓穴を掘る結果になってしまった。

道隆の一周忌を終え、四月の葵祭が過ぎた頃から、伊周の謀反の嫌疑が生じて探索が始まり、罪科のほどが具体的に取りざたされてくる。未熟な考えといえばそれまでながら、伊周は花山院（前天皇）が忍んで通っている女性は、自分が昵懇《じっこん》にしている女性と同一ではないかと疑ってしまう。実は妹だったのだが、伊周は不審に思って弟の隆家に相談する。隆家はすぐさま供を引き連れ、花山院を威《おど》そうと、女性の屋敷から月明かりのもと、馬に乗っての帰りを弓矢で射たところ、袖を射抜いてしまった。鏑矢《かぶらや》のようなもので、花山院の近くで音だけを聞かせるつもりだったのだろうが、手もとが狂ったのか、矢は思いがけなくも花山院の衣に当ったのだ。

これが発覚し、大事件となってしまったという次第である。政権を狙う者にとっては都合のよい失態といってよく、事態は急速に進み、長徳二年（九九六）四月二十四日、伊周に運命の日が訪れてしまった。

世の中にある検非違使の限り、この殿の四方にうち囲みたり。おのおのえもいはぬやうなる者、たちこみたるけしき、道大路《おほぢ》の四五町ばかりのほどは行き来もせず。いとけおそろしき殿の内のけしきども、いはん方なく騒がしけれど、（巻五、浦々の別）

伊周邸の四方は、世のすべての検非違使が動員されたと思われるほどの数で取り囲まれ、屋敷内にも入り込むなど、騒然としてくる。「えもいはぬやうなる者」は、検非違使が手下として連れてきた放免された恐ろしい犯罪者などで、そのような者も含め、あたりは人の行き来もできないほど埋め尽くされる。そこに正装姿の勅使が訪れ、罪状を記した宣命を読み上げる。花山院を殺害しようとしたのが第一の罪、円融天皇后で現天皇の母東三条院詮子《せんし》（兼家女）を呪詛《じゅそ》した罪、臣下には禁じられた大元《たいげん》の法を密かに修した罪と、罪状の宣告がなされる。この結果、「内大臣伊周は筑紫の帥《そち》、隆家は出雲権守《ごんのかみ》」にして流罪に処すという申し渡しであった。

もはやどうすることもできないと諦めたものの、伊周はこの囲みから何としてでも抜け出し、宇治の木幡《こはた》にある父道隆の墓に参詣し、現状を報告した上で、流罪に身を任せようと考える。夕暮となり、「今夜ぞ卒《ゐ》て出でさせ給へ」と、「今夜は自分を連れ出してください」と亡き父へ祈ったしるしなのであろうか、あれほど大勢いた者たちも、夜中ばかりにはすっかり寝込んでしまったため、伊周は屋敷を脱出して木幡へと向かう。墓所はこのあたりと、悲しみにくれながら山を登り、「木の間より漏り出でたる月をしるべにて、卒塔婆《そとば》や釘貫《くぎぬき》（墓所の柵）など」をかき分けて進む。

『源氏物語』がいつ頃、どのように書かれたのか、今のところ知りようがない。『紫式部日記』の寛弘五年（一〇〇八）十一月一日の条に、道長邸で敦成《あつひら》親王誕生の五十日の祝宴が催され、藤原公任《きんとう》が少し酒の入った勢いによるのか、「あなかしこ、このわたりに若紫やさぶらふ」と、紫式部のいるあたりに寄ってくる場面が描かれる。一条天皇と中宮彰子との間に生まれた若宮は、道長にとって初孫であるとともに、将来の政権構想には切り札となる存在である。にぎにぎしい喜びにあふれた宴席で、公任が「恐れ多いことながら、このあたりに若紫さんはいらっしゃいますか」と呼びかけるほど、紫式部の『源氏物語』は人々に知られていたのであろう。

中宮彰子のもとでは『源氏物語』の書写作業がなされ、十一月十七日の若宮をともなっての内裏還啓には、この物語が一条天皇への奏上品となったと思われる。後の記述に、一条天皇が「源氏の物語人に読ませ給ひつつ、聞こしめしけるに、この人は日本紀をこそ読み給ふべけれ、まことに才《ざえ》あるべし」と感想を漏らす。『源氏物語』を女房に読ませて聞きながら、「この物語を書いた人は、日本の正式の歴史書をよく読み込んでいるようで、まことに学識がある」と、天皇が称賛したというのだ。現存する全巻ではなかったのかもしれないが、あるまとまりの巻々が男性社会の公的な世界で読まれていたのは確かなようで、さらに貴族の子女にも読者は広がっていったことであろう。
伊周事件は、『源氏物語』の名が初めて記録された『紫式部日記』の記事からわずかに十年余り前のこと、源氏の須磨行きに、高明の不運な姿が投影していたかどうかは明らかでない。伊周は我が身の流罪を知ると、これは『栄花物語』にしか描かれていないとはいえ、密かに屋敷を抜け出して月明かりのもと父道隆の墓に詣でるのは、源氏の須磨行き直前の行動とダブってくる。巷間《こうかん》の語りとして伊周の墓参が伝えられ、その悲哀を源氏にも用いた挿話ではなかったかと思う。

伊周の須磨から筑紫へ

伊周の脱出はすぐさま発覚し、捜索されるなどの大騒ぎとなる。翌日の夕刻、墓参りをすませた伊周は、それで満足したのか捕縛《ほばく》を覚悟で戻ってくる。乗って帰った網代車を門前に停め、おもむろに降りてくる伊周の姿の美しさは、検非違使たちの目を驚かせる。

見たてまつれば御年は二十二、三ばかりにて、御かたちととのほり、ふとりきよげに、色あいまことに白うめでたし。かの光源氏もかくやありけむと見たてまつる。（巻五、浦々の別）

見つからなかった伊周が突然姿を現したため、建物にいた検非違使たちも急いで降り、整列して内大臣を出迎える。年は二十二、三ばかり、整った容姿をし、肥ってはいるがきよらかで、肌はことのほか白くて美しい。評判の光源氏も、このような姿ではなかったかと、人々は思ったという。もっとも須磨へ下る直前の源氏は、鏡に映る自分の姿を見つめ、「痩《や》せたまへる影の、我ながらいとあてにきよらなれば」と、やつれた姿をしていたようだ。

源氏が須磨に下ったのは二十六歳の三月、ここでは『栄花物語』が『源氏物語』に描かれた光源氏のあでやかな姿をイメージとして用い、読者の感興を引こうとする。これだと『源氏物語』が早く流布し、伊周の姿に源氏を重ねて書いているようだが、成立の前後はそれほど違いがないと思う。『栄花物語』の正編三十巻は赤染衛門の作かとされ、紫式部とほぼ同年代だけに、それだけ『源氏物語』は評判の物語として人々に読まれていた実態を知る証左でもあろう。

筵《むしろ》張りの質素な車で護送される伊周の姿を見ようと、四月二十五日は大勢の都の人々が集まってのにぎわいだった。一条天皇の中宮定子は、兄伊周の流罪を悲しみ、自ら鋏《はさみ》で髪を削いで出家したという。叔母詮子《せんし》（円融帝后、一条天皇の母）等の嘆願もあり、伊周は播磨に、弟の隆家は但馬止まりとなり、明石での寂しい生活が始まる。秋になって母貴子（道隆室）の病気は重くなり、「帥殿《そちどの》を今一度見たてまつりて死なん死なん」と日々口にすると聞くにつけ、伊周は悲しみに堪え切れず「夜を昼にて上り給ふ」と、昼夜を問わず都へとかけ戻る。流罪地から脱出して都に潜んでいるとの密告により、捜索が各所でなされ、ふたたび捕われの身となる。播磨は都から近いため、このような仕儀に至ったと、十月に初めの判決通り、大宰府へ流罪となり、厳重な警戒のもとに護送されてしまう。

世間の伊周への評判は、自ら招いた結果だとする一方では、母親が「息子に会って死にたい」と悲しんでいただけに、同情すべき行動だったと肯定する意見もある。母親はこれまで以上の悲しみの淵に沈み、「神無月の二十日余りのほどに、京には母北方失せ給ひぬ」と、十一月二十日余に亡くなったと記される。夫道隆を失って一年半余、流罪となった息子たちを慕いながら、貴子は四十年余の生涯を終える。

伊周妹の中宮定子は、ほどなく十二月十六日に、悲嘆の中で一条天皇第一皇女脩子内親王を出産する。

『大鏡』ではこのあたりのことについて、「いかばかりあはれに悲しかりしことぞ」とし、さらにことばを続けて、

　されど、げにかならずかやうのこと、わがおこたりにて流されたまふにしもあらず。よろづのこと身にあまりぬる人の、唐《もろこし》にもかの国にもあるわざにぞはべるなる。昔は北野の御ことぞかしなどいひて、鼻うち

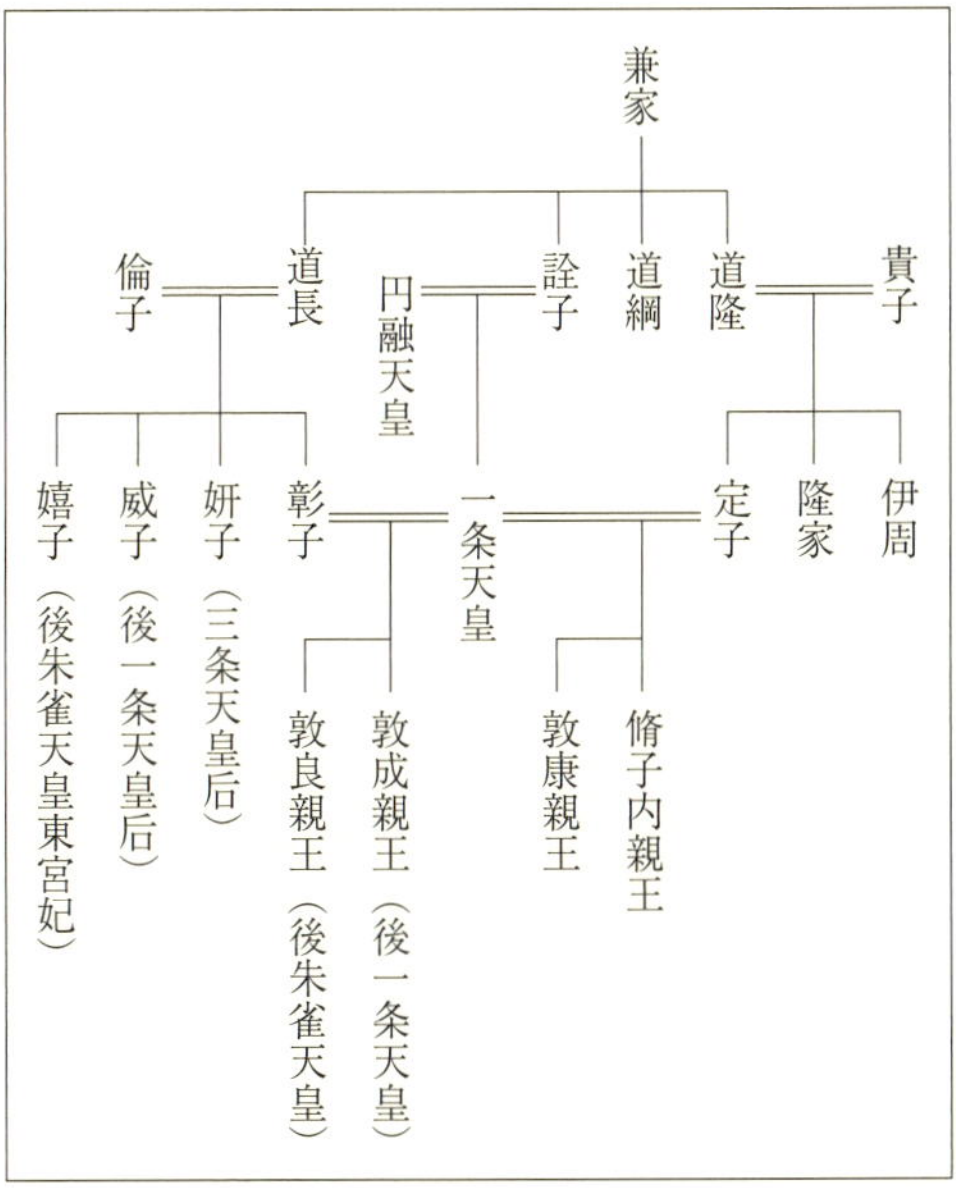

かむほどもあはれに見ゆ。この殿も、御才《ざえ》日本にはあまらせたまへりしかば、かかること
もおはしますにこそはべりしか。（巻四、内大臣道隆）

と、道長との政権争いに敗れた伊周に同情のことばを寄せる。「流罪などという重い処分は、かならずしも自らの過ちによって生じるものではない。人より身に過ぎたことがあると、中国でも日本でもそうなのだが、とかく不慮の災いが降りかかってくる。かつては、北野の道真が無実ながら流罪に処せられたではないか」と、語り手は無実の罪で流された道真を例にもあげる。伊周は人にすぐれて才にたけ、光源氏のような美貌の持ち主だっただけに、そのような禍《わざわい》が生じるのは、避けられない運命だという。暗に伊周の無実を示唆し、追放しておくと悪霊と化すとの思いもあったのであろう。

当時の記録によると、一条天皇母の東三条院詮子の病が回復しないこともあり、長徳三年（九九七）四月五日に伊周や隆家を許して召喚する議が図られ、隆家は五月に、伊周は十二月になって入京する。伊周の配所での生活は一年半にすぎなく、これなども為政者にとっては政治的な恨みによる霊力を恐れ、何らかの理由を口実にして早く帰京を促《うなが》そうとする意図があったのであろう。

伊周は四年後の長保三年（一〇〇一）の末に正三位に復し、宮中勤めをするようになったとはいえ、政権はすっかり道長の支配下にあった。頼みにしていた妹の中宮定子は前年暮にすでに亡くなり、せめて第一皇子の敦康親王（母は定子）が春宮になればとの思いも、道長娘中宮彰子

と一条天皇との間に第二皇子敦成《あつひら》親王が誕生することによって、望みもはかなく潰《つい》えてしまう。運命のつたなさを嘆くほかなかったのだが、そのような状況下にあるにもかかわらず、伊周一族が敦成親王を呪詛しているとの噂が流れ、道長からの警告のことばも発せられ、これまた謀反の嫌疑をかけられかねない事態となってしまう。

かつて中宮彰子が入内した折、「かがやく藤壺と世の人申しければ」（『栄花物語』巻六）と人々の称賛を浴《あ》び、寛弘七年（一〇一〇）に道長次女妍子《けんし》が居貞《いやさだ》親王（三条天皇）に入内すると、その姿は「藤壺」以上だったとの評判の高さである。伊周はそのような栄華の推移を目にしながら、一族はひたすら滅んでゆく。このあたりの展開は、『源氏物語』の執筆や流布と同時進行だったのではないかと思われるほどで、虚構ながらそれが現実の人々の姿と重なってくるだけに、社会現実を反映した物語として人気を集めて読者を獲得していったのであろう。紫式部は伊周の亡くなるまでの生涯を、年代からいっても『源氏物語』に取り込むことはできなかったにしても、人生の前半の運命の栄枯盛衰は、作品の重要なテーマとして光源氏像にも投影していたはずである。

3　菅原道真の流罪

栄華からの転落

高明が粗末な車で、有無を言わせず九州へ引き立てられる姿を見て、多くの人々は後を追おうと、身支度を整えるなど大騒ぎだったという。まして妻や子供たちにとっては霹靂《へきれき》の思いだけに、家の内は混乱をきわめ、すでに述べたように出家する者、同罪として処分を受ける者などが出る始末であった。『栄花物語』の説明に、

昔菅原の大臣《おとど》の流されたまへるをこそ、世の物語に聞こしめししか、これはあさましういみじきめを見て、あきれ惑ひたまへるも、皆泣き騒ぎたまふも悲し。（巻一、月の宴）

と、道綱母と同じように語り手は同情の思いを寄せる。当時の人々にとっても、道真が流罪の憂き目にあったとの話を伝え聞いているとはいえ、もはや六十八年昔のこと、その悲劇が目の前に起こっただけに衝撃でもあった。

『大鏡』（巻二）によると、宇多天皇の譲位を受けて第一皇子の醍醐天皇が即位し、父の教えに従い、左大臣藤原時平と右大臣菅原道真とを政権の中枢に据えていた。とりわけ道真は宇多帝の信頼が厚く、学才にもすぐれて重用されていただけに、新しい政権のもとでも期待された存在であった。時平は二十八、九歳の若さ、道真は五十七、八歳、何かにつけて劣る時平は心穏

やかでなく、醍醐天皇に道真は謀反の謀略があると讒訴《ざんそ》する。これによって道真は、延喜元年（九〇一）正月二十五日に大宰権帥として流罪に処せられ、多くの子供たちも同じ憂き目を見ることになる。宇多天皇の第三皇子で醍醐天皇の弟でもある斉世《ときよ》親王は、妃として道真娘の寧子を迎えていた。高明の事件と同じく、道真は醍醐帝を廃し、娘婿でもある斉世親王の擁立を画策しているとの、政権を揺るがすようなあらぬ噂が立てられる。藤原氏にとっては自らの政権基盤の危惧の念もあったのであろうし、宇多天皇と醍醐天皇との権力の確執を背景に読みとる説もありはするが、事件の真相は明らかではない。

　道真は無実ながら醍醐天皇からの厳しい咎《とが》めを受け、十人の護送を付けられ、深い悲しみに沈みながら都から追放の旅を続ける。宇多院は道真の無実を痛み、移される途の山崎で出家させたというのだが、処分は取り消されることなく、その地から淀川を下って難波の湊に至り、山陽道を西へと下っていった。「播磨の国におはしまし着きて、明石の駅《むまや》といふところに御宿りせしめ給ひて」と、道真一行は明石で休息する。当時の街道には三十里（約十六キロ）ごとに駅《うまや》が設置され、まさに馬の予備とか休息する場所として用いられ、駅長《うまやのおさ》も存在した。罪人として下る道真の姿を見た駅長は、驚きと悲しみの情にあふれて涙する。

　駅長驚くことなかれ時の変改を　一栄一落これ春秋（駅長よ、驚かないでくれ、時世が変わり改まっていくことを。人の世も、草木と同じく栄えたかと思うと萎《しお》れて落ちるようなものだ）

道真は深い感慨の思いを込めて口ずさみ、千五百里もあるという果てしなく遠い過酷な旅を続け、やっとの思いで筑紫の大宰府にたどり着く。『延喜式』によると、都と大宰府との間は下り十四日、上洛に二十七日、海路だと三十日の行程という。荷物が多くなるため、上洛には日数が余分にかかるのであろう。道真は都で過ごした栄光の日々を思い出し、今の理不尽さに一入《ひとしお》悲しみの思いながら護送される身であった。罪人を乗せた車は配所の官舎に着き、沿道には流人の姿を見ようと人々がひしめき、満足な食事も与えられることもなかった長旅の疲れと好奇な目にさらされ、道真は胸のむかつきから嘔吐してしまう。無実を晴らしたい思いながら、どうすることもできなく、大宰権帥とは名ばかりの、荒れた建物での貧しくも苦しい日々が続くことになる。

月日は過ぎて九月九日となり、重陽《ちょうよう》の日が訪れる。そういえば昨年のこの夜、宮中の清涼殿で催された菊花の宴で詠んだ道真の漢詩を、醍醐天皇はいたく感動し、褒美に御衣を下賜された。あわただしくも都から九州へ追放されたとはいえ、道真は拝領した衣を大切な荷物の一つとして運んでいた。それを取り出して眺めるにつけ、昨年までのはなやかだった我が身の姿が思い出されてくる。

去《い》にし年の今夜《こよひ》清涼に侍《はんべ》りき
秋の思ひの詩篇独《ひと》り腸《はらわた》を断つ
恩賜《おんし》の御衣《ぎょい》は今ここに在り
捧《ささ》げ持ちて日毎《ひごと》に余香《よきやう》を拝す

道長の運命は、一年前とあまりにも違いすぎるとしか言いようがなく、密かに我が身を追い落とす陰謀が進行していたと知るにつけ、断腸の思いがするばかりある。醍醐天皇から称賛されて授けられた御衣は、このように今も身から離さず、いつも捧げ持って余香を拝していると、道長は悲しくも詩句を口にして慰めるしかなかった。道真は流謫《るたく》して二年、延喜三年（九〇三）二月二十五日に、強い望郷の念のまま、恨めしい思いを抱いて五十九年の生涯を終える。

須磨での源氏は寂しい日々を過ごし、八月十五夜の月をながめながら、宮中での宴における詩句に朱雀帝はいたく感嘆し、御衣を拝領したことを思いだす。

「恩賜《おんし》の御衣《ぎょい》は今ここに在り」と誦《ず》しつつ入りたまひぬ。御衣《おんぞ》はまことに身をはなたず、傍《かたはら》に置きたまへり。（須磨）

源氏は自らを道真の姿と重ねて同じ一句を口にし、朱雀帝から下賜された御衣はこの須磨でも身から離さず持っているとする。

天神となった道真

道真没後の歴史について、『大鏡』では謀反を讒訴《ざんそ》した首謀者の時平とその周辺の人々のあいつぐ死を語っていく。

さて後七年ばかりありて、左大臣時平の大臣《おとど》、延喜九年四月四日失せ給ふ。御年三十九。大臣の位にて十一年ぞおはしける。本院大臣と申す。この時平のおとどの御女の女御（褒子）

も失せ給ふ。御孫の春宮（慶頼王）も、一男八条大将保忠卿も失せ給にきかし。（巻二、左大臣時平）

時平は道真を無実の罪によって追放し、醍醐天皇のもとで権力を謳歌《おうか》したとはいえ、それも長くは続かず、わずか三十九歳で世を去り、宇多帝に入内していた時平女の褒子《ほうし》も亡くなるという不孝が続く。醍醐天皇第二皇子の保明親王は、延喜四年にわずか二歳で立太子、ところがその即位を見ることなく、後ろ盾でもあった時平は没してしまう。保明親王も延長元年（九二三）に二十一歳で逝去、醍醐天皇はその死を悲しみ、時平女仁善子《ときひらのむすめにぜこ》が入内して生まれていた三歳の慶頼王を春宮に立てる。その慶頼王も、二年後に五歳で薨去《こうきょ》するというのだから、時平の周辺は次々と不幸な運命に見舞われてしまう。

この不孝はまだ続き、時平長子の右大将保忠は承平六年（九三六）に四十六歳で没、時平三男の歌人としても知られる中納言敦忠《あつただ》は天慶六年（九四三）三月に三十七歳で亡くなるという、時平一族には異変が続き、道真が九州の地で命を失った直後ではないにしても、その祟《たた》りが長い時間をかけて運命を狂わしたと見なされるようになる。道真の時平への無念さがいかに大きなものであったか、次々と生じた死を一つの要因として結びつけての解釈がなされて拡大していく。道真の無念さは没後に雷神となって都へ駆け上り、追放に加担した人々を恐怖に陥れもする。

『大鏡』の叙述をさらに続けると、

北野の神にならせ給ひて、いと恐ろしく雷《いかづち》ひらめき、清涼殿に落ちかかりぬと見えけるが、本院の大臣（時平）、太刀《たち》を抜きさけて、「生きても、我が次にこそものし給ひしか。

今日、神となり給へりとも、この世には、我にところ置き給ふべし。いかでかさらではあるべきぞ」と、にらみやりて、のたまひける。一度は静まらせ給へりけりとぞ、世人申ししはべりし。されど、それはかの大臣（時平）のいみじうおはするにはあらず、王威のかぎりなくおはしますによりて、理非を示させたまへるなり。（巻二、左大臣時平）

道真は雷神となり、清涼殿に落雷しようとすると、時平が太刀を抜き、「生前は右大臣として、左大臣である私より下位にあったのだから、いくら雷神になったからといっても、この世においては、私に遠慮すべきである」と睨みつけて叫ぶ。すると雷鳴が静かになったのだが、それは時平への敬意ではなく、帝王の威光に対しての慎みであったという。これはいつのことか不明ながら、時平をはじめとする人々は、道真の無念の思いで亡くなったことを知り、自責の念にも駆られ、人々の死や自然の猛威を怨念によるとの考えが早くから共通の認識になっていたのであろう。

『日本紀略』の延長元年（九二三）三月七日の条には、すでに述べたように保明親王が病のため逝去、人々の嘆き悲しむ声は雷鳴の轟くようで、世間では道真の恨みの魂のせいだと噂したと記される。そのような背景もあったのであろう、『大鏡』の「裏書」によると、この年の四月二十日に剥奪されていた従二位右大臣の位は元に復し、正二位が追贈される。延喜元年正月二十五日付けの、流罪に処せられた宣命は焼却処分となったことで、道真の名誉はすっかり回復し、生前以上の位を得るとともに、不名誉な罪状も消滅するにいたる。

このような推移をたどると、道真は亡くなってほどなく、恨みによる祟《たた》りは雷神となって各地に災害をもたらし、恐れられる存在となった。人々は道真の霊を鎮撫《ちんぶ》しようと、託宣によって安楽寺が生まれ、延喜十九年（九一九）に天満宮の創建、天暦元年（九四七）には北野に天満宮を勧請し、ひたすら御霊を祭って祈り続ける。道真が亡くなって九十年が経過した正暦四年（九九三）五月二十日には、安楽寺廟の託宣によるというのだが、道真に正一位、同年閏十月二十日には太政大臣位までが贈られる。人臣の位としてはこれ以上の地位はなく、歴史をさかのぼっても「従一位太政大臣」が最高のポストである。

時平は正二位左大臣、その後の政権の中枢を占める弟の忠平（貞信公）は従一位の摂政関白太政大臣であるのをみても、道真の待遇は破格というほかはない。それだけ道真は長きにわたって畏怖の対象であり、内裏のたび重なる炎上も怨霊のせいとされ、祟りを抑えるためにも政権としては高位の存在として遇する必要があった。

道真は雷神から天の神である「天神」として、すっかり崇敬され、天満宮に鎮座する身として信仰の対象となっていく。無実ながら流罪の憂き目に遭遇し、その地で没した人物への恐れを、後の人々は災厄を防ぐ力としても利用したのだといえよう。平将門《まさかど》は朝敵ながら、むしろ守りの存在となるように、霊魂への畏怖と崇敬は表裏一体でもあった。流罪となった高明も、都の人々から恨みが恐れられていたように、召喚されないまま配流先で没していれば、道真と同じく神に祭り上げられてもいたであろう。

右大臣や弘徽殿大后は、朧月夜事件から腹立たしい勢いのまま、源氏を流罪に処し、一族の政権を将来ともに安定したものにしようと画策する。朱雀帝にとっては、父桐壺院からの遺言もあって反対の立場とはいえ、祖父や母の勢いの前には沈黙せざるを得ない。朱雀帝の名のもとに宣命に署名することになるのだが、そのような事態が進行している直前に、源氏は思いがけない須磨行きという行動に出ただけに、右大臣方にしてみればいわば虚を衝《つ》かれるありさまだった。振り上げた手をどのように降ろすのか、臣下たちの手前もあり、弘徽殿大后は源氏を「朝廷《おほやけ》の勘事《かうじ》」という、いわば後追いによる謹慎処分にしたのである。

四　朧月夜事件と藤壺中宮との密事

1　朧月夜との出会い

藤壺中宮への思慕

源氏が若紫を略奪し、藤壺中宮の身代わりに二条院西の対に入れ、将来の女主人公として成長するまでの本流の物語に、挿話として登場するのが空蝉、軒端荻《のきばのおぎ》、末摘花、源典侍、それに朧月夜であった。紅葉賀巻においては、源氏の重大な運命にかかわる、藤壺中宮との密通による若宮誕生というきわめて危険な事態が生じ、二人には絶対に秘密を隠し通すことが課せられた過酷な試練の時が訪れる。源氏が藤壺中宮への恋慕を断ち切れば済む話とはいえ、テーマにもかかわる物語の必然的な流れとしては、中途半端なままで終結させるわけにはいかない。秘密が露見しかねないぎりぎりの局面まで追いつめ、どのように回避しながら新しく物語世界を展開させていくのかが、語り手の苦慮するところでもあった。母桐壺更衣に酷似するという藤壺中宮、源氏にとっては絶対的な存在であり、母とも理想の恋人とも綯《な》い交ぜられた幻影を追い求めることから、終生逃れられない運命でもあった。

源氏二十歳の春二月二十日余、紫宸殿《ししんでん》では花宴が催され、源氏の春鶯囀《しゅんおうでん》の舞の姿は、前年神無月の青海波のあでやかさとともに、宮中での語り草ともなっていた。一緒に舞った頭中将などは、「花のかたはらの深山木《みやまぎ》なり」と、源氏の美しい花に比べると、まるで人から見向きもされない深山の木にすぎないと表現されるありさまである。多くの女御や女性たちが見ているとはいえ、源氏は自分の思いのたけを藤壺中宮一人だけに訴えたい思いを込めて舞う。それと知らない人々は、ぞっとするまでの優艶な源氏の姿に、ただ称賛して心も奪われ、弘徽殿女御（大后）は「あながち」と、人々のあまりの褒めぶりに、度が過ぎていると、憎らしいまでに思うほどであった。娘の葵上に通うのも途絶えがちな婿君に対して、恨めしいはずの左大臣でさえも、すっかりつらさも忘れて涙を漏らすほどである。

藤壺中宮もその姿に目をとどめ、必死で訴えかける源氏の思いは痛いほど伝わるだけに、義理とはいえ母后としての矜持《きょうじ》を保とうとする一方では、魅惑に負けそうになる我が身が恐ろしくもなってくる。藤壺中宮は、

おほかたに花の姿を見ましかば露も心のおかれましやは（花宴）

と、美しい「花の姿」のような源氏に、自分を恋い慕うというよこしまな心がなければ、何の気がねもなくすばらしいと称賛するはずながら、すなおな心で見ることができないと、心の内でつぶやいて嘆きもする。それは源氏からの恋慕に心が痛むというだけではなく、藤壺中宮自身も女性の身として源氏に引かれる、どうしようもない厄介な心が存在するからにほかならない。相手は夫桐壺帝の子供であり、義母の自分との関係はあってはならないにもかかわらず、子供まで生まれてしまうという重大な不義を犯した身である。それは不可避だった運命と諦め

るにしても、その事実だけは絶対に将来ともに秘密を守り貫かなければならない。いささかなりとも露見しようものなら、身の破滅ですむはずはなく、源氏を含め一族の運命にも、桐壺帝の治世にもかかわってくる。見境もない若々しい源氏の恋の言動に動揺し、少しの隙を与えてはならないというのが、藤壺中宮の今では身を守り、生きる知恵でしかなかった。

紅葉賀の翌日、源氏は藤壺中宮に、「あなたへの物思いから、とても舞う気持ちにはなれなかった」と言いながら、「袖うちふりし心知りきや」と、「私が袖を振って舞った真意を知ってくださいましたか」と歌を贈る。藤壺中宮は「あはれとは見き」と、「背景については知りませんが、すばらしいと拝見しました」と、人前もあるだけにそっけない返しではあった。花宴を終えた夜も、せめてひと言なりともことばを交わせないかと、源氏は少し酔い心地のまま夜も更けた藤壺御殿のあたりを忍び歩く。さすがに用心深く、女房に手引きを求めたく思っても、もぐり込むような隙間がまったくない。それに対し、隣の弘徽殿の建物は、戸口が一つ開いているではないか。弘徽殿女御は、桐壺帝のいる上の御所に上がって留守のはずなので、多くの女房たちもそちらに行っているため、手薄になりすっかり油断してしまっていたのであろう。

朧月夜との逢瀬

源氏は建物に忍び入ったものの、人の気配はなくひっそりとしている。この御殿に残っている者とて、夜も遅いだけにすでに寝てしまっているのであろう。とかく男女の仲というのは、このような不用心さから生じるものだと源氏は思いながら、さらに足を踏み入れて進むと、そこに若く美しい感じの、しかも身分もありそうな女性が「朧月夜に似るものぞなき」と歌いながら、こちらにやってくるではないか。源氏はふと袖を手に捕らえると、女は驚いて「ここに人が」と声を出そうとするが、相手が源氏だと知って心を許してしまう。それほど源氏は人々からあこがれの対象であったともいえるし、あまりにも浮薄な女性と言えなくもない。

『百人一首』でも知られる、大江千里《ちさと》の、

照りもせず曇りも果てぬ春の夜の朧月夜にしくものぞなき（新古今集、巻一、春上）

の「肩を並べる」の「しく」を、「似る」と表現し、「そのすばらしいとされる朧月夜に、私ほど似ている者はいない」と、自負の心を詠んだのであろうか。そうだとすると、後の姿からもかなり自信に満ちた姿が連想されてくる。今をときめく右大臣の娘だけに、怖いものなしといった思いと、男女関係にはあまりにも無知な幼さだったといってもよいであろう。

夜明けとなり、女性は名乗ることもせず、扇だけを取り換えてあわただしく別れてしまう。うぶな感じがするだけに、右大臣の末婚の五番目か六番目の姫君だろうと源氏は推測するのだが、それ以上は明らかでない。弘徽殿の建物で、このようなふるまいをするのは、女房などではありえないとの源氏の推測が背景にあるのだろう。六の君は、義兄朱雀春宮に入内する予定と聞いているだけに、当人だと気の毒な思いもする。源氏は相手の素性を知らないままでは心の収まらない思いから、すぐさま供人の良清と惟光に探索を命じる。報告によると予想した通りで、里からの迎えの者の中に右大臣の子息たちがいたため、その姉か妹のようだという。源氏は昨夜の女性がやはり気にかかり、五の君か六の君かはっきりさせたいと思う一方では、表沙汰になり右大臣が聞きつけでもすると、これさいわいと源氏を婿君に迎えかねない。三の君は蛍兵部卿宮、四の君は右大臣家の頭中将北方、六君は春宮に入内させる予定にしているだけに、残りの五君と源氏とが結びつくと、将来ともに政権は安泰との思惑を右大臣は持つはずである。

当時において一族の運命は女性の存在が大きく、あわよくば娘を天皇に入内させ、男御子が生まれて春宮となり、さらに即位でもすると、孫が最高権力者になるだけに、祖父は絶大な権勢を手中にする。藤原道長がその端的な例といってもよく、正妻倫子との間に生まれた長女彰子は一条天皇に、次女妍子は三条天皇、三女の威子は後一条天皇に入内させ、いずれも中宮となり、絶大な権力者となった。道長が、

この世をば我が世とぞ思ふ望月《もちづき》の欠けたることもなしと思へば（『小右記』寛仁二年十月十六日）

と詠んだのも、まさに栄誉をきわめた自負の思いからなのであろう。そのように栄華を誇った道長一族であっても、永続するわけではなく、時代の推移とともに滅んで行くのは世の習いでもあった。

天皇家だけではなく、皇族や高貴な貴族との婚姻は、自家の盛衰にもかかわるだけに、権力者との結びつきはきわめて政治的な駆け引きでもある。左大臣家は源氏を葵上の正妻に迎えているだけに、ここで右大臣が娘と結婚させて自分の勢力圏に入れるとなると、たちどころに権力のバランスは崩れてしまう。左大臣の長子頭中将が、右大臣の四の君と結婚しているのは、両家にとって権力の均衡化をはかるためでもあった。

朧月夜との再会

源氏は政治的な権力の争いから離れた場所にいようとしながら、「朧月夜」と口にした女性が、右大臣の五の君か六の君かを何としても知りたく思った。異常なまでの関心は、後に朧月夜とめぐり合う劇的な物語展開の要請とはいえ、明け方のあわただしい別れの艶なる歌と、「扇」を取り交わしただけという興趣に由来するのであろう。それと藤壺中宮との関係を求めても厳しい現実の前に、これ以上のかかわりは困難なだけに、他へ情熱を注ぐはけ口を求めての衝動的な行動でもある。さらには、右大臣に近づくことによって、源氏に政治的な危機をもたらし、須磨行きへつなげるという物語の展開からも必要なことではあった。

好機が訪れたのは、それからひと月後の三月二十日余、右大臣家で催される藤の花の宴に源氏が正式に招待され、桐壺帝が政治的な思惑も考えてのことであろう、「早うものせよかし」と慫慂《しょうよう》する。源氏はしぶしぶ右大臣邸を訪れ、すこし酒に酔ったふりをしながら、姫君たちのいる建物のあたりをうろうろする。あて推量に、「扇を取られて、からきめを見る」と、「催馬楽《さいばら》」の一句を口にして一人の女性に言い寄る。「石川の、高麗人《こまうど》に、帯をとられて、からき悔《くい》する」の「帯」を「扇」にし、「石川」（難波あたりの地名とされる）の帰化人の高麗人に「帯を取られてとても後悔している」というのを、扇を取らて悔やんでいるとする。暁の別れ際に、扇を交換したことを意味しているのだ。その姫君はどうも違ったようで、「扇」のことばを口にしても理解できないらしい。その傍らで嘆くような気配の姫君がいるのに気づき、源氏は御簾《みす》の外から相手の手を捉える。

あづさ弓いるさの山にまどふかなほの見し月の影や見ゆると（花宴）

「ほんのちらりと目にしたあなたの姿を見ることができるかと、梓《あずさ》の弓を射《い》る、但馬《たじま》の国にある入佐《いるさ》の山ではないが、ここまでやってきて月明かりもない中をうろうろしているのです」と、源氏は先夜の女性かどうか確認できないまま歌を詠みかける。「朧月夜《おぼろづきよ》に似るものぞなき」と口ずさんでいたことから、その朧げな月を探してやってきたのだとの思いを込める。同じ女性であれば、源氏の謎めいた歌は理解できるはずである。

するとと女性は、

心いる方ならませば弓張の月なき空に迷はましやは（同）

と返しの歌を詠むではないか。「私のことを心にかけているのであれば、弓張の三日月さえもない暗い空であっても、迷うことがあるでしょうか、迷わないでお会いできるはずです」という。その女性の歌の後に、

といふ声、ただそれなり。いとうれしきものから。

と、言いさしたようにして花宴巻は終わってしまう。まさしく声は、あの夜の女性に間違いなく、やっと見つけ出したとのうれしさがありながら、源氏はやや違和感を覚えてしまう。「いとうれしきものから」とするのは、「やっと見つけてうれしい」との思いながら、源氏は明らかに思考を停止してしまっており、女性の歌を聞いてどのようなことばを言おうとしたのであろうか。

この「ものから」と、何か言いかけてやめてしまった表現について、今日では、

艶麗な一帖。春の朧夜、微酔の中での夢幻的な一こまは、女をそれとつきとめて、「いとうれしきものから」と結ぶ。余韻が長く尾をひく。(『日本古典文学全集』頭注)

と注記を付すように、大半の注釈書では高い評価を与える。源氏は何か言いたいところながら、思わず口をつぐんで次のことばを飲み込んでしまう。これをすばらしいと称賛するようになるのは、江戸末期の萩原広道による『源氏物語評釈』の解釈以降のことで、それまではむしろ朧月夜の軽率な発言に批判的だった。源氏がわざわざ訪れ、自分を探し出してくれたことはうれしい思いとはいえ、本人が声に出して返しの歌をするのは、姫君の言動にはふさわしくないと

いうのが、室町時代の注釈書の考えであった。

「花宴」の巻末表現

『源氏物語』は平安中期の紫式部の作としても、原作が存するわけではなく、現代の私たちは後世の人々が写した本文で読むしかない。今のところは平安末期の本文の一部にまでしかたどれなく、大半は中世以降の書写本である。古くから人気のある物語だったこともあり、時代とともに人々は転写を繰り返していった。それだけに写し誤りなども多く生じていたようで、正しい本文で作品を読もうとの動きから、鎌倉時代には源光行・親行の親子二代にわたって校訂した本文と、藤原定家の書写にかかわる本文とが出現し、それぞれを河内本と青表紙本と称して流布する。

河内家は二十一本の書写本を集め、そこからさらに八本を選んで本文を定めていったという。意味の分からない語句とか、読めないことば、不要なことばの削除、句読点の打ち方、清濁の違いなどと、かなり当時は混沌として判別も困難だったようだが、識者にも尋ね求め、二十年ばかりかけての校訂本の作成であった。定家も幾度か書写を試み、やはり正統な本文を所持したいとの思いによるのか、多数の書写本を取捨選択し、本文を定め、仕上げは藍色の表紙で装丁する。このようにして、鎌倉中期には、入り乱れていた本文も、大きく二つの系統にまとめられるにいたった。

鎌倉から室町の中頃までは、河内本の本文によって『源氏物語』が読まれることが多かったようだが、室町中期以降には定家本が主流を占めるようになる。そうなると書写する人も、もっぱら青表紙本を用いるだけに、世の中の河内本の存在は徐々に影が薄くなってしまう。近世になっての出版では、もっぱら定家本が用いられたこともあり、河内本はほとんど姿を見せなくなってしまう。

近代になって膨大な数の『源氏物語』の書写本が整理され、まずは定家の青表紙本と河内本の二つに分け、その範疇《はんちゅう》に入らない本文はすべて別本と仮称して一括した。〈別本〉というのは、河内家や定家によって校訂された、鎌倉期以前の姿を伝えた本文もあるだろうし、河内本や定家本が流布するにつれ、両本が混じってしまった本文、また伝本によっては誤写されて意味が変化してしまったような例も存するであろう。青表紙本系とはいえ、複写したわけでなく、あくまでも書写という行為によっているため、まったく同じ本文が存するわけではないというのが、実態でもある。

とりわけ〈別本〉と、仮にひとまとめにされた諸本のグループは、系統があるわけではなく、それぞれが孤立した本文というほかはない。中には独特の表現や内容を持つとはいえ、それが平安時代のオリジナルに近いのか、時代の好みによって書き改められた結果なのか、類本がないだけに判別するのはむつかしい。歌人として、古典の書写者としても信頼の厚い定家だけに、今日一般に読まれるのは、青表紙の原本を継承したとする本文をもっぱらの注釈書のテキストとし、河内本で読むことも、まして別本で読むことも普通の読者にはありえない。ただ定家の書写本が出現したとしても、さかのぼるのは鎌倉中期までで、それ以前の『源氏物語』の本文にはたどり着けないのが、いささかもどかしい思いもする。

今問題にしている花宴巻末の表現について、大半の本文は「いとうれしきものから」としており、源氏はやっと探し求めていた女性に出会えた喜びもつかの間、「私を思ってくださっているのであれば、手がかりがないからといって、探すのに迷うことがあるでしょうか」と、自らの声で歌を詠み返してきた。源氏はやっと探し当てた喜びはさることながら、「このような品のない女性だったとは」と、あの夜の女性と再び逢ってみたいとの思いも、いささか幻滅を覚えたはずである。二人の出会いと再会というドラマチックな恋物語も、一つの挿話としてこのままで打ち切られてもよいはずだった。

「大沢本源氏物語」と称する別本が存し、その本文の意義については、別に述べたことがあるのでそれに譲ることにする（拙著『大沢本源氏物語の伝来と本文の読みの世界』おうふう、二〇一六年刊）。そこでは、朧月夜の歌の後に、

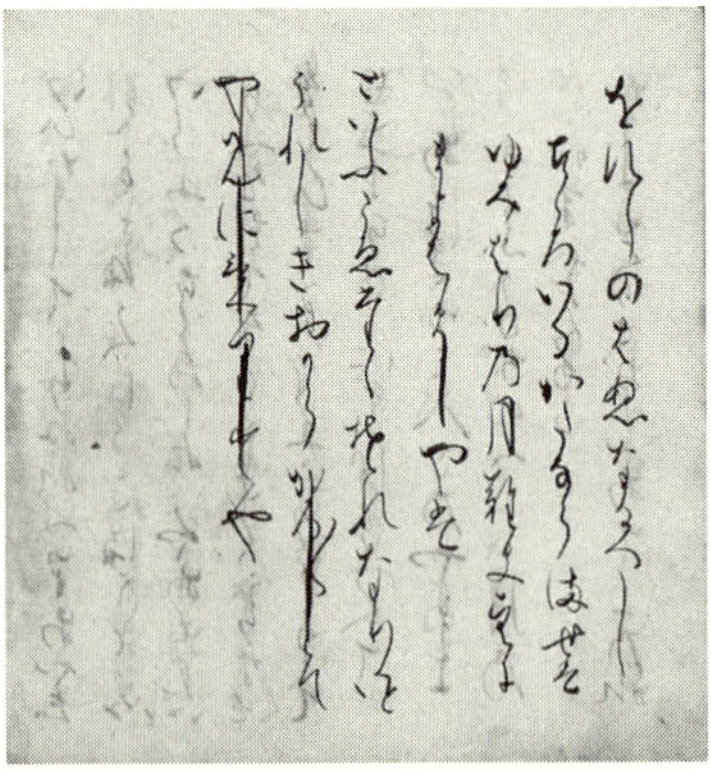

（大沢本源氏物語「花宴」巻末）

とてやみにけるとや。

（「心いる方ならませば」の歌の後）といふ声ただそれなり。いとうれしきものから、かろがろし

とする表現が続き、これまで読まれてきた末尾がすっかり異なっている。歌を詠み返してきた声は、まさにあの時の女性に間違いない。源氏はやっと見つけ出したとうれしくは思ったものの、「かろがろしとてやみにけるとや」と、相手があまりにも軽薄な女性と知り、その後は関係を絶ってしまったというのである。

「いとうれしきものから」で終えて中断したような表現により、読者は説明されなかった空白部分を補い、想像をめぐらす必要が求められる。それだけに、『源氏物語』の他の巻には見られない近代的なセンスがあると、高く評価されるにしても、その後は何が語られようとしたのであろうか。それを大沢本では明確に語っており、源氏は少し酔い心地のまま、朧な月夜にめぐりあった女性を美化し過ぎていたようで、現実には「なんと軽薄な女性だったのだと気づき、そのままで関係は終わってしまったということです」と説明を加える。「かろがろしとてやみにけるとや」のことばが存在しなくても、情趣深さを求める源氏としては、朧月夜への恋心など、この返しの歌によって萎《な》えてしまったと、同じ帰結にはなることであろう。密かな関係をいつまでも続けた六条御息所とは、とても比較にならない存在であった。

青表紙本や河内本の立場としては、説明されなくても、朧月夜の歌によって源氏の心は離れていくのは自然ななりゆきになるため、わざわざ大沢本のような表現は必要ないと、削除の線

を引いて切り捨てたのであろうか。大沢本の花宴巻は、鎌倉時代の伝寂蓮筆と鑑定され、それなりの古い姿を持つ写本だけに、後人が勝手に付け加えた本文とは考えられない。かつては大沢本のような本文が存在し、青表紙本や河内本といった有力な伝本の大勢の前に、淘汰されていった一つの残滓《ざんし》を示しているのであろう。

2 右大臣の腹立ち

桐壺院の崩御

源氏はその後朧月夜への関心はすっかり薄らぎ、あれほど五の君か六の君かとこだわって探らせていたことも、その後はまったく語られなくなる。もっとも源氏の身辺はそれどころではなく、二十一歳の春に父桐壺帝が譲位し、春宮だった兄が朱雀帝として即位するという政治的な変革があった。個人的には正妻葵上が結婚十年目の二十二歳の年に懐妊し、八月に男の子（夕霧）を出産するものの、それと命を引き換えるように急逝してしまう。六条御息所が生霊となり、おぞましい怨念によって命を奪うことになったのだが、源氏は誰にも打ち明けられない運命と悩み、深い衝撃を受けざるを得なかった。左大臣邸での法要、その後も四十九日の中陰の間はひたすら籠って追善に明け暮れる。それを終えて自邸の二条院に戻ってきたのは冬になってのこと、そこに十四歳となった美しい紫上の姿をあらためて発見し、密かに結婚の運びとなる。

右大臣家での藤の花宴からすでに二年半、今では宮中の装束などを裁縫する役所御匣殿《みくしげどの》の女官となっている朧月夜は、「なほこの大将にのみ心つけ」(葵)と源氏への思いが忘れられないでいるという。「源氏は正妻葵上を失っているので、朧月夜が慕っているであれば、正式に結婚させてもよいではないか」というのが、父右大臣のいとしい娘を思ってのことばである。弘徽殿大后は源氏に対して心よからず思っているだけに、「そのうち後宮へ入内させ、それなりに高い身分にでもなれば、それでどうしてよくないことがありましょうか」と、強く反対する。即位した朱雀帝に朧月夜を入れ、いずれは中宮にでもさせれば、一族はますます安泰との思いがあったのであろう。

唐突に語られる親子の会話によると、源氏と朧月夜との関係は以前から生じており、しかも秘密裡の仲ではなく、右大臣も弘徽殿大后も知っていた。これまで何も語られてこなかった二年半の空白の間、源氏はどのような手段によって朧月夜と逢瀬を重ねていたのか、それを右大臣や弘徽殿大后はどうして知っているのか、やや奇妙な展開と言わざるを得ない。朧月夜は源氏への恋情が強いだけに、右大臣は断念させるのを諦め、「それほどまでに慕っているのであれば、源氏と結婚させ、葵上の後釜に据えようか」と思考するにいたったのであろう。そこまで明らかにされているからには、右大臣家としての意向は密かに源氏に伝えられていたはずながら、そのような経緯があった気配はまったくなく、朧月夜と通じていたなどとするのも、きわめて不自然な展開というほかない。源氏はあまりにも品性のない女性と知るにつけ、これ以上のかかわりを持つことを断念していたはずながら、朧月夜のほうから積極的に求め続け、なかば公然と通っていたのであろうか。

朧月夜の入内の話は、源氏もすでに知っているようで、そうなると手の届かなくなる存在だけに残念には思うが、今のところはもっぱら紫上に心は奪われ、六条御息所から恨まれたように、これ以上の複雑な女性関係は持たないでおこうと心を固める。ただここまでの物語の流れには無理があり、この数年の源氏の身辺に生じた公私にわたる事件からしても、朧月夜と関係を持つ余裕などあったとはとても考えられない。政治的にも安定を保っているのは、帝位を退いたとはいえ、父桐壺院の絶大な存在があるからにほかならなく、それはそれでいつ藤壺中宮との密通事件が発覚するかもしれないとの恐怖に、源氏は絶えず怯《おび》え続けなければならなかった。

しかし、大きな運命の岐路が訪れたのは、源氏二十三歳の冬十一月一日に桐壺院の崩御、その悲しみも癒《い》える間もなく、「帝はいと若うおはします。祖父大臣《おほきおとど》、いと急にさがなくおはして、その御ままになりなむ世を、いかならむと、上達部、殿上人みな思ひ嘆く」（賢木）と、即位した朱雀帝は二十六歳ながらまだ若いと表現され、祖父右大臣の気性の短さと、「さがなし」とする性格の悪さにより、思いのままの政治が断行されるのではないかと、不吉な予感を懐く人々の心情が語られる。それ以上に恐ろしい存在は弘徽殿大后で、源氏の母桐壺更衣への憎しみの情はいまだに消えず、猜疑心《さいぎしん》の塊《かたまり》のようにこれまでの鬱憤《うつじょう》を晴らそうとする。

年が明けた正月は諒闇《りょうあん》というだけではなく、世情の変わりように、「大将殿は、ものうくて籠りゐたまへり」と、源氏は宮中勤めも億劫《おっくう》になり、家に籠りがちになる。人事異動の日が近づくと、昨年まで源氏邸の門前は大勢の陳情客であふれ、馬や牛車で混雑した光景だったのが、機微に敏いのか今年は人々の姿もほとんど見かけない。源氏にかかわる者への人事は冷たく、春宮母の藤壺中宮や左大臣一族にも圧力がかかってくる。その二月に朧月夜は尚侍《ないしのかみ》になったと記されるのは、入内させるのを諦め、内侍司《づかさ》の長官とすることによって、慣例ともなっている天皇へ近侍させる女性にするためであった。内侍所は温明殿《うんめいでん》とも称し、天皇家に伝来する三種の神器の一つである鏡を安置した役所で、女官の長が尚侍である。ただその長官の女性は、入内する女御や更衣と同じく、天皇の寵愛を受ける存在にもなっていた。

朧月夜の尚侍

朧月夜が尚侍になった事情については、雷雨の夜、源氏が朧月夜のもとに忍び入って密会していた姿を、右大臣に見られてしまい、腹立ち紛れに弘徽殿大后に不満を口にした中で明らかにされる。右大臣は、「朧月夜の婿にしたい」と申し入れたにもかかわらず、源氏はにべもなく断ったようで、かといって関係が噂にもなった娘を、今さら堂々と女御などにして入内させるわけにはいかなくなった。それで別ルートともいうべき朧月夜を尚侍にして宮中に入れ、立場は女官ながら女御と同じ皇妃の扱いにするしかなかったのだという。そのようにまで苦慮して宮中に入れた娘と、源氏は平然と逢っていたとなると、もはや耐えられない屈辱としか言いようがない。このようにして、かねて口実を探していた源氏の処罰を、遠流にして都から追放する手立てにしたといういきさつである。

桐壺院時代の尚侍が、院崩御の追慕の思いから出家したことで、空席となったポストの後任となったのが朧月夜であった。四十九日を終えて尼になったのは理解できるにしても、かねて弘徽殿大后は、右大臣が提案していた朧月夜を源氏と結婚させるという話をさえぎり、むしろ入内させるつもりだと述べていたのとの整合性が気になるところである。源氏が朧月夜との結婚を断ったとしても、どうして入内させなかったのか、二人の関係が噂に立ったこともあり、弘徽殿大后の意向をあえて無視し、右大臣は実質的には入内と変わらない尚侍という女官として宮中に入れるという手を用いたのであろうか。天皇から寵愛される身になったとしても、それはあくまでも女官の立場であり、女御とか中宮と名乗ることはできない。本来は、弘徽殿大后もそうさせたいと強く思っていたはずである。

朧月夜が尚侍になったというのは、花宴で源氏との出逢いがあってからすでに四年の歳月を経ており、その間に「大将（源氏）にのみ心つけたまへるを」と、朧月夜は源氏をひたすら恋い慕ったとの叙述があったにしても、具体的に二人の関係は記されていなかった。右大臣は弘徽殿大后の反対意見を押し切り、悩みながらもどうにか尚侍として宮中勤めをさせることにした。その朧月夜に、源氏は密かに通じ、しかも我が家にまで忍び入るという大胆不敵なふるまいを、右大臣はまざまざと目にしてしまう。気短な父親ならずとも、激怒するのは当然でもあるし、権力を持つ身にしてみれば、源氏の流罪など容易なことではあろう。

弘徽殿大后は父の考えには反対で、かねて妹の朧月夜を朱雀帝に入内させようとしていたはずながら、どうして尚侍としての宮中勤めに同意したのであろうか。右大臣は源氏の存在を憎らしく思いながらも、一方では政治力と人柄のよさを認め、葵上没後は娘との結婚話を進め、婿君として迎えたく思っていた。源氏からあっさりと拒絶され、すっかり面目を潰されたと右大臣は、これが娘の運命かと諦め、

世にけがれたりとも。おぼし捨つまじきを頼みにて、かく本意のごとくたてまつりながら、なほ、その憚りありて、うけばりたる女御などにも言はせたまはぬをだに、飽かず口惜しう思ひたまふるに、またかかることさへはべりければ、(賢木)

と、右大臣は悔しい思いを弘徽殿大后に訴える。

娘の朧月夜は源氏とのかかわりが生じ、うぶな女性ではなくなったとはいえ、朱雀帝はけっしてお見捨てになるような方ではないのを頼りにし、当初からの計画であった宮中入りを押し進めようと考えていた。

しかし一方では、娘と源氏との密かな交情が続いており、右大臣はそのなりゆきを知っているだけに、あるいは婿君の可能性もあるのかと、いささかためらっていたとも考えられる。ところが源氏は、右大臣の内々の申し入れに、そっけなくもその意思のなさを示す。本来なら誰

はばかることなく、正面から大手を振って女御にさせるところだったのだが、一度ならず源氏との関係が噂された女性を、朱雀帝に入れるには、どうしても世間体のはばかりがある。

それでもあきらめきれず、朱雀帝のもとに娘を入れる次善の策が、女官ながら尚侍とすることであった。女御と呼ばせることができなかった悔しさがあるとはいえ、朱雀帝は気にすることもなく、朧月夜を寵愛なさってくれるのが、せめてもの慰めである。そのようにやっと落着したと思っていたにもかかわらず、朧月夜と源氏とは逢瀬を重ね、しかも病によって宮中から下がっている我が家に、源氏が忍んで通っている現実を直接目にし、右大臣には鬱憤《うっぷん》の晴らしようがない。「源氏は世にたぐいのない人柄で、稀有《けう》な識者ともてはやされ、天下を動かす力も持っていると称えられながら、このような無体な行動をするとは、夢にも考えたことがなかった」といった、弘徽殿大后への右大臣の持って行き場のない鬱積した訴えを解釈すると、このような愚痴のことばになってくる。

朧月夜を女御として、晴れがましく入内させることができなくなり、尚侍にしてどうにか宮中入りさせる運命にしたのは、いうまでもなく源氏のせいである。その尚侍のもとに、源氏は臆面もなく忍んで通っていたのだから、怒りは収まりようがない。

右大臣は一度不満を口にすると、次々と抑圧されてきた思いが制御しきれないように、朝顔斎院とのかかわりの噂まで持ち出し、さらには左大臣にも怒りの矛先を向けていく。朱雀帝が皇太子の身でありながら、左大臣は葵上を妃としようともせず、源氏と結婚させせ、挙句には朧月夜との関係を引き起こすなど、もってのほかのことではないか。そもそも世の人々は誰もかれも源氏をひいきにし、兄の朱雀帝をないがしろにしてきたきらいがある。今の春宮が即位すれば源氏が後見役だけに、それを見越しての人々の期待なのであろう、と右大臣は一気に思いのたけをぶちまける。弘徽殿大后も、かねて父と同じく桐壺帝のもとでの源氏の横暴さを心よからず思っていただけに、朱雀帝が即位して権力を掌握したからには、「このついでに、さるべき事構へ出でむに、よき便りなり」と、処罰のよい口実ができたと、心密かに思うにいたる。

3　犠牲となった朧月夜

朧月夜の待遇

帝の衣装を調進《ちょうしん》する役所の御匣殿《みくしげどの》勤めをするようになった朧月夜は、花宴で出逢った源氏のことが忘れられず、恋しく慕い続けていたという。源氏は朧月夜が入内する話を耳にし、ありふれた女性ではないだけに「口惜しとはおぼせど」（葵）と、残念な思いはするが、葵上を失って喪に服し、その後は紫上との結婚という運びになっただけに、「ただ今は異ざまに分くる御心もなくて」と、とてもほかの女性に心を向ける余裕などないと明かされる。弘徽殿大后も、妹の朧月夜を後宮に入れる準備に余念がないと記されながら、二年後の二月に、彼女は尚侍として出仕していたことが急に紹介される。朧月夜は右大臣の娘という家格とともに、人柄もすぐれているだけに、朱雀帝に入内している多くの女御たちよりも、むしろ尚侍が寵愛を受けることになったという。入内して女御と呼ばれなかったとはいえ、女官として宮仕えをしながら、皇妃以上の処遇を受ける身となったというのだが、あまりにも言い訳がましい響きである。

桐壺帝は退位して院の御所に入ると、もっぱら藤壺中宮と過ごすようになったため、弘徽殿大后は不快な思いのまま、宮中で過ごしがちであった。桐壺院が亡くなると藤壺中宮は里の三条院に退出、弘徽殿大后はもっぱら右大臣邸で過ごすことが多くなり、時に参内してもかつて住んでいた弘徽殿ではなく梅壺御殿を用いていた。このような事情で弘徽殿の御所が空き、尚侍となって宮中勤めをしていた朧月夜が、姉のかつての御所を使用するようになった。

御匣殿の役所は、弘徽殿よりも北の、内裏からすると奥まった登花殿に設置していただけに、移り住むと朧月夜は晴れ晴れした思いがし、朱雀帝の寵愛も深いだけに、多くの女房たちが集まってくる。まさに今を時めくはなやかな賑わいの御所となったのだが、それでも朧月夜の心は、「思ひの外《ほか》なりし事どもを、忘れがたく嘆きたまふ」と、花宴の夜の源氏との逢瀬が忘れられず、嘆きがちであったという。これまでの叙述をうかがう限り、この四年の間、源氏は朧月夜を訪れていた証跡はなく、すでに述べたように、葵上が亡くなって悲しみに沈みながら忌に籠り、紫上と新たな生活をするなど、他に心を移す余裕などはなかった。右大臣は、源氏が朧月夜と通じていたため、入内を諦めて尚侍にしたというのだが、言いがかりのようで、論理的な整合性がない。

朧月夜が尚侍になって後、理由は明らかではないが、国家の重大事にかかわる法要が宮中で営まれた。五壇を設けての御修法《みずほう》、高僧たちが参集するという大がかりなものなので、朱雀帝による治世を強固にする護国鎮護の意図があったのであろうか。この法要の期間は、帝も慎む必要があり、清涼殿の北隣に位置する朧月夜のいる弘徽殿には、当然のことながら訪れることができない。これを見透かしたように、女房の中納言が、かつて花宴で忍び入った弘徽殿の細殿に源氏を導いたのだという。すぐ横は御修法がなされる清涼殿だけに人の出入りも多く、源氏が訪れるのはきわめて危険なはずである。しかも女の言動に源氏は落胆し、一時的な女性にすぎないと訪れることもなかったはずながら、月日を経て逢う朧月夜は、「見まほしき御けはひなり」と美しく成熟した姿として目に映る。

ただ、あまりにも作り過ぎた設定といわざるを得ず、前後の脈絡もなく挙行された一大御修法というのも、帝を謹慎させて源氏を忍び込ませる口実を作るためだったのであろう。どちらから密かに逢う段取りをつけたのか、朧月夜は源氏を恋しく思い続けていたとはいえ、花宴からは四年もの時間が経過している。朧月夜が一方的に忘れられないとするだけで、源氏から積極的に文などを送っていた気配もなく、ましてや逢う必然性もないはずである。

政治的な状況からも、この時期に右大臣家に近づくのは危ういと知っていながら、あえて大胆な行動をとったというのは、物語における好き人としての本性もさることながら、源氏には人目につくのをよしとする意図と思惑があったからにほかならない。朧月夜と昵懇《じっこん》である姿を見せることによって、人々の目をそちらに向けさせ、藤壺中宮との関係を隠蔽《いんぺい》するという魂胆である。

源氏の女性への思いの本質は記憶にない母の姿であり、その異なった愛情の発露が藤壺中宮へと向かい、冷泉春宮の誕生となった。ただ、それは絶対に漏らすことなく保持しなければならない秘密であり、少しでも綻《ほころ》びを見せると、源氏と藤壺中宮の運命は終焉《しゅうえん》を迎えてしまう。それだけに藤壺にとっての春宮の存在は、我が子というだけではなく、自らの存在にもかかわってくる。三条宮に退いた藤壺は、春宮を庇護しなければならない立場にありながら、宮中には弘徽殿大后が威勢を示し、しばしば参内するのもはばかられる。桐壺院が崩御しているだけに、後見の頼りは源氏しか存在しない。かといって近づくと、源氏の自分への執拗な思慕の情が向かってきかねなく、それはそれできわめて危険な情勢となってしまう。春宮の地位を守るには、藤壺と固く結びあって協力しなければならないことを、源氏は十全に知っていながら、逢う機会でも生じると、ほとばしるような恋慕は抑えきれない。

「いささかもけしきを御覧じ知らずなりにしを思ふだに、いと恐ろしきに」と、桐壺院は藤壺中宮と源氏との密事にいささかも気づくことなく、春宮をまったくの我が子と信じて生涯を終えた。藤壺中宮には強い呵責の念があるとはいえ、それが露見することへの恐ろしさも承知している。我が身の破滅はいたし方ないにしても、桐壺院はくり返し春宮の即位を願い、実現するようにと藤壺中宮にも源氏にも訓戒していた。その遺言がかなえられなくなることを、藤壺中宮はなんとしても避けなければならない。阻害するのは源氏の我が身への恋着で、その心をどうか失ってほしいと藤壺中宮は神仏に祈るしかなかった。

藤壺中宮の出家

藤壺中宮は用心に用心を重ねていながら、どうしたことであろうか、

あさましうて、近づき参りたまへり。心深くたばかりたまひけむことを、知る人なかりければ、夢のやうにぞありける。（賢木）

と、源氏が三条院に忍び込んできたのだ。藤壺中宮はただあきれるばかりで、誰にも知られないようにと周到《しゅうとう》な用意をしての源氏の訪れに、ほとんどの女房は気配を感じることもなかった。

藤壺中宮は源氏と出逢うことなど、まるで夢を見ているような思いであった。

恐れたことが現実になり、藤壺中宮は必死の思いで源氏から離れようとし、ついには胸の痛みを訴え、そこで女房の命婦と弁の君が初めて気づくというありさまとなる。源氏にとっての藤壺中宮への思慕は宿命といってもよく、分かっていても心の抑制の効かないまま身は勝手に動いてしまう。

源氏は藤壺中宮を間近で目にし、あらためて認識したのは、紫上とあまりにも似ていることであった。

髪ざし、頭《かしら》つき、御髪《みぐし》のかかりたるさま、限りなき匂はしさなど、ただかの対の姫君に違《たが》

ふところなし。年ごろすこし思ひ忘れたまへりつるを、あさましきまでおぼえたまへるかな、と見たまふままに、すこしもの思ひのはるけどころあるここちしたまふ。（賢木）

髪の生えぐあい、頭つき、御髪の垂れさがるさま、つややかなまでの美しさなど、そのまま紫上の姿と少しも違いがない。若紫と呼んでいた少女に藤壺中宮の面影を見いだし、二条院に連れ帰ってからすでに五年、忘れかけていたかつての自分の行いが、あらためて思い出され、あきれるまでの二人の重なりに、源氏は安堵の思いも覚える。姪と叔母という血筋からいっても当然とはいえ、源氏は藤壺中宮に紫上の姿を見いだしたのである。これによって源氏はもはや現実の藤壺中宮を追い求める必要もなく、紫上にその面影を映しての結婚生活の始まりとなり、やがてその藤壺中宮の姿も消えていく。

藤壺中宮は源氏の所業をどうにか未然に防ぎ、浮き名が噂として漏れ出るのも恐れ、桐壺院の一周忌を機縁に仏門に入る決意をしたのである。中宮として宮中に出入りし、春宮を護ることができなくなるのを覚悟してのことで、身を引いて後は源氏の力にすがるしかない。桐壺院の遺訓を二人で護るのを断念し、源氏にすべてを託し、強く自覚を促そうとする藤壺中宮の決断でもあった。それほどまでに、藤壺中宮や源氏の身辺は右大臣方に嗅ぎまわされ、監視は厳しさを増しており、わずかな漏洩でも誇大に吹聴するであろうし、事件となって累は春宮にも及びかねない危険な状況にあった。桐壺院の崩御の後は、確実に藤壺中宮と源氏の身辺に厳しい目が向けられ、隙があれば些細なことであっても、いつでも追い詰めようとする、鋭い牙を隠したような右大臣方の姿勢であった。

窮地に立たされているはずの源氏が、四年も月日を経てことさら朧月夜に近づいたのはなぜなのであろうか。秋の訪れとともに、源氏は鬱積《うっせき》する都の住まいから逃れるように、母桐壺更衣の兄が律師として住持する、都の北に位置する雲林院《うりんいん》に参籠し、誦経への布施、多くの僧や山人たちへの品々を寄進して下山してくる。桐壺院崩御後の政治状況、春宮の安泰への確保、藤壺とのかかわり、さらには紫上のことなど、これからどのような不測の事態が生じるとも知られないだけに、自らの進むべき道を定めようと、静謐《せいひつ》な時を過ごして考える必要があった。二条院にもどり、数日見ないうちに美しく成長した紫上とやすらかに語り、山から持ち帰った紅葉を藤壺中宮に贈り、参内して春宮にも朱雀帝にも対面する。

政治的に朱雀帝とは緊迫した関係にありながら、「かたみにあはれと見たてまりつたまふ」と、二人は共通する話題でなごやかな時を過ごし、ことさら政治的な話題を避ける。ただ朱雀帝は、どのような情報なのか、源氏と朧月夜との関係を知っており、「何を今始まったことではなく、これまでも二人のかかわりは長く続いており、むしろ似つかわしくもある」と内心では思いめぐらし、とりたてて咎めることもしなかった。しかも、「なほ絶えぬさまに聞こし召し、けしき御覧ずる折もあれど」（賢木）と、朧月夜と源氏との関係は続いており、そのように親密にしていた現場も朱雀帝は目にしているというのは、あまりにも悠長で、奇妙なことと言わざるを得ない。

朧月夜が尚侍となったのは源氏二十四歳の二月、これは九月のことなので、「五壇の御修法」の折の隠れた逢瀬《おうせ》だけではなく、その後大っぴらに源氏は通っていたのであろうか。なぜ朱雀帝は知っているのか、これほどまでに大胆なふるまいをしているのであれば、右大臣や弘徽殿大后も知っているはずながら、騒ぎ立てている様子もない。右大臣が知ったのは、源氏が屋敷にしばしば忍び入り、ある日の雷雨の激しさの後、心配して朧月夜の部屋を訪れると、そこに平然としている姿を目にし、証拠の文を手にした折であった。その驚愕を弘徽殿大后に訴え、それによって源氏の流罪を考えるようになったはずで、このあたりいささか物語の展開に不自然さがともなう。源氏の知らないところで、朧月夜との関係がとり沙汰されるのである。

朱雀帝は朧月夜を寵愛していたと書かれていながら、これほどまでに源氏に対して心穏やかで寛容な態度でいれられるのは、人柄がよすぎるというだけではなさそうである。これが朱雀帝に入内していた女御と通じていたのであれば、歴史事実も存するように、すぐさま男女ともに処罰の対象となる。朧月夜が弘徽殿を居所にし、朱雀帝の寵愛を受け、女御と待遇は異ならない存在だとしても、あくまでも尚侍という女官であるにすぎなく、他の男性と密かに情を通じ合っていたとしても、道義的な責任はともかく、罪刑には相当しない。弘徽殿大后は朧月夜の入内を考えていながら、急に尚侍にして宮中勤めをさせたというのは、結果的には源氏との関係が生じても罪状には相当しないような仕組みにしたというほかはない。

ぎりぎりの危機的な状況を作りあげ、不自然な作意を施すことによって、源氏の罪を回避できるような仕掛けにしていた。朧月夜と通じ、それが世間に漏れ出ることは、源氏にとってはむしろ策略として好都合なことであった。露呈しかねなかった藤壺中宮とのかかわりは、表面的な朧月夜との騒動の影に隠され、源氏はそれをうまく利用できたのである。源氏を恋い慕うように造型された朧月夜は、源氏だけではなく、右大臣からも強いられた犠牲者であったといえるかもしれない。

五　源氏の須磨での生活

1　朧月夜との奇妙な関係

源氏の朧月夜への思惑

源氏は藤壺中宮を求めようと、南殿《なでん》（紫宸殿）での桜の花宴を終えた夜、後宮のあたりを一人ふらふらと歩きながら、ふと戸口の開いていた弘徽殿の細殿に入り込み、思いがけなくも朧月夜との出逢いがあったことは、すでに述べたところである。その後、右大臣家での藤花の宴の夜、御簾《みす》越しながら探していた女性を見いだし、歌を詠み交わして品のなさに源氏はすっかり幻滅する。源氏は関係を持つことも諦め、挿話としての二人の関係はそこで終わっていたはずである。それまで続いてきた、空蝉、夕顔、末摘花、源典侍といった、それぞれ個性と境遇の異なる女性を登場させて若い時代の源氏の好き心を語り、それで終焉《しゅうえん》して後の物語には直接かかわらないようにしていた。ただ、右大臣との権力闘争のために、朧月夜は新たな任務が付与され、再活動する女性に仕立てられた。

花宴から二年半経て後に、朧月夜は源氏への恋慕はやむことがないと語られ、さらに二年たって尚侍として宮中入り、女御として朱雀帝に入内するのがためらわれたのは、源氏との関係が邪魔をしたのだというのが、右大臣の釈明である。源氏は朧月夜に出逢った女性が五君か、六君かと知りたく、良清等に命じて探索させ、あれほどこだわっていたにもかかわらず、その後は穿鑿《せんさく》することもなく、朧月夜という女性として定着し、女性から誘いかけられるように源氏は密かに逢う仲となってしまう。それが秘密かと思うと、すでに朱雀帝の耳にまで入っているというのだから、奇妙ななりゆきとしか言いようがない。朱雀帝へ入内が考えられていたというので、結果的に六君だったということになるのだが、五君の存在はその後話題にされることもない。

これは人物の必然的な関係によるのではなく、源氏が朧月夜に心引かれるようにと設定し、ことさら表面的に騒ぎ立てられる必要があった。藤壺中宮との秘事が露見し、源氏の運命までも狂わしかねない深刻な事態を、これによって未然に隠蔽することができた。むしろ源氏は積極的に朧月夜との関係を結び、右大臣や弘徽殿大后の関心を強く引くほうが、戦略的にも都合がよかった。物語にはもはや登場するはずのなかった朧月夜を、四年も経た後に表舞台に引き出し、源氏との結びつきを持つことによって、右大臣方の怒りを買わせる任務を果たすことになる。あわれにも、朧月夜は〈道化師〉の役割を担わされて再登場したのである。

桐壺院の一周忌後、藤壺中宮は源氏の恋慕を断念させ、春宮を護る必要もあって出家の身となり、厳しくなりつつある世の監視から目を背けさせる。年が明けての人事では、藤壺中宮や源氏の周辺人物にも露骨な圧力が具体的になされ、左大臣も「公私《おほやけわたくし》ひきかへたる世のありさま」に、たまらず致仕の表を提出する。公私ともに、かつての治世とはまったく異なった推移をしているのだ。桐壺院からの数々の遺言も、もはや効力など無に等しく、権力の放棄を願い出るまでに追い詰められていたのである。源氏とて「宮仕へをもをさをさしたまはず」と、正三位近衛大将の身でありながら宮中勤めもほとんど放棄し、左大臣息子の三位中将や、同じく政権からも重用されない博士達を呼び集めての「文作り」「韻塞《ふた》ぎ」といった遊びの日々、「世の中には、わづらはしきことどもやうやう言ひ出づる人々あるべし」と、このままでは不測の事態が起きかねないと、世の中には不安に思う人々もいたという。源氏などがサボタージュしているのは、政権への反逆行為だと、あらぬ噂も流されてしまう。この動きが高じると、源氏には謀反という汚名が着せられ、まことしやかに囁《ささや》かれもするであろう。

源氏の行動は、左大臣、藤壺中宮方の勢力の維持を図ろうとする、右大臣方へのせめてもの抵抗ながら、世の大勢は徐々に変化していく。人々にとっての最後の砦《とりで》は源氏の存在なのだが、「わづらはしうおぼし乱るることのみまされば」（花散里）と、政権の圧力は少しずつ源氏の周辺に及んでくる。厄介で苦悩する日々に、源氏は将来を不安にも思い、「世の中なべて厭はしうおぼしならるるに」と、嫌な世の中との思いが増すばかりである。俗世の厳しさから、源氏は放棄して出家する道もありはするが、そうするとすべてが潰《つい》えてしまう。さすがに源氏も追いつめられてしまい、翌年の春に、「世の中いとわづらはしく、はしたなきことのみまされば、せめて知らず顔にあり経ても、これよりまさることもやとおぼしなりぬ」（須磨）と、現状よりさらに悪くなることはなかろうと、わずらわしさのない須磨へでも赴《おもむ》こうと、都から離れる決断をするにいたった。もっとも頼りにしていた父桐壺院の崩御、左大臣の隠居、藤壺中宮の出家と続き、源氏の身の回りは身動きもできないように逼塞《ひっそく》してしまう。さまざま困惑する事態ばかりが生じ、出仕もしないで、政務とはかかわりなく過ごそうとしても、状況はますます悪くなるばかりであった。

まだ須磨への逃避を考える前の、花散里へ訪れていた頃と同じ夏、朧月夜は熱をともなう夏風邪も加わったのであろうか、長く「瘧病《わらはやみ》」に煩わされていた。祈祷などをしてゆっくりと療養するのが最善と、朧月夜は親の住む右大臣邸に退出することになる。宮中勤めの解放によるのか、ほどなく快癒し、右大臣家の人達も安堵の思いでいるその隙に、源氏を呼び込むという大胆な行動に出る。源氏もそれに呼応して、「わりなきさまにて夜な夜な対面《たいめ》したまふ」というのだから、あまりにも大胆な行動というほかはない。

危機的な現状を忘れさせるほど、源氏はなぜ見境《みさかい》もなく、狂ったように朧月夜のもとに通ったのであろうか。『伊勢物語』の、業平を思わせる「むかし男」が、二条后高子《たかいこ》に「宵々ごと《よひよひ》」に通い、結局は「京や住み憂かりけむ」と、都をはなれて東下りするにいたったイメージが重なってくるにしても、あまりにも源氏の行動は無謀すぎる。しかも弘徽殿大后が、宮中から右大臣邸に帰参している折に、源氏は忍び入るのである。

右大臣の憤懣

毎夜のように源氏は右大臣邸へ通い、朧月夜との密会を重ねていた。あまりにも不自然な行動なのだが、それと気配を知った女房もいたはずであろう。ただ複雑な状況下にある今の世の中だけに、右大臣に密告でもすれば、かえって厄介なことになりかねないと、いずれも口を閉ざしていた。ある夜、激しい雷雨に見舞われ、家の者たちは騒ぎたち、女房たちも恐ろしがり、大勢が朧月夜の部屋に集まってくる。源氏は朧月夜のもとから出ていくこともできなくなり、帰るにしても時の過ぎるのを待つしかない。

少し小降りになったところで、父右大臣が娘の身を案じて急に訪れ、部屋に入るなり、落ち着きのないまま御簾を引き上げて安否を気づかう。不意の見舞いに朧月夜も困惑しながら、御帳台《みちょうだい》から這い出て父と対面する。娘の顔がほてって赤くなっているのを見て、右大臣は「物の怪」の患いがまだ完治していなかったのかと思い、修法をもっと続けておくべきだったと悔やんでいると、男物の帯が着物にまとわりついて出てくるではないか。

これには右大臣もすっかり驚き、ふと床を見ると、薄葉紙《うすようし》に書いた恋文が落ちているのが目に入る。誰の筆跡なのか確かめようと手にし、几帳の中をのぞくと、そこに「いといたうなよびて、つつましからず添ひ臥したる男あり」と、源氏の姿をすっかり目にしてしまう。とてもしなやかで、悪びれた様子もない男が、娘の傍らに横になっているのだ。右大臣はさすがにそれ以上のこともできず、黙ったまま文を手にして弘徽殿大后のいる寝殿へ帰っていく。もはやこれまでと死ぬほどつらく観念する朧月夜を、源氏は自分の不用意な行動から大変なことを引き起こしてしまったとは思うものの、今は目の前の女性を慰めるしかすべがなかった。

右大臣はすぐさま弘徽殿大后のもとに赴き、目の前にした娘と源氏との秘事を憤懣《ふんまん》の思いでぶちまける。「かうかうの事なむはべる」と、源氏が臆面《おくめん》もなく自分と目を合わせた姿、恋文はまさに源氏の筆跡に違いないと、一部始終をまくしたてる。娘が男と密会している現場を、すっかり見顕《みあらわ》してしまったことに、右大臣は父としてさすがに忸怩《じくじ》たる思いがしたのであろう。かつて源氏が朧月夜とかかわりがあるのを知り、腹立たしく思いはしたが、人柄のよさに引かれて婿にしたいと申し入れたところ、誠意を示そうともしない。右大臣は寛容な思いから、相手を許すつもりもあったにもかかわらず、源氏は平然と無視する態度であった。右大臣は心外なことと怒りはしたものの、これも娘の宿縁かと諦め、朱雀帝なら見捨てはしないだろうと入内を考えるにいたった。

ところが、源氏は朧月夜との関係を持ち続けているではないか。朱雀帝自身もその事実を知っていたようで、これでは入内させて女御などと呼ばせるわけにはいかないと、右大臣は断念する。結局は尚侍として宮中勤めをさせ、朱雀帝の寵愛を受ける身となった。このような過去のいきさつがあっただけに、右大臣としては今なお悔しい思いが念頭から離れない。それがこともあろうに、我が屋敷に源氏が忍び入り、娘と密会している現場をはっきりと見てしまった。あまりにも源氏の横着な非道さぶりに、右大臣は我慢のならない思いのたけを、弘徽殿大后にしゃべり続けたという次第である。

娘の朧月夜が源氏と昵懇《じっこん》の仲になっているのを知り、正妻の葵上が亡くなったこともあり、右大臣は穏便な措置として婚儀を申し入れた。ところが源氏はそのような意向などさらさらなく、耳を傾けようともしないのを知り、好意を無にされた腹いせもあり、逆に憎悪を増すことになる。どこまで二人の関係が世間に知られていたのか不明ながら、右大臣は遠慮の思いもあって朱雀帝への入内を断念し、尚侍《ないしのかみ》にして宮中勤めをさせることにした。

ただこのあたりの経緯になると齟齬《そご》があり、弘徽殿大后は初めから源氏を婿にするのは反対の立場で、入内の準備を進めていた。それに現存本の花宴巻末は「いとうれしきものから」とする表現によって、源氏は朧月夜とのかかわりを続けようとは考えてもいなかった。それが四年後に急に脚光を浴びるようになったのは、右大臣家との対立をきわだたせ、源氏の須磨行きの口実作りに朧月夜を起用したことは、すでに触れた通りである。

右大臣の話を聞いた弘徽殿大后は、これも「春宮の御世の心寄せことなる人なればことわりになむあめる」と、源氏が春宮の後見人の立場にあるだけに、その擁立を志向しているのは当然のことで、現在の朝廷にとっては警戒しなければならない存在だと断言する。朱雀帝の退位を図り、春宮を即位させることにより、源氏は自らの権力を行使しようとしていると解釈する。右大臣側からすれば、確かに源氏は危険な人物で、朱雀帝の気弱な性格からしても政権は盤石《ばんじゃく》でなく、退位に追い込まれでもすれば、すぐさま報復のように自分たちの身は破滅へと向かいかねない。我が屋敷へ平然と忍び通う源氏の傲然《ごうぜん》たる態度は、破廉恥なふるまいという以上に、自分たちを見くびった行為であり、反逆ともいえる。

源氏の危機的状況

右大臣と弘徽殿大后は、無念な思いながらも、この機会をうまく利用しない手立てはないとの思いである。朧月夜との密通による処罰というわけにはいかないにしても、朱雀帝の地位を脅かしたという名目は立てられる。春宮の即位を図ったと申し立てれば、それは現政権への謀反に等しくなる。

源氏が都から追放されると、たちどころに春宮は孤立し、藤壺中宮がもっとも頼りにしている心のよりどころも裏切ることになる。藤壺中宮は春宮の出生の秘事を隠し通し、その地位を必死で護らなければならない。政権の不穏な動きが身辺にも及ぶ気配に、権力への志向は皆無との「証し」として、藤壺中宮は仏門に入って俗世を絶ったのである。桐壺院から全幅の信頼を寄せられ、春宮の正統な後見人と指示されている源氏にとっては、当然のことながら護持しなければならないだけに、藤壺中宮の出家した真のメッセージも痛いほど理解できる。そうであっても、源氏にも危険の魔手が迫ってきているのは確かで、このままでは身の安全さえもおぼつかなく、藤壺中宮との疑惑は穿鑿《せんさく》され、疑念を持たれでもすると、春宮の安泰どころではなくなってくる。

源氏は朧月夜との関係をことさらクローズアップし、疑惑の目をそちらに向けさせるという奇策を練る。源氏の行動は、藤壺中宮の出家と呼応する方法といってよく、春宮の出生の秘事問題を隠し、安全な場所に隔離することであった。身を危険にさらしてまでの、源氏の目立つばかりの演じようは、一種の賭けといってよく、結果は春宮の保全につながるのか、さらなる事態の悪化を招くのか、予測のつかないことではあった。

源氏は官位を剥奪され、出仕もままならず、家に閉じこもって心ある人々と遊ぶのがせいぜいで、春宮の世話もできなくなる。藤壺中宮との関係は絶対といってもよいほどの秘事であり、いささかでも疑惑の目が向けられないように、朧月夜との関係を大仰にし、注目されて騒がれるしかない。右大臣や弘徽殿大后の怒りの矛先の目を、朧月夜と通じていることに向けさせるのが、源氏の身を賭しての策略である。あくまでも一人の女性との恋愛であり、その相手がたまたま右大臣の娘であったにすぎなく、朱雀帝に入内している公的な立場の女御ではないと主張するつもりであった。

ところが流罪という噂が流れ、しかも「遠く放ちつかはすべき定め」があるという情報に、源氏はいささか驚きを隠すことはできなかった。右大臣方がそのような大罪の方針を念頭にしていたとは、さすがに源氏も思いが及んでいなかっただけに、この先の身の振り方を急いで決めなければならない。今の情勢では具体的に流罪の宣旨が出されるに違いなく、刑が執行されると、もはや源氏の権力の復活は絶たれてしまうのは明らかである。このようにして源氏は、「世の中いとわづらはしく、はしたなきことのみまされば、せめて知らず顔にあり経ても、これよりまさることもやとおぼしなりぬ」（須磨）と、何ごともなかったように都を離れることにしたのであった。

あくまでも源氏は処罰が下されるのを甘受するのではなく、世の中を憂鬱に覚え、わずらわしく困惑するようなことばかりが生じてくるので、かかわりがないとそ知らぬ顔で過ごしていても、これ以上よくなりそうもないため、思いきったふるまいをしようと、都を離れることにしたのである。都に残ってぐずぐずしていれば、源高明のように捕縛され、恥辱を受けて護送される恐れもある。そのような事態にでもなれば、もはや春宮の存在とともに、自身の政治生命を終わってしまう。

源氏が都を不在の間どうするのか、藤壺中宮や春宮の身は安泰なのか、紫上の生活を含め心配の種は尽きることがない。物語には書かれてはいないが、そのあたりの手配は抜かりなくしたはずで、宮中においても右大臣・弘徽殿大后色にすべてが塗り替えられているわけではなく、密かに源氏に通じる官僚たちもいたはずである。宇治八宮が春宮候補になっていたというのはずっと後の展開であったにしても、現冷泉春宮を退位に追い込む画策は当然のことながら進めていたに違いない。藤壺中宮が出家し、左大臣は辞任、それにもっとも強力な存在であった源氏が都落ちという今こそが、右大臣一族の勢力を拡大するには絶好の機会でしかない。それが実現しなかったというのは、現政権が安閑としていたわけではなく、桐壺院の残された勢力、源氏一派とのすさまじいまでの、政治的な権力の攻防が背後に存していたはずで、結果的には右大臣方の力が及ばなかったのであろう。高明や伊周などが歴史的には身近な例ながら、政治的なことまで綴るのは、もはや女性の物語ではなくなってしまい、語り手の意図するところではなかった。

物語では、

さぶらふ人々よりはじめ、よろづのこと、みな西の対に聞こえわたしたまふ。領じたまふ御庄《みさう》、御牧《みまき》よりはじめて、さるべき所どころの券《けん》など、みな奉りおきたまふ。それよりほかの御倉町《みくらまち》、納殿《をさめどの》などいふことまで、少納言をはかばかしきものに見おきたまへれば、親しき家司《けいし》ども具して、知ろしめすべきさまどものたまひ預《あづ》く。（須磨）

と、源氏付きの女房はすべて紫上に託し、荘園から牧場を始め、しかるべき土地の権利書なども渡したことを明らかにする。さらに「御倉町、納殿」とする、多くの倉と蔵品の数々も、紫上に仕えるしっかり者の乳母に、職員とともに管理を任せたという。

源氏は都を離れるにあたって、思いつきではない用意周到さを示しているだけに、公的な政務なども将来の布石について手抜かりはなかったことであろう。身近な歴史として人々も知る、流罪にともなう家族を含む悲劇的な混乱を、源氏としては避ける必要がある。名目はいずれであっても、検非違使に取り囲まれ、大騒ぎをされて都から追い立てられるような悲劇は避けなければならないとの、源氏の強い思いであった。

2　源氏の流謫

須磨での生活

源氏の財産を推計したところで意味はないかもしれないが、母桐壺更衣からの伝領、父桐壺院からの贈与を含め、膨大なものであり、中には不動産だけではなく、今日からすると文化的価値の高い品々も存したはずである。後年になって、冷泉帝のもとでの、弘徽殿女御と斎宮女御との間で催された絵合において、紫上に「古代の御絵どもはべる」と語り、

殿に古きも新しきも絵ども入りたる御厨子《づし》ども開かせたまひて、女君ともろともに、今めかしきはそれそれと選《え》りとどのへさせたまふ。（絵合）

と、蔵に納められていた観音開きの厨子棚から絵巻を取り出す。これについては、後に詳述するが、概略だけ指摘しておくと、箱には「長恨歌」「王昭君」の作品のほかに、豪華な料紙に紫檀《したん》の軸を用いた、巨勢相覧《こせのおうみ》による絵、紀貫之が詞書《ことばがき》の筆を染めたという『竹取物語』、さらに同じような作りの『伊勢物語』の存在も明かされる。醍醐天皇がモデルとされる桐壺帝だけに、その時代に製作された品々が、源氏への遺産になって移譲されていたのであろう。その一つとして選び出したのが、紫上にも見せていなかったという「須磨の絵日記」であった。

明石姫君の裳着《もぎ》の準備では、「二条院の御倉」を開けて六条院に運び入れ、

故院の御世のはじめつ方、高麗人《こまうど》の奉れりける綾緋金錦《あやひこんぎ》どもなど、（梅枝）

と、父院から伝えられた錦や金襴《きんらん》の類が大切に源氏のもとで保管されていたことも知られる。このたびは格別にすぐれた品を用いることにしたとの記述なのだが、高麗の相人を鴻臚館《こうろかん》に迎えたのは源氏の七歳過ぎたころであった。右大弁の子のようにして観相させたところ、「あまたたび傾《かたぶ》きあやしぶ」ということで、結果的には若宮の素性は知られてしまった。桐壺帝から歓待の宴などがあったのであろうか、

いみじき贈り物どもを捧げたてまつる。おほやけよりも多くの物賜はす。（桐壺）

と、品物の交換によって「綾緋金錦《あやひこんぎ》」が呈上され、それが今では源氏の蔵に納められるにいたったと知られる。

源氏は自分に託されている膨大な資産を、遺漏なく保管の確保をし、将来に備えての政務も措置した上での離京であったに違いない。行く先の須磨についても手配済みで、周到な用意は次のような描写によっても明らかである。

かの須磨は、昔こそ人の住みかなどもありけれ、今はいと里ばなれ心すごくて、海人の家だにまれになど聞きたまへど、人しげく、ひたたけたらむ住まひは、いと本意なかるべし。さりとて、都を遠ざからむも、故郷《ふるさと》おぼつかなかるべきを、人悪くぞおぼし乱るる。（須磨）

源氏は都から遠くなく、かといって謹慎を行動で示すにはふさわしい場所として須磨での隠《いん》棲《せい》を思いついたという次第である。

須磨は畿内の西の端《はし》に位置し、源氏はその地に荘園も持つだけに、まったく見知らぬ土地に赴くわけではない。源氏は所有する荘園の巡検に出かけたという理由が立たなくもないが、勝手に都を離れるとなると、日程を含めて天皇の赦しが必要になってくる。都にいては住みづらくなるばかりで、同じ災厄によって煩わされるのであれば、運命のなすにまかせて、地方へ下ろうとの源氏の決断であった。桐壺院の遺言を履行しようとしない、朱雀帝への抵抗を、源氏は行動によって示したともいえる。

源氏が須磨で生活した場所は、すでに触れたように、文徳天皇時代に在原行平が何かの事件にかかわり、須磨に流されて住んでいた旧跡の近くだという。それだけ述べると、当時の読者には行平のわび住まいと源氏のイメージとを重ね、さらに行平弟の業平が都に住めなくなり、東国へ流浪した姿をも連想したはずである。

源氏の住まいは、「海づらはやや入りて」と、海辺から少し山寄りの、「あはれにすごげなる山中なり」と、ぞっとするほどの情趣深い山の中だという。源氏が須磨へ下るまでには、荘園や配下の者たちによるのであろう、すでに建物の準備がなされ、

垣のさまよりはじめてめづらかに見たまふ。茅屋《かやや》ども、葦《あし》ふける廊めく屋など、をかしうしつらひなしたり。(須磨)

と、風流な構えをしていた。これによっても、源氏はかなり早く須磨行きを決意し、迎え入れる用意をさせていたと知られる。垣根を巡らしたさまも珍しく、茅葺《かやぶき》の屋根、葦で葺いた渡殿《わたどの》

のような建物など、源氏は興趣の思いを抱く。質素な小屋を想像していたのだが、この描写からするとそれなりの敷地と構えをした造りだったようだ。

流謫《るたく》の身でなければ、この海辺の眺めと風雅な建物に源氏は興趣も持つはずだが、今はそのような心の余裕もない。これから先、ここで何年過ごさなければならないのか、紫上とも永別になってしまうのかと、不安な思いにもとらわれてくる。仮の宿りとはいえ、源氏の心細さを慰めようとの配慮によるのか、良清は今の播磨守の息子だけに、「近き所どころの御庄《みさう》の司《つかさ》召し」と、人々を動員しての、趣向を凝らした建物には満足の思いでもある。「水深う遣りなし、植木どもなど」と、遣水《やりみず》も深くして池に引く水の流れをよくし、庭には木々を植えるなど、環境を整えもする。

春から夏、長雨の季節、やがて秋の訪れと、月日につけて源氏は都の人々と文も交わし、都の様子をも知ろうとする。紫上、藤壺中宮、花散里、伊勢に下った六条御息所、それに朧月夜などと、それぞれの思いを語り合う。須磨での源氏の風雅な暮らしぶり、都の人々とかわす文に記された詩文など、都には不在ながら、尊崇や憧憬もあるのか、むしろ評判は高まってくる。「源氏からこのような消息が届いた」とか、「須磨のすばらしい景観を詠じた漢詩が書かれていた」「須磨の海辺近い建物での生活らしい」などと、宮中でも噂が広まってくる。

それを耳にするにつけ、弘徽殿大后は腹立たしく、

「朝廷《おほやけ》の勘事《かうじ》なる人は、心にまかせてこの世のあぢはひをだ知ること難《かた》うこそあなれ、お

もしろき家ゐして、世の中を謗《そし》りもどきて、かの鹿を馬と言ひけむ人のひがめるやうに追従《ついしやう》する」など、あしきことども聞こえければ、わづらはしとて、絶えて消息聞こえたまふ人なし。（須磨）

と、強い不満を口にする。皇子たちや上達部などはしばしば源氏との往信を楽しみにしていたものの、脅迫めいた弘徽殿大后の怒りに、人々はすっかり萎縮してしまう。源氏は口では謹慎するためと唱えながら、須磨では風流な住まいをし、宮中の人々を操っているとの思いがあったのであろう。

かつて宮中で出会った弘徽殿大后方の頭弁《とうのべん》が、源氏に聞こえよがしに、「白虹《はくこう》日を貫けり」と源氏の謀反をあてこすり、藤壺も戚夫人《せきふじん》の虐殺を連想して恐れを懐いたというのは、いずれも中国古典の『史記』を背景にしていた。ここでも同じく「秦始皇本紀《しんのしこうほんぎ》」を用いて、宦官《かんがん》の趙高《ちょうこう》が、擁立した二世皇帝の胡亥《こがい》に、自分の権勢を見せつけようとした故事を引く。皇帝の前に「鹿」を持ち出して「馬」だと奏上すると、皇帝は「鹿」ではないかと不審にも思う。ところが趙高《ちょうこう》は臣下たちに確認を求めると、ある者は恐れて黙し、ある者は阿諛《あゆ》して「馬」だと同調するが、正直に「鹿」と答えた者は、自分に逆らったと処分したという。

弘徽殿大后は、源氏を「朝廷《おほやけ》の勘事《かうじ》なる人」と称しているため、密かに須磨行きを知り、公的には後追いによって、処罰の勅勘を下したことになる。左遷による流罪でも追放でもなく、もっとも処分の軽い謹慎処分といったところで、世間に向けては「源氏には無法な行為があったため、勅勘に処した」とでも公布していたに違いない。あくまでも源氏の自主的な須磨行きではなく、朝廷の厳命によって退去させたという体裁にしていたのであろう。そのような勅勘を受けた身の源氏と、いまだに親密に交流を続けているのは不届きなこと、といった弘徽殿大后側の言い分で、かなりやっかみ的な心根が感じられてくる。その権勢を恐れ、源氏と文通していた人々は、嫌疑をかけられるとかえって厄介なことになり、我が身に災いが降りかかるかもしれないと、すっかり消息する者もいなくなってしまった。

住吉の神の「さとし」

源氏の須磨での生活もすでに一年、昨年植えた若木の桜は、春の訪れとともにほのかに花が咲き初めてくる。左大臣の長子頭中将は、右大臣四の君の婿君でもあるだけに、政敵の一族ながら人柄のよさから政務にも参画し、今年は三位の参議に昇任するという厚遇ぶりでもある。頭中将にとって朋友ともいうべき源氏の不在は味気なく、会いたい思いがするが、処罰を恐れて誰も須磨へ訪れる者はいない。密かに出かけ、それが露見でもしようものなら、身の危険になりかねない。頭中将はそれが理由で処分されようともかまわないとの覚悟で、思いたって須磨へと下向《げこう》する。

都でも評判になっているように、源氏の住まいは「言はむ方なく唐《から》」めき、絵に描いたようなながめで、「竹編める垣しわたして、石の階《はし》、松の柱、おろかなるものから、めづらかにをかし」と描写する。竹を編んでめぐらした垣根、石の階段、松の皮のついたままの柱であろうか、大ざっぱな作りながら、珍しくもあり、趣き深い住まいのさまである。一年ぶりの再会、「月ごろの御物語、泣きみ笑ひみ」し、旧交を温めてあわただしく帰洛していった。

中将は、遠慮することなく政権内部の実情も話したはずで、それと源氏の復帰後の段取りも語られていたかもしれない。中将は危険を冒してまでの須磨行きながら、結果としては何の咎めもなされなかったようだ。右大臣・弘徽殿大后方としても、確固とした源氏処分の方針を持っていなかったことを証するのであろう。これが天皇命による流罪などであれば、婿君の中将として政権への反逆となるはずである。

須磨へ下ったのは「三月二十日あまりのほど」、月日はめぐって早くも「弥生の朔日《ついたち》」の巳《み》の日が訪れる。「かくおぼすことある人は、禊《みそぎ》したまふべき」（須磨）と、生半可な物知りのことばにそそのかされ、源氏は海辺に出向き、簡素ながらの神事を営む。悩みごとのある者は、この日に神に祈ってお祓いをするのがよいとの誘いに、源氏は出向くことにした。三月上旬の巳の日に、身の穢《けが》れや災いを人形《ひとかた》に撫《な》で移し、それを川や海などの水に流すというのだ。源氏は、「舟にことごとしき人形《ひとかた》のせて流す」と、一般には紙で作るのだが、ここでは大きな藁《わら》で人形を作ったのであろうか、小舟に乗せて海の沖合へと押しやる。晴れた日の海、人形は小舟とともに遠く波間に消えてしまう。

この後はすでに述べたように、「にはかに風吹き出でて、空もかきくれぬ」と、急に天候が悪化し、やがて猛烈な風雨と雷鳴の日々が続くようになる。「なほ雨風やまず、雷鳴《かみ》り静まらで、日ごろになりぬ」（明石）と、異常な現象が連日続くありさまで、さすがに源氏も恐ろしくなりはするが、「まだ世に赦《ゆる》されもなくては」と、謹慎が解かれてもいない身では帰京するわけにもいかず、嵐に怯《おび》えて帰ってきたとなると、世間の笑い者になってしまう。静かさを求めて山深く分け入っても、源氏は風浪の恐ろしさのため姿を隠してしまったと、これまた後々まで噂となり、世に恥をさらすことになりかねない。

源氏は毎夜のように、「そのさまとも見えぬ人」の姿を夢に見、「など、宮より召しあるには参りたまはぬ」と責め立てられる。「海の中の竜王」が自分を魅入ったものとわずらわしく、このまま須磨に住み続けるのは堪えがたい思いがする。「竜王」の住まいの龍宮が、須磨の海にあると、源氏は思ったのであろうか。

そのような嵐の中二条院からの使いが訪れ、都でも異常な風雨と落雷続きで、「いとあやしき物のさとし」と、怪奇な何かのお告げだと恐れ、宮中では鎮護国家の法要が営まれたという。建物の倒壊があったのか、道が雨で冠水《かんすい》したのか、宮中に通う道も通行できないため上達部《かんだちめ》の出仕もままならず、政務も滞ってしまうありさまである。さらにことばを続け、「いとかく地の底徹《とほ》るばかりの氷降《ひ》り、雷《いかづち》の静まらぬこと」は、前代未聞のことだと訴える。大地を貫くばかりの雹《ひょう》が叩きつけ、雷鳴が鳴り轟《とどろ》き、収まることがなく、人々は畏怖の思いで日々を過ごしているありさまである。

それは須磨でも同じことで、「潮《しほ》高う満ちて、浪の音荒きこと、巌《いはほ》も山も残るまじきけしきなり」と、高潮が襲い、波濤《はとう》は海辺の巌も山も飲み込んでしまいそうな激しい勢いである。このまま「世は尽きぬべきにや」と供人《ともびと》たちも不安な毎日で、都に帰ることもできず、妻子にも会えなくなるのかと嘆くばかりである。源氏は海をつかさどる住吉の神に祈願し、人々も多くの神仏に声を合わせて大願を立て、「海の中の竜王」に夢中になって願いを捧げる。

ところが雷鳴はますます音高く鳴り響き、ついに廊の渡殿《わたどの》に落雷して炎上する。皆はすっかり肝をつぶし、おろおろするばかりである。大声で泣きわめく者もいて、その声は雷鳴以上だというので、騒然とする場面が目に浮かぶようだ。源氏をひとまず台所のような粗末な場所に移し、雷鳴もどうにか一段落したのは、三月十三日の宵の刻であった。

源氏の風流な住まいは、「海づらはやや入りて」と紹介されていたが、すぐ近くまで高潮が押し寄せてきていた。あのまま激しい風浪が続いていれば、建物ごとすっかり波間に漂っていたかと思うと、今さらながら恐ろしくもなってくる。これもひとえに神のご加護と感謝し、源氏は、

海にます神のたすけにかからずは潮《しほ》のやほあひにさすらへなまし（明石）

と歌を捧呈する。「やほあひ」は多く集まる場所、ここでは潮がぶつかり合う深い海を意味し、あやうくそこに家ごと押し流され、波の藻屑となっていたはずながら、祈願した神の助けによっ

て命拾いしたことを表明したのである。これまでの連日の荒れ模様とはすっかり異なり、空には星がまたたき、月も明るくさし上ってくる。源氏は翻弄《ほんろう》され続けてきただけに、すっかり疲れてしまい、不本意ながら物に寄りかかってうたたねをしてしまい、そこに桐壺院が夢に現れ出たのである。

桐壺院は源氏の苦難を救おうと、地獄からはるばると駆けつけ、「などかくあやしき所にはものするぞ」と、須磨にとどまっている姿を目にしていらだちを帯びたことばを投げかける。「住吉の神の導きたまふままに、はや舟出してこの浦を去りね」と、一刻の猶予もなく、住吉明神の導きに従い、この浦から離れるようにとの勧告である。暴風雨と雷鳴という「物のさとし」によって、須磨から去るようにと、かねて神は警告し続けてきたにもかかわらず、源氏はまったくそのような認識をしていなかった。

それどころかひたすら畏怖の思いで神仏に祈り、悲しい思いから「この渚に身をや棄てはべりなまし」と、なかば自暴自棄にもなりかけていた。このままでは危険なことが生じる恐れもあると、桐壺院はともかく神の真意を早く伝えなければならないと、急いで源氏を救出することになったという次第である。

毎夜のように「そのさまとも見えぬ人」が訪れ、「宮より召しあるには参りたまはぬ」と告げていた夢とは、住吉の神の啓示だったことが、ここで明らかにされる。源氏はすっかり誤解し、「海の中の竜王」の使者だと恐れ、須磨をうとましく思ったというのだが、そうではなかったのだ。これも若紫巻の北山において、良清が明石入道の娘の話題を持ち出し、気位の高さを語ると、供人たちは「海竜王の后」にさせるつもりで育てているのではないか、と揶揄《やゆ》したことばが源氏の念頭には残っていたのであろう。それでは住吉の神が口にした「宮より召し」とはどういうことなのか、まだ源氏には理解できなかった。現在までの『源氏物語』の注釈書でも解釈できなく、そのまま現代語訳するにとどまる。

桐壺院が告げた、「ともかく、住吉の神の導きにより、この浦から去れ」と述べたことばを信じ、源氏は迎えに訪れた舟に乗って明石の地に赴く。そこで源氏は明石君と結ばれ、やがて姫君の誕生、成人に及ぶと入内して中宮になるという運命の展開となる。その栄華は、まさに桐壺院が若宮だった源氏に見た運勢であり、高麗人の見立てた予言でもあった。神話的な英雄は、栄華の過程で艱難《かんなん》の辛苦に遭遇し、それを乗り越えたところに新しい世界の訪れとともに新しい人物造型がなされる。源氏もその根源的な語りの世界と通底し、一度は死を味わうほどの災厄に見舞われながら、住吉の神という救世主によって危機を超克して再生したのである。

明石入道の語る世界は源氏の生き方の根源ともかかわってくるのだが、「住吉の神を頼みはじめたてまつりて、この十八年になりはべりぬ」（明石）と、娘の運命と重ねて縷々《るる》と説明する。娘が生まれてこのかた、身分の高い貴公子と結婚できるようにと、この十八年の間、住吉の神を祈り続けてきたという。源氏は今の我が身を照射し、須磨に下ったのは住吉の神の導きであり、明石君と結ばれるためであったのかと認識する。「横さまの罪に当りて、思ひかけぬ世界に漂ふも、何の罪にか」と、長く不審に思い続けてきた経緯がやっとわかったという。「無実の罪によって、思いがけなくも須磨の浦で過ごすようになったのは、どういう自分の罪によるのか」と、怪訝《けげん》に自問し続けてきたのだが、それも明石にやってくるためだったのだ。

自らの意思によって須磨行きを決断し、暴風雨や落雷に身を危険にさらしたのも、「住吉の神の導き」であったのかと知り、生前残した桐壺院のことばとも符合してくる。源氏は明石君と結婚する理由を知ったというだけではなく、その先に続く一族の運命、それは予言によって示された自分の宿世とも繫がってくる。「そのさまとも見えぬ人」とする住吉の神が、源氏に「宮より召しあるに」と告げたのは、これから生起する遠い将来を示唆したことばでもあった。そのあたりについては、さらに明石君の生誕秘話ともあわせてたどっていく必要があるだろう。

弘徽殿大后の言い分

源氏のうたた寝の夢に出現した桐壺院は、「この浦を去りね」と命じ、「かかるついでに内裏《うち》に奏すべきことあるによりなむ急ぎ上《のぼ》りぬる」と、たちどころに姿を消してしまった。地獄からはるばるこの世に駆けつけ、「いたく困《こう》じにたれど」と、ひどく疲れたと言いながら、このついでに上洛して帝に申さなければならないことがあると、休む間もなく再び立ち去ったのである。源氏の救済が第一の目的で、「かかるついで」にどうしても言わなければならないことがあるため、現世においてもう一つの用事も果しておきたいのだという。霊魂の言動とは思えない、きわめて生者が語りかけるような雰囲気があり、桐壺院は疲れた体を休める間もなく都へと再び駆け去っていった。源氏を明石に行くよう告げただけでは目的は果たせなく、朱雀帝に自分の遺言をあらためて覚醒させ、源氏が帰京する環境を整え、春宮の即位を確実にする必要があった。

暴風雨の中、紫上からの使者が述べていたように、都でも異常な気象で、上達部は参内することもできず、政務は滞りがちであったという。「その年、朝廷《おほやけ》にもののさとししきりて、もの騒がしきこと多かり」とするように、天候の異常現象は「もののさとし」を示すものと宮中では恐れられ、使者も同じことばを口にしているため、これは都の人々の共通した不安な思いでもあった。無実の者を都から追放すれば、逆に恨みを負うことになると、道真も高明の場合でも首謀者は危惧《きぐ》の念を持ち続けていた。歴史的な事実として、権力者の追放を画策した時平も師尹も、災いが自身に降りかかり、早く命を失ってしまい、明らかに一族は衰亡へとたどっていっただけに、右大臣・弘徽殿大后たちも、源氏が須磨にとどまっている事実は、正直なところ心の落ち着かない思いがしていた。ただ表面的には強気を装い、自分たちの権力を誇示し、正当性を主張していた。

三月十三日、雷鳴りひらめき、雨風騒がしき夜、帝の御夢に、院の帝、御前の御階《みはし》のもとに立たせたまひて、御けしきいとあしうて、にらみきこえさせたまふを、かしこまりておはします。聞こえさせたまふことも多かり。源氏の御ことなりけむかし。いと恐ろしう、いとほしとおぼして、后に聞こえさせたまひければ、「雨など降り、空乱れたる夜は、思ひなしなることはさぞはべる。軽々《かろがろ》しきやうに、おぼし驚くまじきこと」と聞こえたまふ。にらみたまひしに、目見あはせたまふと見しけにや、御目わづらひたまひて、堪へがたう悩みたまふ。御つつしみ、内裏《うち》にも宮にも限りなくせさせたまふ。（明石）

三月十三日といえば、源氏が夕暮時に桐壺院の夢を見たのと同じ日であり、「急ぎ上りぬる」と言った通り、すぐさま都へ駆け上り、夜も更けて人々が寝静まった時間帯であろうか、今度は朱雀帝の夢に出現したのである。須磨では夕暮になると雷鳴も風雨も収まったが、都ではまだ激しく鳴り響き、雨脚も騒がしかったという。桐壺院は清涼殿の東庭の階に立ち、朱雀帝をにらみつけてさまざまなことを語った大半は、源氏に関することだった。朱雀帝はひたすら恐懼《きょうく》し、父の叱責に恐れるしかなく、源氏が都を離れたままにしていることへの良心の呵責《かしゃく》もあり、申し訳ない思いがする。

もう一年以上も前、桐壺院の病状が悪化したため、朱雀帝は行幸して見舞に訪れると、苦しいながら言い残したのは、「春宮の御こと」と「次には大将の御こと」であった。とりわけ源氏については、「かならず世の中たもつべき相ある人」（賢木）だけに、臣下として政務の後見をさせようと決意したこともあり、「その心違へさせたまふな」と強く朱雀帝に戒めておいた。場合によっては、朱雀帝は存在していなく、むしろ源氏が帝位に就いていたかもしれないのだ。それなのに、「須磨行きをとどめるどころか、苦難にある源氏を放置しているとはなにごとか」

という強い譴責《けんせき》である。

朱雀帝は源氏が都から離れた時から、父院の遺言を履行していないことへの忸怩《じくじ》たる思いもあり、どうにかしなければと心の痛みを持ったにしても、右大臣や母后の威勢の前には萎縮してしまう。しかし、桐壺院の霊の出現に、もはや黙しておくわけにはいかないと、意を決して夢の話をし、母后に源氏の召喚を諫言《かんげん》する。すると弘徽殿大后は、「雨がこのように降り続き、とりわけ雷鳴の響く夜などは、不安な思いが、実際に起こったように弱気になるものだ。帝たる者が、そのようにびくびくしていたのでは、世の中の人々がかえって動揺してしまう」と意に介さず、軽率さを厳しく戒める。しかしその直後から、朱雀帝は目を堪えがたいほど思うという症状が生じ、やはり怨霊によるとの思いがあったのか、すぐさま宮中でも右大臣邸でも大々的に御禊が催される。

源氏の召喚

権力を維持しようと敵対者を追放することは、相手から恨みを負う危険性もあり、その恐れはこれまでの歴史の証するところでもあるだけに、とりわけ首謀者は安閑《あんかん》としてはいられない。なにか不穏な兆候でもあれば、それを理由に恩赦を与えて召喚し、怒りや恨みをなだめるのが常道でもあった。朱雀帝が目を「たへ難う悩みたまふ」との異変に続き、祖父太政大臣（右大臣）は「ことわりの御齢《よはひ》」であり、高齢だったとはいえ急死する。それだけでも大事件ながら、さらに「次々におのづから騒がしきことあるに」と都では不慮の事故が続き、「大宮もそこはかとなうわづらひたまひて」と、弘徽殿大后も取り立てて悪いというわけではないが、このところ体調を崩し、日々体力の衰えが目立つ。朱雀帝は困惑するばかりで、これまで政務は自分の意思を貫くこともなくまかせていただけに、どのように進めてよいのかわからず途方に暮れてしまう。

十余日も続いた天候の異変、しきりに兆候を示す「もののさとし」の出現、それに父桐壺院の眼光による自分の眼病、祖父の死、母の病気と続くと、さすがに朱雀帝は歴史的にも知られる道真の恨みの事変を思い出す。

「なほこの源氏の君、まことに犯しなきにてかく沈むならば、必ずこの報いありなんとなむおぼえはべる。今はなほもとの位をも賜ひてむ」と、たびたびおぼしのたまふをも、（明石）

朱雀帝は今の状況は尋常ではなく、「やはり源氏が本当に無実ながら須磨で沈淪《ちんりん》しているのであれば、必ずその恨みによる報いがあるはずです。今はもとの位を授け、帰京してもらいたい」と、必死になって幾度も母后に訴える。桐壺院から睨まれたこともあり、朱雀帝としては自分の命も危うくなるとの畏怖のあまり、「必ずこの報いありなん」と恐れおののく思いだった。朱雀帝はこれまで自ら決断できなく、政務はすべて祖父や母后の判断に委ねるしかなかった実態をさらけ出しての言動といえよう。

弘徽殿大后は、帝の強い懇願を目の前にて、

「世のもどき、軽々《かろがろ》しきやうなるべし。罪に怖《お》ぢて都を去りし人を、三年《さんねん》をだに過ぐさず許されむことは、世の人もいかが言ひ伝へはべらむ」など、后かたく諌《いさ》めたまふに、おぼし憚《はばか》るほどに月日かさなりて、御悩みどもさまざまに重りまさらせたまふ。（同）

と、「今ここで源氏を呼び戻せば、世の人々はあまりにも軽率なことと、逆に非難することでしょう。もともとこちらが判断を下したのではなく、むしろ源氏の方が処罰を恐れて都から逃げて行ったものなのに、それからまだ三年もたたないうちに赦すとなると、世間ではどのように言い伝えることでしょうか」と、平静さを保ち、帝王としての威厳をもって対処するようにとの忠告を与える。

道真も高明の場合も、無実ながら流罪に処したことで、首謀者を含めた周辺の人々は恨みによる報復があり、世の乱れが生じてしまった。しかしそれらは罪を捏造《ねつぞう》して「流罪」にした結果であるのに対し、源氏は「罪に怖ぢて都を去りし人」であり、状況はまったく異なるとする。源氏を無位無官にし、それ以上の処罰をしたわけではない。源氏は重い罪科の責めを負うのではないかと、自らの判断によって都から離れたに過ぎなく、私どもの施策に落ち度はないとの言い分である。確かに源氏は、「遠く放ちつかはすべき定め」の噂を耳にし、遠流《おんる》を恐れ、先手をうっての須磨行きであり、勅命が下されて強制的に護送されたわけでもない。政権側としては、出仕もしなくなった源氏を、「朝廷《おほやけ》の勘事《かうじ》なる人」として謹慎扱いにしたにすぎなく、

自分たちに責任はないとの立場である。そのように強弁しながらも、実際には右大臣と「このついでに、さるべきことども構へ出でむに、よきたよりなり」と、朧月夜との関係を知り、これは絶好のタイミングと、流罪を練っていたのは確かである。

朱雀帝に述べた弘徽殿大后の判断は正当であり、源氏の流罪を画策したものの、実施したわけではない。外面的に見れば、右大臣や弘徽殿大后は、権力を行使して源氏を須磨に追いやり、「勘事」処分にした体裁ながら、責任を問われる筋合いはないというのであろう。しかし、朱雀帝はこれまでの内々の動きを知悉《ちしつ》しているだけに、須磨で遭遇している源氏の災厄により、恨みの怨念がこちらに降りかかるのではないかと恐れていた。桐壺院から睨みつけられて目を患い、祖父の死や母の病も、源氏による一連の恨みの仕返しであるとの思いが、朱雀帝にはあった。それを首肯すると、源氏を謀反人に仕立てたのは弘徽殿大后ということにもなるだけに、認めるわけにはいかなかった。朱雀帝はそれ以上我を張ることもできないまま、一方で母后の病は日を追うごとに悪くなるばかりであった。

3　梅壺女御の入内

無罪の配流

朱雀帝は源氏の恨みによる報復を恐れ、帰京を命じようとしたものの、母弘徽殿大后は流罪に処したわけではなく、自主的に須磨に下ったにすぎないので恐れることはないと、強く反対していた。翌年になっても朱雀帝の目の患いはよくならず、母后の病状も回復しない状態で推移し、宮中では不穏な思いのまま平癒祈願がなされていた。人々の死による世の恐怖や天候の異常による「もののさとし」は、政権交代を促《うなが》す天の意思表示でもあり、天皇の譲位をもたらしもする。その災厄を除くには、神仏への祈願の法要を催すとともに、人々へ恩沢《おんたく》を施し、無実の者を救う必要があった。源氏が須磨で危難に遭遇しているのは、いわれなき罪によると弘徽殿大后が認識したとしても、法的に召喚することはできないとの立場であった。

当時の法令の「獄令《ごくりょう》」(『養老律令』)によると、「凡ソ流移《るい》ノ人ハ、配所ニ至リテ六載ノ以後仕フルコトヲ聴《ゆる》セ。即チ本《もと》、犯流《はんる》スベカラザラムヲ特ニ配流セムハ、三載ノ以後仕フルコトヲ聴セ」とある。流罪の刑によって地方に移送された者は、流罪地で六年を経過すれば帰京の命を出すことができたという。たとえば十年の流刑であったとしても、違法な行動がない限り、六年を越えると恩赦が与えられるというのである。流罪に処すべきではなく、もともと無罪の者を流罪にした場合は、三年たたないうちに召喚すべきではないという。理不尽な法というほかなく、無罪と判明すればすぐさま呼び戻して復権させるべきであろう。

このあたりは微妙な政治的思惑も混じっているようで、流罪によって都から追放するとの判決は、天皇の名のもとで実施されるだけに、取り消すとなると権威の失墜にもなりかねない。「綸言汗《りんげん》の如し」とはまさにこのことで、帝の発したことばは、もはや取り消すことができない。

流れ出た汗は、ふたたびもとの体内にもどせないようなものだという。同じように、源氏は自ら都を離れたとはいえ、追認したように天皇の名のもとで処分を命じてしまっている。それにもかかわらず、三年もたたないうちに源氏を呼び戻すのは朱雀帝の沽券《こけん》にもかかわるというのであろう。

朱雀帝の「今は、なほもとの位をも賜ひてむ」と復位させたいとのことばに、弘徽殿大后は源氏に罪があるとは一言も口にすることなく、「世のもどき、軽々しきやうなるべし」と、許して帰京させるのは軽率な判断で、むしろ世間の批判を招きかねないとする。朧月夜のことで腹を立て、「このついでに」とことを構えようとし、「遠く放ちつかはすべき定め」を計画していたが、その実施前に源氏は「罪に怖ぢて都を去りし人」とするように、自らの意思で須磨に逃げてしまった。それだけに朱雀帝に落ち度はなく、道真や高明のように無実の者を流罪にしたわけでもないため、遺恨の報復を恐れる必要はないとの弘徽殿大后の主張である。

源氏は藤壺事件を隠すため、朧月夜とのかかわりを表面化させ、右大臣方を撹乱《かくらん》させる作戦により、それなりの処罰は下されるものと覚悟していた。ところが、予想していたのとは異なり、反乱罪を適用して重大な流罪の処分が検討されているという。源氏は、窮屈な世になったと政権から退いた左大臣邸を訪れ、今の世に漏れ出ている自分への処分は、「前の世の報い」「さまことなる罪に当たるべきにこそはべるなれ」「これより大なる恥にのぞまぬさきに」とし、しばらく都から離れていたいと、弁解がましい説明をする。

紫上にも、源氏は「安らかに身をふるまふことも、いと罪重かなり。過ちなけれど、さるべきにこそかかる事もあらめと思ふに」と、「これまでのように、思いのままのふるまいは、どうも罪が重くなっていくようです。自分には思いあたる過ちはないけれど、このようになる運命なのだろうと思います」と、須磨行きを釈明する。藤壺中宮に向かっても「かく思ひかけぬ罪に当たりはべるも」などと弁明し、自らの須磨行きを正当化する。

無実の主張

源氏が自ら都を離れるのはしきりに「前世からの宿世」だとし、「重き罪」に処せられるのは不当だと述べるなど、やや過剰すぎるほどの反応を示す。右大臣や弘徽殿大后は、源氏の処分を具体的に考えていながら、決定したわけではなく、源氏の耳にはその方向にあるとの情報が伝えられていたにすぎない。放置していれば、源氏の流罪の手続きは進められ、道真や高明のように屋敷は検非違使に取り囲まれ、網代車で護送されて配流地に赴いたかもしれない。源氏の過度なまでの反応は、ひとえに都を離れ、新しい女性とのめぐり合いを必然とする物語の流れの要請でもあった。

ただ奇妙なのは「無罪」と声高に叫び、それが不当だと主張しながら、源氏は難を逃れるためと主張して須磨へ下ってしまう。一年を経た春、海辺での祓《はら》えでは、

八百よろづの神もあはれと思ふらむ犯せる罪のそれとなければ（須磨）

と、「八百万の神も、私の流謫をあわれと思ってくださることでしょう、どのような罪を犯したというわけでもありませんのに」と訴える。このことばに感応したのか、天候が急変してくる。

従来は藤壺との事件をひた隠しにして神々に「犯せる罪」がないとしたところに、真実を隠《いん》蔽《ぺい》する不心得者との怒りを誘う結果になったとの解釈である。しかし源氏が口にする「無罪」は一貫して朧月夜との関係を主張しているにすぎず、それによって憂き目に遭遇するのは不当だとするのである。いくらなんでも、源氏が藤壺との密通事件を心に秘めたまま、神に対して「私は無実だ」と主張することはできなかったはずである。

暴風雨はますます激しく、身は危機的な状況にまでさらされる。波浪は激しく高く、巌《いわお》や山まで崩れんばかりで、もはや誰も平静な心の持ち主はいなくなってしまう。供人たちはなおさら、主人の源氏以上に、自分たちには何の落ち度もないにもかかわらず、どうしてこのようなつらい目にあわなければならないのかと、悲痛な叫びを上げる。「都に残した両親にも会えず、かわいい妻子の顔をふたたび見ることもかなわず、このままこの地で命を失ってしまうのであろうか」と悲嘆にくれる。

さらに、

天地ことわりたまへ。罪なくて罪に当たり、官位《つかさくらゐ》を取られ、家を離れ、境を去りて、明け暮れ安き空なく、嘆きたまふに、かく悲しきめをさへ見、命尽きなむとするは、前《さき》の世の報いか、この世の犯しか、神仏明らかにましまさば、この愁へやすめたまへ。（明石）

と命を懸けんばかりに愁訴《しゅうそ》する。いわれのない罪で供人達も官位を奪われ、源氏に従って故郷を離れ、これほどまでので苦しみに遭遇するのは「前の世の報い」か、「現世の罪」なのか、神仏は公平に裁いてほしく、無実は明らかなだけに、どうか今の苦しみから解放してほしいと、それぞれさまざまな祈願をする。

源氏の念頭には藤壺中宮との密通事件はいささかもなく、ひたすら供人とともに「住吉の神」を祈り、「多くの大願を立てたまふ」と無実を主張して必死の祈りを捧げる。藤壺中宮とのことを念頭にしながら祈っているのであれば、源氏はあまりにも厚顔無恥で、重大な認識の欠如と言わざるをえない。ただその秘密は厳封されているだけに知る者は誰もいなく、今の源氏は朧月夜との関係による、右大臣方からのいわれのない追放を訴えているのであり、それだけに堂々と自分は無実と主張することができた。

前斎宮の帰京

源氏はあまりにも「罪」や「宿世」の意識を強く持ち、流罪の情報を得るとすぐさま須磨行きとなるのだが、この経緯にはいささか飛躍があるように思う。何の抵抗も示すことなく、処分される前に都から離れようと決意するのは、それだけ深謀遠慮な、用心深い源氏の行為と評価できるにしても、不自然で単純な思考回路といえなくもない。あらかじめ須磨行きが物語の構想に仕組まれ、そこから明石に赴いて明石君と結ばれ、姫君の誕生という筋立てが前提になっていたからにほかならなく、物語の構想がそのようになっているといえばそれまでながら、必然的な運びではない。

朱雀帝が桐壺院から睨みつけられ、目を患ったのは源氏二十七歳の三月十三日、その後も病状の回復がおぼつかないとか、弘徽殿大后の「御物の怪悩みたまひ」とあっても、源氏への赦免の宣旨がなされたのは、翌年の「七月二十余日のほど」であった。すぐにでも源氏を「もとの位」に復することを望む朱雀帝と、「三年をだに過ぐさず赦《ゆる》されむことは」と反対した母后との間に確執があったにしても、決定までに一年四か月も時間を要したというのは、やはり奇異な感じがする。その期間というのは、源氏にとって明石君との結婚と姫君誕生が不可欠だっただけに、結果的に帰京の宣旨が延期されるという奇妙なことになってしまった。明石君との運命的な結びつきを果たすためには、すぐさま都に戻られては困るという理由もあっただけに、ここでさまざまな時間かせぎをして、もうしばらく源氏には都を留守にする必要があったともいえよう。そのように物語の構想を仕組みながら、源氏は三年以内に帰京している。

もう一つの理由としては、朱雀帝が譲位するには、後継となるべき次の春宮候補が必要となる。ところがここに突如として、承香殿女御との間に今年二つになる男御子が生まれていると説明がなされる。源氏が明石に移り住むようになって生まれたのであろうか、この若宮の存在によって、冷泉春宮を即位させたとしても、朱雀帝は幼い我が子を安心して次の春宮として擁立することができる。そのような物語展開の準備を整えるためにも、すぐさま源氏を帰京させるわけにはいかなかった。

源氏にとって、須磨での死に瀕《ひん》するほどの危機的な災厄は、「罪」の禊《みそぎ》を果たすという「宿世」の訪れの結果でもあった。高麗の相人のことばのように、源氏には宿世として「乱れ憂ふる」相を持ち、皇位に就けば世の大乱として出現し、臣下になるとそれはまた異なった方法として身に生じるとしたのであろう。源氏は宿命として身に「罪」を帯び、それを濯《そそ》ぐことが不可欠であり、その通過儀礼的な時間を経て初めて英雄としての繁栄が賦与されるのである。物語の進行では、源氏が自らの決断による須磨行きになってはいるが、それは避けようのない「罪」の贖罪《しょくざい》を果たす行為でもあった。

流罪の処分で追放された源高明は二年後、藤原伊周にいたっては一年半で帰京の宣命《せんみょう》が下された。源氏は二年半余、罪を恐れて自ら逃げ出したとはいえ、都にもどるまでにそれなりの時間を要したのは、〈死と再生〉に遭遇する必要があったからにほかならない。この時を経ることによって、栄華への次の階梯《かいてい》へと向かい、「宿世」としての生まれながらの「罪」は消滅する。もっとも今は当面の課題ではないにしても、藤壺中宮との密通による「罪」は、ずっと後に女三宮の降嫁と紫上の死によって責めを果たさなければならなくなる。

源氏が帰京するにあたっては、冷泉天皇の即位にともなう補佐役と、朱雀帝の幼い御子《みこ》が春宮位に就くという保証が必要であった。朱雀帝にとって祖父右大臣（太政大臣）はすでに他界し、母弘徽殿大后も病がちというありさまだけに、「わが世残り少なき心地するに」（澪標）と余命の少なさを不安に思い、「とまりたまはむとすらむ」と、朧月夜尚侍を後に残すのが心細いと述べる。朧月夜への朱雀帝の情愛の深さを示すとともに、独り身になっての頼りなさを心配してのことでもあろう。

このように語られると、源氏の繁栄と引き換えに朱雀帝は命を失うのかと思うと、四十三歳になった二十一年後も存命で、「例ならず悩みわたらせたまふ。もとよりあつしくおはします中に、このたびはもの心細くおぼしめされて」（若菜上）と、これまでも病弱だったが、さすがにこのたびの病気は心細いと口にする。朱雀院もいよいよこれで最期になるのかと思うと、その後出家し、さらに十年以上も物語に登場し続けるだけに、やや拍子抜けの思いは否めない。これも最愛の娘女三宮を、源氏に降嫁させるための、情況作りではあったのであろう。女三宮は十三、四歳として初めて紹介され、源氏の次の試練である降嫁話へとあわただしく物語は展開していく。

源氏が帰京した翌年二月には「二十余日、御国譲り」が語られ、弘徽殿大后はそれと知って慌てまどうが、事態はすでに進行して冷泉帝の即位、朱雀院の三歳となった御子が春宮に就くという運びとなる。天皇の交替にともない、伊勢に下っていた六条御息所が秋には上洛し、源氏が見舞いに訪れてほどなく逝去する。源氏に託されたのは、二十歳になった娘の前斎宮である。朱雀院は斎宮として伊勢へ赴く六年前の面影が忘れられず、是非とも院に迎えたいと執心の思いを表明していた。母の六条御息所にも心の内を伝えていたのだが、「上はいとあつしうおはしますも恐ろしう」と、朱雀院の病身さを心配し、ためらっているうちに亡くなってしまう。朱雀院は、親を失った前斎宮の世話を自らがしたいと、源氏にも熱心に意向を明かし、同意を求めてもいた。

梅壺女御の入内

朱雀院は二十六歳、前斎宮は二十歳、二人の年齢としては相応の婚儀といえる。ただ朱雀院は病気がちで余命のなさがたびたび語られ、そうなると後に朧月夜を一人残すことになりかねないと、懸念する姿が描かれながら、前斎宮へ執心するのはいささか奇異な思いがする。その朱雀院の望みを知りながら、

院より御気色《けしき》あらむを、ひき違《たが》へ横取りたまはむを、かたじけなき事とおぼすに、人の御ありさまのいとらうたげに、見放《みはな》たむはまた口惜しうて、入道の宮にぞ聞こえたまたひける。（澪標）

と、源氏はあえて前斎宮を引き取り、冷泉帝へ入内させることにした。朱雀院の思いを知りながら、横取りするような行為に、源氏はいささかためらいも覚える。院に対して恐れ多いとは

いえ、人柄が愛らしいだけに、このまま指をくわえて見過ごしてしまうのは残念に思われ、どうにかしたいと入道の宮（藤壺）に相談したのである。

六条御息所から娘を任されていると説明し、冷泉帝がまだ幼いだけに、分別のある女性を入内させるのはいかがかとの提案である。源氏と六条御息所との浮き名は、かつて世間にも広く知られ、父桐壺院からも、不用意な行動は慎むようにと注意を受けていたほどであった。六条御息所は源氏を恨めしく思いながらも、幼い娘が斎宮になったのを口実に、伊勢へ下ってしまった。帰京後は重い病に臥し、残される娘の身を案じていただけに、源氏はこれまでの六条御息所への責めを果たす意味もあり、まずは養女に迎え、宮中入りを考え、最終的な決断を藤壺中宮に委ねる。

春宮は二月に十一歳で元服、すぐさま帝位に就き、八月には頭中将の十二歳となった娘（母は四の君）が入内し弘徽殿女御となる。三月には明石君に姫君が誕生し、将来の后候補ながら、現政権においては持ち駒となるべき若い女性はいない。源氏は権力と栄華とを持続していくためにも、ここで新しい姫君が要請され、登場したのが前斎宮であった。六条御息所の遺言にかこつけ、朱雀院からの申し出を「知らず顔に参らせたてまつりたまへかし」との藤壺中宮の提言により、強引に入内させる。藤壺中宮は「朱雀院の願いは知らなかったことにして、そしらぬふりをしてその話を進めなさいよ」と、かなり強い調子で源氏に念を押す。源氏は自分の判断で決めたのではないとしたかったし、藤壺中宮も最終的には母の六条御息所が願っていたことだと、責任を回避する方法をとる。右大臣や弘徽殿大后の時代では、このような朱雀院の悲哀は考えられないが、これ一つとっても権力が移譲されてしまった姿を如実に示しているであろう。

冷泉帝即位という新しい時代の訪れにともない、源氏と藤壺中宮は政治的な動きをしており、この後も政務へ積極的に関与していったはずである。藤壺中宮の判断は、「今はた、さやうのことわざともおぼしとどめず、御行ひがちになりたまひて、かう聞こえたまふを、深うしもおぼし咎めじと思ひたまふる」(澪標)と、「退位した朱雀院は、今はそのような新しい女性とかかわりを持とうなどとお考えではなく、もっぱら仏道のお勤めばかりをお心がけで、前斎宮は入内させることにしました、と言ったところで、そんなにお咎めになるはずはないと思います」と、源氏の心配を明快に否定する。朱雀院の意向をまったく知らずに言ったとは考えられず、源氏は気にしていたからこそ相談したはずなので、ここは藤壺中宮の意識的な発言なのであろう。朱雀院は病気がちだとはいえ、出家に備えて仏道に励んでいるなどとは一切書かれてもいないだけに、藤壺中宮はこれまでの右大臣家へ報復する思いがなかったとはいえない。後の絵合への参画など、出家前とは異なり、源氏の権力を支える一翼を担う姿が見えてくる。

このようにして翌年の春、二十二歳となった前斎宮が、十三歳の冷泉天皇のもとに梅壺女御として入内する。冷泉帝と弘徽殿女御とは年が頃合いだけに、二人は「よき御遊びがたき」であったが、さすがに斎宮女御は九歳も年上の、「すこし大人び」過ぎていた。その仲を取り持ったのが母藤壺中宮で、入内からその後のことなども、もっぱら表だった世話役をする。源氏は朱雀院の心を知っているだけに、「ただ知らず顔にもてなし」（絵合）と、これも藤壺中宮と同じくいささか報復的な気配で、公平な立場からすれば、やや悪意のある営為というほかはない。

朱雀院は「いと口惜しくおぼしめせど、人わろければ」と悔しく思いながら、怒りをあらわにするのは世間体もよくないと、気弱な性格だけに、抗議もできない。むしろ前斎宮に消息を送り、祝いの品々を贈るという人のよさを示す。かつて源氏は須磨に流謫《るたく》して苦しみにあえぎ、親しくしていたはずの朱雀院を恨みもした。ところが今は静かな生活をしている院の姿を目にするにつけ、源氏は無慈悲にも前斎宮を奪ってしまったことに、「いとほしく」との良心もとがめる。藤壺中宮と協力して冷泉天皇を支え、次の代へと権力を継承する必要があるだけに、源氏には個人的な同情や思惑は捨て去らなければならなかった。それが幼いころに下された、源氏の「宿世」でもあった。

冷泉天皇に有力な中宮が必要となり、源氏の明石姫君はまだ幼く、次代の后候補だけに、今の世では間に合わない。有力な出自《しゅつじ》で、既存の人物となると六条御息所の娘の斎宮がふさわしいと、ここで再登場となったのであろう。娘を入内させ、天皇との間に若宮が誕生するという構図にするには、すでに予言の通り三人の子供が生まれているため、源氏にはもはや新しい子供が生まれることはなく、手だてとしては養女を迎えるしかない。

六条御息所の年齢

六条御息所の娘が斎宮に卜定《ぼくじょう》されると、「十四にぞなりたまひける」（賢木）と紹介され、「いと見放ちがたき御ありさま」だけに、一人遠くに遣《つか》わすのは不安な思いがすると、母親は伊勢に伴うことになる。娘の世話との口実により、源氏への未練を断って離別を決意し、自らを納得させる必要があったといったほうが正鵠《せいこく》であろう。

天皇が交替すると、未婚の内親王か女王から新たな斎宮が選ばれ、宮中や野宮神社で斎戒《さいかい》した後、次の新たな天皇が即位するまでの間伊勢で神に奉仕する。都を離れるにあたっては、宮中へ離別のため訪れ、「群行」という五百人ばかりからなるはなやかな行列が伊勢まで続いたという。前斎宮も、母とともに朱雀天皇へのあいさつに参内し、そこで六条御息所の回想が語られる。

十六にて故宮《こみや》に参りたまひて、二十にて後れたてまつりたまふ。三十にてぞ、今日また九重《ここのへ》を見たまひける。（賢木）

この叙述からすると、六条御息所が桐壺院の弟と思われる春宮に入内したのは十六歳、四年の生活で夫を失ってしまう。自邸の六条院に退出して十年、三十歳となった今、再び娘とともに宮中を訪れることになったというのだ。この年源氏は二十三歳、六条御息所は七つ年上の女性だったということになる。六条御息所は春宮に入内した翌年姫君が誕生、二十歳で退出して十年後、斎宮は十四歳ということになる。

「六条御息所の御腹の前坊の姫君」と紹介されているため、姫君は明らかに前春宮の娘、身分の上からも冷泉帝妃として入内するにはふさわしい。ただ奇妙なのは春宮の存在で、桐壺帝のもとで朱雀院が春宮となったのは、源氏四歳の年であった。物語には記されないものの、六条御息所が入内していた春宮が急逝したため、桐壺帝は急遽新たに春宮を立てる必要に迫られる。桐壺帝は弘徽殿女御を母に持つ第一皇子を立てるか、第二子の若宮にするかと悩み、結果的には七歳となった源氏の兄が立坊した。桐壺帝は高麗の相人の観相などもあって、若宮を親王の身分に残すのではなく臣籍に降下し、「源」を名乗らせることにしたのが、これまでの経緯であった。

源氏が四歳の年に兄の朱雀院が春宮に就いていることからすると、その直前に前春宮が崩じ、六条御息所は四年の間過ごした宮中から、一人娘を連れて自邸に戻ったはずである。先の回想によると、彼女が宮中を離れたのは二十歳、それから二十六年経過しているため、六条御息所が亡くなったのは四十六歳、この年源氏は二十九歳なので、二人の年の差は十七年となってしまう。

六条御息所は前春宮と死別してほどなく宮中を去り、何年かの後に源氏と関係が生じ、葵祭では葵上との車争い事件が起り、瞋恚《しんい》の焔は生霊となって出現するというおぞましい身ともなる。娘が斎宮になったのを口実に伊勢に下ったのが三十歳、六年後の秋に上洛し、その年に亡くなってしまう。繰り返すようだが、六条御息所と七つの年齢差を維持しようとすれば、彼女が宮中を離れたのは、源氏が元服して後の、十三か十四歳の年になってくる。すでに十年前に兄の朱雀院が立坊しているため、春宮は二人いたことになってしまう。この矛盾を解消しようとすれば、やはり春宮が亡くなったのは源氏三歳か四歳の年とならざるを得ない。弟宮の春宮は四年しか在位せず、桐壺帝は急遽《きゅうきょ》次の春宮を決める必要に迫られ、兄にするか弟の若宮を据えるか迷ったという次第である。それを起点に年立てを作成すると、六条御息所はどうしても三十六歳ではなく、四十六歳ばかりで亡くなったことになる。

源氏がいくら物好きとはいえ、こんなにも年上の女性と恋愛関係にあった、というのは異常過ぎるだけに、六条御息所の年齢を十年余若返らせたという経緯なのであろう。春宮妃だったというだけにして、あえて過去の相互の年齢関係は不問に付してしまった。源氏には、冷泉帝に入内させる女性が必要となり、ふさわしい女性として前斎宮を取り上げることにしたというのであろう。前斎宮とて、伊勢での任務を果たして帰京したのは三十歳にはなっているはずで、これでは冷泉帝に入内させるには、あまりにも年齢差がありすぎ、不自然になってくるため、母と同じく十年余削除し、二十歳としたのである。

母が亡くなり、源氏が後見することになった前斎宮は二十歳、その処遇について藤壺中宮とも相談し、入内させることで意見が一致する。冷泉帝は二月に元服しほどなく即位するが、まだ十一歳だっただけに、前斎宮の宮中入りは二年後の春になった。本来ならすぐにでも入内させたいところながら、冷泉帝はまだ幼いだけに、時間かせぎをして待たざるをえなかった。藤壺中宮との密会によって生まれた存在だけに、ここで急に冷泉帝の年齢を引き上げるわけにはいかなかった。

藤原氏と源氏の争い

頭中将にとってみれば、娘の弘徽殿女御を入内させ、将来男御子でも生まれると、政権は藤原氏の掌中《しょうちゅう》に納まると予期していたところ、源氏が前斎宮を養女にし、藤壺中宮の世話によって入内させたなりゆきに、予想外のことと思っただろう。「弘徽殿には御覧じつきたれば、睦ましうあはれに心やすく思ほし」（絵合）と、弘徽殿女御は二年前に入内し、一つ年上に過ぎないだけに、冷泉帝は親しみをおぼえ、むつまじい仲でもあった。

二年後に入内した梅壺女御（前斎宮）は、二十二歳という成人だけに、しんみりとした落ち着きがあり、「大臣の御もてなしもやむごとなくよそほしければ」と、源氏が丁重な扱いをして敬う姿を見ると、帝はとてもおろそかにはできないと、いささかたじろぐ思いもする。「昼など渡らせたまふことは、あなたがちにおはします」と、帝は昼間などもっぱら弘徽殿女御の部屋に赴きがちで、頭中将（権中納言）としては安心するものの、梅壺女御の背後に源氏が控えているだけに油断するわけにはいかない。このように源氏の須磨・明石からの帰京後は、右大臣・弘徽殿大后との対立は過去の話となり、新しい時代の訪れは、これまでは身内であった藤原氏の頭中将との政権争いへと変質してくる。

弘徽殿女御を擁する頭中将にしてみれば、娘が冷泉帝のお気に入りでもあるだけに、政治的にも有利なはずながら、また新たな話題が持ち込まれてくる。

上はよろづの事にすぐれて絵を興あるものにおぼしたり。立てて好ませたまへばにや、二なく描かせたまふ。(絵合)

冷泉帝は何よりも絵に関心が強く、とりわけ好んでいたせいなのか、自らもことのほか描くのが上手だと紹介される。そのような趣味を持ち、すばらしい絵を描いたというのは、この巻で初めて明らかにされる。源氏が須磨の絵日記を描いたように、その血筋を受け継いだというだけではなく、梅壺女御と弘徽殿女御との后争いに、絵合のテーマが必要であったからにほかならない。

冷泉帝と呼応するように、

斎宮の女御、いとをかしう描かせたまひければ、これに御心移りて、渡らせたまひつつ、描きかよはさせたまふ。(同)

と、斎宮女御(梅壺)も絵が上手だとされ、その絵に心引かれて帝は通い始め、ともに絵筆を持つようになったという。余りにも唐突な話題と言わざるを得ないのだが、これをきっかけに帝は梅壺女御との間の、年齢差というわだかまりはなくなり、むしろ親しみを持つようになったというのだから、頭中将としては理不尽なことと言いたくなるであろう。帝と梅壺女御は共通の趣味を持ち、互いに絵を描いて心を通わせもしたというのだ。弘徽殿女御が入内したころは、冷泉帝にそのような気配はまったくなかっただけに、これからの〈絵合〉にふさわしい、新たな性格付与ということになる。

弘徽殿女御はもっとも早く入内して帝となじみが深く、年の差もないことが二人を親しくさせていながら、ここにきて新たな要素として絵の好みが加わり、これまでの優位な立場は急に色褪《あ》せてくる。そのため、

権中納言聞きたまひて、あくまでかどかどしく今めきたまへる御心にて、我人に劣りなむやとおぼしはげみて、すぐれたる上手どもを召し取りて、いみじくいましめて、またなきさまなる絵どもを、二なき紙どもに描き集めさせたまふ。（絵合）

と、やや戯画的な姿の頭中将（権中納言）が登場し、専門の絵師に内密に描かせて弘徽殿女御のもとに運び込むことになる。冷泉帝が絵の上手な梅壺女御のもとに頻繁に通っていると聞き、頭中将はあくまでも負けん気の強い人柄だけに、黙って見過ごすわけにはいかないと、すぐれた絵の収集を始める。「二なき紙ども」と、この世にまたとない上質の紙を用い、帝の好みそうな絵巻を密かに作らせる。

残念ながら弘徽殿女御には絵の才能がないため、これまで通り冷泉帝を迎え入れるには、すぐれた絵を集めて関心を持ってもらうことにした。梅壺女御が自ら絵を描き、絵の好きな帝と親密になるというのと、絵師に描かせた作品を見せるのとでは、本質的な意味が異なるとはいえ、ここではそれが問題ではない。強引な物語の運びながら、絵合を催すきっかけになればそ

れでよかったともいえる。

頭中将は多くの作品を密かに描かせて集め、娘への魅力を一気に挽回しようとの計画である。よく知られた「物語絵」だけではなく、年中行事の絵にしても、ありふれた場面ではなく趣向を凝らし、詞書《ことばがき》も加える。帝が絵に興味を示し、弘徽殿女御の部屋をしばしば訪れるように仕向ける計略である。

頭中将の狙い通り、冷泉帝は弘徽殿女御のもとにしげしげと通うようになるのだが、自分と同じく絵に興味を持つ梅壺女御にも見せたく、帝は部屋から持ち出そうとする。そうなると頭中将の思惑とは異なってくるため、閲覧するのは弘徽殿女御の部屋に限ることにした。それを聞いた源氏は、帝を悩ませるとは困った態度だと、自邸に伝わる厨子《ずし》を開き、紫上と新旧の絵巻を選び出すことになる。そこからが、この巻のテーマとしての絵合へと展開していくのである。

六　須磨の絵日記

1　絵日記の整理

紫上と見る絵日記

文化史の記述としても貴重な証言となるのだが、源氏邸の二条院に伝来する絵から、できるだけ現代的な作品を選び出し、「長恨歌、王昭君《わうせうくん》などやうなる絵は、おもしろくあはれなれど、事の忌《いみ》あるは、こたみはたてまつらじととどめたまふ」という。「長恨歌」はいうまでもなく楊貴妃と玄宗皇帝との悲恋物語、「王昭君」は前漢元帝に仕えた美貌の女性で、遠くの胡国に遣わされるにいたった悲劇、興味深い内容ながら、入内してほどない梅壺女御にさしあげるには、いずれも不吉な内容だと今回は控えることにした。源氏の養女でもある梅壺女御に、このような不幸な事件が起っては大変だとの思いによる。

かの旅の御日記の箱をも取り出でさせたまひて、このついでにぞ、女君にも見せたてまつりたまひける。御心深く知らで今見む人だに、すこしもの思ひ知らむ人は、涙惜しむまじくあはれなり。まいて忘れがたく、その世の夢をおぼしさますをりなき御心どもには、とり返し悲しうおぼし出でらる。今まで見せたまはざりける恨みをぞ聞こえたまひける。

（絵合）

源氏は「旅の御日記」の箱を持って来させ、この機会にと紫上にも見せることにした。須磨・

明石で辛酸を舐《な》め、孤独の寂しさに憂い悲しんだ源氏の絵入りの旅日記は、事情を知らなく初めて見る者でさえも感動を覚えるはずである。ましてや当時のことを少しなりとも知る者には、とても涙なしには見ることができない内容だという。とりわけ苦しみを分かち合った紫上と源氏には、悪夢を見るようにその日々のことがまざまざと思い出されてくる。遠く離れた地での源氏の生活のさまを、消息によって知るしかなかった身にとって、このような旅日記が存在していたのであれば、どうして早く見せてくれなかったのかと、紫上は恨めしい思いをつい口にせずにはいられなかった。源氏が須磨へと旅立ったのは五年前の春、許されて帰京したのは二年前の秋のことであった。

紫上と過ぎ去った離別を回想する和歌を贈答した後、

中宮ばかりには、見せたてまつるべきものなり。かたはなるまじき一帖づつ、さすがに浦々のありさまさやかに見えたるを選りたまふついでに、かの明石の家ゐぞ、まづいかにとおぼし遣らぬ時の間なき。（絵合）

と、「旅日記」の真の閲覧対象は藤壺中宮だとし、紫上には「このついで」に見せたに過ぎないとする。「かたはなるまじき一帖づつ」について、「不出来でなさそうな一帖ずつ」（『新編日本古典文学全集』頭注、小学館）、「後見を憚る必要のなさそうな」（『新潮日本古典集成』傍注）、「人に見せてもさしつかえあるまいと思われる（旅の御日記）」（『新日本古典文学大系』脚注、岩波書店）などといったところが、古注以来の解釈である。「うまく描けている」というのか、絵を好む梅壺女御に渡すだけに、「関係のない他の者が見ても不都合ではない」というのか、ともかく恥ずかしくないような絵日記の部分を「一帖づつ」、紫上と見ながら選び出したのである。

旅日記の前半は、須磨での季節ごとの風物が描かれ、一年過ぎた春には暴風雨と落雷の厳しい状況、夢に桐壺院が姿を見せ、「この浦から去るように」と命じ、源氏は嵐の中を小舟で明石に導かれるといった、かなりドラマチックな場面が展開していたに違いない。明石に落ち着くと、明石入道の強い求めにより、八月十三日の「月のはなやかにさしいでたる」中、岡辺の明石君のもとを訪れる、自らの姿も描いていたのであろうか。惟光など数人の供とともに、源氏は馬に乗って山へと向かい、「道のほども四方《よも》の浦々見わたし」ながら進み、「月入れたる真木《まき》の戸口けしきばかりおし開《あ》けたり」と、とりわけこのあたりは情趣深い構図があったものと想像されてくる。

源氏は都の紫上を忘れる日とてなく、望郷の思いで過ごしてすでに二年半、朱雀帝から待望の帰京の宣旨がもたらされる。ところが折しも明石君の懐妊が判明するというタイミングの悪さ、明石に置いて別れなければならないだけに、源氏は「そのころは夜離《よが》れなく語らひたまふ」と、夜な夜な訪れて心を慰める。明石君に心引かれ、このまま明石にとどまろうかと、源氏の心は揺れ動く。

明石君との離別の日を前にし、「琴《きん》の御琴」を取り換えての合奏、出立する暁には明石入道との別れの歌の贈答など、絵と詞書との融合は、この上もない情趣深さが横溢《おういつ》していたはずである。難波での祓《はら》え、そこから淀川を上流へと進み、山崎から迎えの車で入京したのであろうか。源氏の須磨・明石の日記は、都の人々の目にすることのない風物が描かれ、変化に富んだ興味深い作品に仕上がっていた。

このような一連の日記を、一帖ずつ紫上と手にしながら、帝も喜びそうなすぐれた場面を抜き出していたのであろうか。明石君との関係は、源氏は黙っているわけにはいかず、かねて明石の地から紫上に消息でほのめかしてはいた。その後源氏には待望の姫君の誕生があり、都から乳母を遣わすなど落ち着かない日々を過ごす。明石君が母尼君や三つになった姫君を伴って大堰《おおい》の地（嵐山から臨川寺の近辺か）に上京したのは、絵合の争いが催された後の秋のこと、事情を打ち明けて明石姫君を二条院へ引き取り、紫上の養女にしたのは冬になってであった。

梅壺女御へ届けようと、須磨の絵日記を納めた箱を取り出し、ふさわしい一帖ずつを選び出すとなると、どうしても明石君との出会いから、情趣深い贈答をした歌なども出てくるだけに、取り扱いに苦慮したはずである。都の人々は、源氏が須磨・明石で悲しい日々を過ごしていたと思いやっていただけに、このような風情のある恋愛譚《たん》が展開していたのかと、いささか驚きもするであろう。まして、傍らの紫上にとっては、心おだやかに見ているわけにはいかなくなる。源氏を偲《しの》んで悲しみに明け暮れていたにもかかわらず、夫は明石でこのような情趣深い生活をしていたのかと、明石君に嫉妬をおぼえるに違いない。住吉の神の導きによる運命的な出会いだったとはいえ、詳細な明石君との出会いを、絵日記には描かれていたとしても、源氏にとって全面的な公開ははばかられる。

このような事情を勘案すると、「かたはなるまじき」のことばは、紫上を含め、世間の多くの人目に触れても「不都合ではない」と判断した、絵日記の一帖ずつ、という意味であろう。源氏は絵日記の冊子を一帖ずつ手にし、この帖ははばかられると思うと、ことさら紫上にも見せなかったに違いない。

冊子から巻子本へ

「旅の御日記」はどれほどの分量があったのか、明石君と結婚したあたりは、源氏にためらいもあるだけに省き、残りの冊子を紫上と選び出す。このような動きを頭中将はすばやく知ると、さらに負けじと、「いとど心を尽くして、軸《ぢく》、表紙、紐の飾り、いよいよととのへたまふ」と、贅《ぜい》を尽くした絵巻物を依頼して作らせる。巻子本《かんすぼん》の軸を特注し、表紙や紐の飾りにいたるまで趣向を凝らすありさまで、まさに美術工芸品の制作といってもよいであろう。このようにして集まってきたのは、

こなたかなたとさまざまに多かり。物語絵はこまやかに、なつかしさまさるめるを、梅壺の御方は、いにしへの物語、名高くゆゑあるかぎり、弘徽殿は、そのころ世にめづらしく、をかしきかぎりを選り描かせたまへれば、うち見る目の今めかしきはなやかさは、いとこよなくまされり。上の女房なども、よしあるかぎり、これはかれはなど定めあへるを、

このごろの事にすめり。（絵合）

と、梅壺方は古い物語のうちでも風情のある名品揃い、弘徽殿女御のもとは、当時評判の珍しい作品ばかりを集めているため、現代風なはなやかさはまさっているとする。源氏の場合は家に伝わる中から選び出したのに対し、頭中将は今をときめく絵師の手による新作揃いだけに、古色を帯びた源氏方とは異なり、現代的な感覚の作品の披露となる。

梅壺女御のもとにも、弘徽殿女御のもとにも、それぞれに数多くの作品が親元から届けられる。とりわけ中心となったのは「物語絵」で、女房たちにとっても親しみのもてる作品ばかりである。冷泉帝は絵が好きなだけに、心引かれて弘徽殿女御のもとを訪れ、「物語絵」に堪能する。帝は、同じく絵の好きな梅壺女御にも見せてやりたいと思うが、作品は持ち出し禁止だけに、弘徽殿女御の部屋で見るしかない。帝付きの女房たちも、梅壺女御のもとでも目にした「物語絵」を、古風ながら、また味わいがあるなどと、帝の部屋に戻って優劣を評判しあう。

藤壺中宮が折しも宮中に参内していた頃で、帝や女房たちが、「梅壺さまの物語絵はこうだった」とか、「弘徽殿さまの部屋で見た絵はどうだった」などと、しきりに感想を述べ合っている。そのように折角絵巻が宮中に集められているのならば、それぞれ現物を持ちより、「物語合」をしてはとの藤壺中宮の提案により、女性たちだけが集まり、左右に分かれての争いとなる。

最初に提出した梅壺女御方は「竹取の翁」の物語、絵は巨勢相覧《こせのおうみ》、詞書の筆跡は紀貫之、上質の料紙に赤紫の表紙、軸は紫檀《したん》という豪華さである。弘徽殿女御方は「宇津保の俊蔭《としかげ》」、白い料紙に青の表紙、黄色い玉《ぎょく》を軸にした巻子本で、絵は飛鳥部常則《あすかべつねのり》、書は小野道風と、これまた豪勢な作品というほかはない。『竹取物語』と『宇津保物語』との絵巻、前者は醍醐天皇時代の作品、後者はそれよりもすこし下る頃であろう。これほどまでに具体的な人名と作品を示すというのは、まったくの虚構というわけではなく、紫式部は宮仕え先の中宮彰子のもとで実際に目にしたことがあるのであろうか。

『紫式部日記』では、寛弘六年（一〇〇六）のことであろう、一条天皇が女房に『源氏物語』を読ませて聞き、「この作品を書いた人は、なかなか日本の歴史も知り、学識がある」とほめたたえたという。そこに絵はなかったのだろうが、一般には女房が詞書を読み、姫君や女房たちが広げられた絵を味わいながら絵物語を鑑賞していたようで、その姿がこの場面からでも彷《ほう》彿《ふつ》としてくる。

二番手に提出されたのは、『伊勢物語』と『正三位《じょうざんみ》物語』といった絵物語、藤壺中宮を中心とする女性ばかりが集まっての絵の優劣を競い合う。そのような遊びの場に源氏が参内して興味深く思い、「同じくは、御前にてこの勝負定《かちまけさだ》めむ」と提案し、天皇を前にしての「絵合」が催されることになる。源氏はたまたま宮中に赴き、現場を目にして思いつきで述べたのではなく、公的な行事に昇格させようと、初めから意図的に仕組んでもいた。あるいは、あらかじめ藤壺中宮と相談し、まずは女性だけの絵合で宮中内を盛り上げ、次は天皇の御前での催しへ進めようとしたのかも知れない。

かかる事もと、かねておぼしければ、中にもことなるは選りとどめたまへるに、かの須磨・明石の二巻《ふたまき》は、おぼすところありて取りまぜさせたまへり。（絵合）

源氏は帝前での絵巻の競い合いになることは、「かかる事もと」とかねて予想し、その時のためにと、とりわけすぐれた作品はまだ手もとに残していた。弘徽殿女御に対抗して梅壺女御に渡すつもりで、二条院の蔵から絵画資料の納められた箱を取り出し、一点ずつ絵巻を選んでいた。これを機会にと須磨・明石の「絵日記」の箱も持ち込み、「かたはなるまじき一帖づつ」を選択していた。そこでは「帖」と数え、明らかに冊子本であったものを、ここではいつの間にか「須磨・明石の二巻」とし、巻子本に仕立てられていた。二巻とするので、「須磨の篇」「明石の篇」といった、「絵日記」の内容によって巻子の内容を整理したのであろう。

絵合の場というのは、作品を中に置き、周りは判者《はんじゃ》を含めて人々がのぞき込む体裁になる。冊子本だと一枚ずつ丁をめくらなければならないが、巻物だと一気に長く場面が広がり、内容の理解がしやすくなる。一人で楽しむ場合は冊子本だとしても、複数の人物が見るには巻物は便利だといえる。源氏はそのあたりも計算に入れ、「一帖づつ」だった「旅日記」を解体し、巻物にして見せることにした。帝を前にし、多くの人々に自分が都を離れていた間の姿を披露するのが、源氏の「須磨・明石の二巻」の本来の意義であったといってもよい。

「中納言もその御心劣らず」と、頭中将とて二度目の絵合をすでに想定していたようで、競争心は源氏に劣ることなく、制作している絵巻の内容が外に漏れ出ないようにと、すぐさま秘密の部屋を設け、絵師達を集めて作品作りに没頭する。源氏は、「今あらためて描かむことは本意《ほい》なきことなり。ただありけむかぎりをこそ」と、新作を競うのでは意味のないことだけに、伝来する絵巻から選定することにし、その中に自作の旅の「絵日記」二巻も加えたのである。

なんとも奇妙ななりゆきとしか言いようがなく、たんなる遊びではなく、源氏と藤原氏の頭中将との、政治生命をかけた競合へと展開していく。冷泉帝が弘徽殿女御の絵巻を部屋から持ち出せないと知った源氏は、それでは梅壺女御には家に伝わる中から、興味深そうな作品だけでも差し上げようと、厨子《ずし》を開いて紫上と選んでいた。楊貴妃や王昭君などのような、宮中に入りながら不幸な運命をたどった女性の絵巻は、縁起が悪いと排除もしていた。その時には、すでに藤壺中宮のもとでの絵合と、二度目は帝前で絵合が催されると予想し、すぐれた作品は手もとにとどめていた。

これをきっかけに、源氏は「旅の御日記」の箱も開き、どの場面がよいかと「一帖づつ」選び出していた。この記述から、「絵日記」の数帖はすでに梅壺女御に進上していたのかと思うと、実は源氏は二度目の絵合を予期し、渡さないままにしていたという。しかも絵合の場面での視覚的な効果も考慮し、絵巻二巻に改装していたというのだ。すると、巻子《かんす》にはしなかった、まだ残された冊子本の「絵日記」も存在したはずである。

二条院に伝えられた絵巻、それは桐壺院の遺産でもあり、さらには歴代の天皇家の作品も存在したことであろう。ここで源氏がことさら取り出した古い絵というのは、いわば皇族の遺品であり、それに対するのが新しい勢力を占めるようになった藤原氏との対立という構図が読み取れなくもない。頭中将がことさらしく新作の絵巻を制作させたというのも、たんなる遊びではない。源氏の絵巻の存在は、政権の正統性が桐壺院を含めた王家を継承している証しとしての意義もあった。

源氏の絵

源氏の養女として入内した梅壺女御は、絵の好みがあり、自らも筆を手にしてすぐれた絵を描くという才能を持っていた。それを知った冷泉帝は、九つも年の差があることで初めは近づきがたく思っていたが、同じ趣味を持つ者としてしばしば訪れるようになる。弘徽殿女御方の頭中将は、何としても娘を后にしたい思いもあり、冷泉帝の寵愛は不可欠と、源氏に張り合う気持ちから、専門の絵師に作らせた絵巻を宮中に運び込む。これでバランスが取れていたはずながら、源氏はこのままでは終わらないと先を読み、中宮と帝との御前で二度にわたる「絵合」が催されると考え、その準備を進める。

二条院に伝来する古くからの絵巻を取り出し、そこから一度目の「絵合」に用いる作品、二度目は帝前でなされる「晴れの行事」としての絵巻、と用途に応じて分別していく。同時に「旅の御日記」も整理していたが、こちらは冊子から興味深い場面だけを抜き出して巻子本に仕立て直し、絵合の場で帝に見せる意図とともに、いずれは藤壺中宮に差し上げたいと思っていた。

須磨に下った真意を知っているのは、藤壺中宮だけだとの思いによる。

須磨に下った源氏は、所在のない日々を過ごし、しばらくは都の人々とも文を通わし、詩文を詠むなどして心を慰めてもいた。ところが都では源氏との交流が禁じられ、訪れもなくなると、源氏にとっては山を吹く風や波の音を聞きながら過ごすしかなく、秋の訪れはなおさら寂しさがまさってくる。

昼は何くれと戯《たはぶ》れ言《ごと》うちのたまひ紛らはし、つれづれなるままに、いろいろの紙を継ぎつつ、手習をしたまひ、めづらしきさまなる唐《から》の綾《あや》などに、さまざまの絵どもを書きすさびたまへる、屏風の面《おもて》どもなど、いとめでたく見どころあり。人々の語りきこえし海山のありさまを、はるかにおぼしやりしを、御目に近くては、げに及ばぬ磯のたたずまひ、二なく書き集めたまへり。「このごろの上手にすめる千枝《ちえだ》、常則《つねのり》などを召して、作り絵仕うまつらせばや」と、心もとながりあへり。(須磨)

昼間は供人と何かと冗談ごとを交わして気をまぎらわし、それでも退屈さがまさってくると、彩色の紙を継いで手すさびのように和歌などをしたため、中国からもたらされた珍しい高級な綾絹に、さまざまな絵を描いて無聊《ぶりょう》もなぐさめていた。できあがった作品は、そのまま屏風に仕立てることもでき、見所もある感に堪えない絵ができあがる。かつて供人たちが、海や山のすばらしさを語っていたが、都から出たことのない源氏にはどのような風景なのか、想像するしかなかった。ところが今は目の前に海が広がり、飽きるほど見ることができる。普通の者ではとても表現できない磯辺のありさまなど、源氏が絵筆を手にして描くと、これ以上のすばらしさはないと思われる作品が出現する。供の者は「このところ都で評判の高い、絵師の千枝や常則を召して彩色させたいものです」と、流謫の身にあるだけに残念がる。

源氏が瘧病《わらわやみ》に罹《かか》り、加持祈祷を施しても治癒しないため、「北山」の「なにがし僧都」を頼って四五人の供とともに訪れたのは、八年前の三月末のことだった。そこで「十ばかり」の若紫を発見するという、運命的な出会いがあるのは、ここでの問題からはずれるので省略する。僧都の祈りによるのか病の症状も起こらないため、背後の山に登って都の方を眺めると、はるか遠くまで霞みわたり、あたりの梢も芽吹いた眺めは、源氏にとって新鮮な体験であった。源氏はその景色に感嘆し、

絵にいとよくも似たるかな。かかる所に住む人、心に思ひ残すことはあらじかし。(若紫)

と、「まるで絵を見ているようだ。このような所に住む者は、心に悩みなどは持たないことであろう」と口にすると、供人は、

「これはいと浅くはべり。人の国などにはべる海山のありさまなどを御覧ぜさせてはべらば、いかに御絵いみじうまさらせたまはむ。富士の山、なにがしの嶽《たけ》」など語りきこゆるもあり。また西国のおもしろき浦々、磯のうへを言ひつづくるもありて、よろづに紛らはしきこゆ。(同)

と、これ以上の風景のすばらしい場所があると、病に悩む気持ちをまぎらわそうと語りかける。

源氏が絵の技量にすぐれていることは知られているようで、「このような風景はまだ序の口です。他国に行き、海や山のさまを御覧になれば、どんなにか絵は一段と上達なさることでしょう」という。「富士の山や、なにがしの嶽」など、とりわけすばらしいことですとも加える。『伊勢物語』の有名な東下りにおいて、「信濃の国、浅間の嶽に煙の立つを見て」（第八段）とか、「富士の山を見れば、五月《さつき》のつごもりに、雪いと白う降れり」（第九段）などが念頭にあったのであろう。源氏は「昔男《むかしおとこ》」とは逆の、「西国のおもしろき浦々、磯のうへ」へ下ることになったが、若紫巻ではやがて訪れる須磨行きが、すでに構想されていたのであろう。源氏は須磨の景観を、退屈しのぎに豪華な綾や絹布に描き、屏風にすることもできる大作に筆を揮《ふる》ってもいた。このようにして須磨で描かれた「磯のたたずまひ」の作品は、その後どのようになったのか不明ながら、「絵日記」は取り上げられ、政治的にも重要な役割を果たす。なお当時の大和絵は、すぐれた絵師が墨で下絵を描き、弟子たちが彩色していたようだ。

2　絵日記の意義

源氏と紫上の絵日記

源氏は暴風雨に翻弄され、明石入道の手引きで明石に移り、不思議な機縁もあって明石君に通う身となる。新しい関係が生まれると、源氏は心引かれる一方では、都で寂しく過ごして帰りを待つ紫上への思いも、これまで以上にいとおしくなってくる。

あはれとは月日にそへておぼしませど、やむごとなき方のおぼつかなく、年月を過ぐしたまふが、ただならずうち思ひおこせたまふらむが、いと心苦しければ、独り臥しがちにて過ぐしたまふ。絵をさまざま描《か》き集めて、思ふことどもを書きつけ、返りごと聞くべきさまにしなしたまへり。見む人の心にしみぬべき物のさまなり。いかでか空に通ふ御心ならむ、二条の君も、ものあはれに慰む方なくおぼえたまふをりをり、同じやうに絵を描《か》き集めたまひつつ、やがてわが御ありさま、日記《にき》のやうに書きたまへり。いかなるべき御さまどもにかあらむ。（明石）

源氏の避けられない運命とはいえ、明石君へ通う仲となり、月日のたつにつれ情愛も深まってくる。一方では都に残した紫上への恋しさがまさるばかりで、別れてもう二年近い歳月、自分のことをどれほど気にかけているかと思いやるだけで、胸の苦しさをおぼえ、明石君への通いも途絶えがちになり、このところは独り寝で過ごすありさまだった。

源氏はどうすればよいのかわからず、苦しい心の内を慰めようと絵を描き、日々過ごしながらの生活や「思ふことども」を「絵日記」にもしていた。須磨にくだった頃からも書き始めていたのであろう、浦や磯辺のたたずまい、四季折々の移り変わり、都の紫上を思っての歌、絵に添えた説明のことばなど、それは源氏の「旅日記」でもあった。とりわけ、自らの和歌の後には余白を設け、帰京すれば紫上にも見せ、返しの歌を書き込めるようにもしていた。これを見る人がいれば、「心にしみぬべき物のさまなり」と、絵にしても、歌にしても、感動せずにはいられない作品となっていた。

そのような源氏の心が都の紫上にも通じたのであろうか、彼女も寂しく慰めようもない折々には、同じように絵を描き集め、自らの日々の思いを日記のように書いていたという。都を出立した夫との未明の別れ、往信した文の数々、源氏の須磨や明石での生活を思いやり、寂しさを文章にしたため、ときには歌に託して詠むこともあった。道綱母が綴った『蜻蛉日記』の例に倣《なら》うように、紫上も綿々とした思いを書き連ね、しかもそこには絵を添えていたという。帰京して再会すると、二年半余の空白を埋めるかのように、互いに絵日記を見せて慰め合い、二人は心を共有して満たされた思いになったはずである。

ところが現実はそうではなく、源氏が「旅の御日記」を紫上に見せたのは、帰京して三年も過ぎた「絵合」の巻においてであり、しかもいつの間に整理したのか「箱」入りの冊子になっていた。紫上はそれを目にするにつけ、「今まで見せたまはざりける恨み」を言わずにはいられなかったというのは、客観的にも当然のことと言える。あれほど心配し続けてきた紫上に、源氏は帰洛するとすぐさま見せるべきで、このような生活をしていたとか、四季の風景の美しさを目にしながらも、都を恋しく思い続けていたさまを、口で多く語る以上に「日記」を見せるのが最大の慰めにもなる。

絵日記には須磨での暴風雨や落雷の災難、桐壺院の出現、嵐からの脱出などといった記述と絵のほかにも、当然のことながら明石に移っての明石君とのかかわりも書かれていたはずである。明石入道の琵琶を弾く姿、運命を打ち明けられ、八月十三夜に岡辺の宿を訪れるといった場面などは、源氏にとって避けたいところではある。ただ、姫君の誕生の喜びも添えるとなると、明石君との関係はすべて消し去るわけにはいかない。情趣深さをどのように効果的に表現し、人々の心にも共鳴させるか、源氏には紫上以上にさまざまな工夫が凝らされたはずである。そのようなことを思うと、源氏の絵日記というのは、須磨・明石から持ち帰ったままではなく、かなり手を入れた作品に変貌していたのではないかとも想像したくなってくる。

絵日記にはどこまで詳細に書かれていたのか明らかではないが、源氏の須磨行きの事情、天が怒りを噴出させたように襲来した風雨と落雷、その後に続く明石への移動など、誰しも知りたいところである。鍵となるのが聖帝と人々が慕う桐壺院の登場する姿で、明石入道の語りによって、背後に住吉の神の霊験が存在したことも明らかにされたことであろう。明石君との結婚は源氏にとっては定められていたことであり、姫君の誕生も必然の帰結であった。そのような運命物語に編集し直されたのが、絵日記の二巻であった。

源氏は紫上に「絵日記」を初めて見せながら、「中宮ばかりには、見せたてまつるべきものなり」との思いにいたる。考えると奇妙なことで、たんなる須磨・明石で過ごした生活の絵日記ならば、本来の趣旨の通り、源氏は帰京後すぐさま紫上に披露し、余白に歌を書き入れさせるべきである。それをしなかったのは、帝前での絵合の最後に提出し、勝利することによって、源氏が政権を掌握している正当性を廷臣に納得させる意義があったからにほかならない。若宮が「源」の臣籍に降下するにいたった、予言の実現をもさかのぼことができる。藤壺中宮は、源氏のそのような宿世を知っているだけに、絵日記の継承者としてふさわしいと言及されたのであろう。

それにしても不思議なのは、紫上が源氏と心を合わせるように描いていたという「絵日記」の存在で、その後どのようになったのか行方が知れない。紫上とて、帰京した源氏にすぐさま自分の日記を見せ、離別の日々をともに回顧してもよいはずながら、その気配はまったく見られない。作者は明石巻を執筆していた時点では、都と明石という空間を異にしながら、時間の重なる二つの絵日記を見せ合い、涙する場面を構想していたのであろうが、源氏の絵日記は別のテーマとして転用することにした。それが帝の前で催す絵合における役割で、そうなると紫上の絵日記の存在など、わざわざ話題にするのは避けなければならない。源氏の絵日記とて、紫上の歌を書き入れる余白まで空けていたにもかかわらず、すでに完成した作品として紹介される。作者はこのように不都合なことになると、前後の整合性など素知らぬふりをし、物語を新たな展開へと先へ進むことになる。

帝前の絵合

梅壺女御と弘徽殿女御のもとには、それぞれのバックとなる源氏と頭中将とが競い合うように新旧の絵巻が集められる。部屋から持ち出せないため、冷泉帝は絵の好きな女房を引き連れてそれぞれの部屋を訪れ、その場で鑑賞することになる。「上の女房なども、よしあるかぎり、これはかれはなど定めあへるを、このごろの事にすめり」と、清涼殿に戻ってくると、女房同志による月旦評《げったんひょう》なのであろう、もっぱら絵巻の話で持ち切りとなる。たまたま藤壺中宮が参内していた頃でもあり、さまざまな絵の話を耳にするにつけ、もともと好きなだけに、自分も一緒について行って見るにつけ、仏道の勤めなどおろそかになりがちになってしまう。「かたがた御覧じ棄てがたく思ほすことなれば、御行ひも怠りつつ御覧ず」と、藤壺中宮まで直接絵巻を目にし、女房の批評に関心を示す。母親が絵を見たいがため、帝の御供をして二人の女御のもとを訪れていたというのは、今さらながら驚くべき光景というほかはない。「この人々のとりどりに論ずるを聞こしめして、左右《ひだりみぎ》と方分《かたわ》かたせたまふ」と、絵合の発案者は藤壺中宮であった。

梅壺女御のもとでは源氏が提供した古い絵巻に堪能し、弘徽殿女御の部屋では新作の絵師達の手になる絵巻を見るという、絵の好きな藤壺中宮や女房たちにとっては贅沢な時間を過ごしてきた。ただ同時に並べて比較することができないため、それならば左右に分けて優劣を競ってはという展開になったのであろう。中宮じきじきの発案ということになれば、頭中将としても異論はなく、すぐさま応諾して絵合の運びとなる。このあたりは、藤壺中宮一人の案というよりも、源氏と示し合わせ、その後に帝前での絵合に持って行く布石としたのかも知れない。

「ただ今は心にくき有職《いうそく》ども」とされる、絵の鑑賞には詳しい女房たちが左右に分かれ、「心ごころにあらそふ口つきどもをかしと聞こしめして」とするので、作品の内容から出来栄えまでが評価の対象となり、判者は藤壺中宮が務めたのであろうか。左右の方人《かたうど》は自分たちの作品を称賛し、相手方の悪い点をあげつらうなど、勝ちへ結び付けようと躍起になる。二番目の『伊勢物語』と『正三位物語』は優劣つけがたく、なかなか勝負がつかない。右方の絵のほうがおもしろくはなやかで、しかも現代的な内容だけに、そちらに評価が傾きかける。ところが藤壺中宮は、主人公の「心高さ」を褒めたたえながら、それでも古いからといって「在五中将の名」(業平)をけなしてしまうわけにはいかないと、梅壺女御方の作品を擁護する。主催者というべき藤壺中宮が梅壺女御を肩入れするのは、明らかに源氏への支援としか言いようがない。

かやうの女言《をんなごと》にて、乱りがはしくあらそふに、一巻《ひとまき》に言の葉を尽くして、えも言ひやらず。(絵合)

具体的にどのような論議がなされたのか不明ながら、女性達は物語の内容から絵の構図、詞書の筆跡にいたるまで、さまざまな観点からの論議に沸騰し、結果的には勝ち負けも決まらないで終わってしまった。わずか一巻の絵巻に、女房たちはどれほどのことばを尽くして批評し合ったことであろうか。参加していない帝付きの女房も、藤壺中宮の女房も、どのような批評のことばが飛び交っているのか、絵巻の一端なりとも見たいとは思うものの、限られた人数だけの、内々の絵合だっただけに、知りようがなかった。

これからすると、藤壺中宮主催の公的な絵合というのではなく、かなり個人的な好みによる内輪の催しであった。すこしでも関心のある女房たちは、絵合の場面を憶測し、「これこれの絵巻が提出され、あの女房はこのような見方をしていた」などといった話の内容だけではなく、表紙の色、紐の飾り、絵師の評価、詞書の筆者にいたるまで、もっぱらその頃は宮中での話題であった。

大臣参りたまひて、かくとりどりに争ひ騒ぐ心ばへども、をかしくおぼして。「同じくは、御前にてこの勝負《かちまけ》定めむ」とのたまひなりぬ。（同）

もともと冷泉帝は絵に関心があり、梅壺女御と好みが一致し、しかも自ら描くという嗜《たしな》みに、年の差を越えて親しみを覚えて以後は、しきりに訪れるようになる。頭中将は弘徽殿女御を冷泉帝に早く入内させ、仲のよさに安心していたのだが、源氏は養女まで迎えての入内という新たなライバルの登場である。藤原氏の政権構想に支障が生じかねないとの危機的な思いから、対抗上絵巻を新作して娘のもとに送り届け、弘徽殿女御のもとに帝を引きつけようとしたことが、絵合の争いの発端であった。頭中将は冷泉帝を困らせていると聞き、源氏は新作ではなく、古くから家に伝わる絵巻などを取り出し、梅壺女御に提供することにした。ここで注目されるのは、新旧の絵巻の争いの体裁をとりながら、実は源氏方は桐壺院から伝領し、母桐壺更衣の家に伝えられた作品を持ち出したのであり、古い時代を回顧し、復活させようとの狙いである。女性達による絵合は、藤壺中宮の関心の高さから実現したようだが、本質はあらためて桐壺院時代の再確認を迫った行事だったといってもよい。桐壺帝が桐壺更衣や藤壺中宮と、かつてともに愉しみ興じた絵巻でもあった。

源氏は参内して絵合の評判のよさを聞き、「同じことなら、御門の御前でこの勝ち負けを決してはどうだろうか」と提案し、皆の賛同を得て実施されることになる。源氏の思いつきのように進められたとはいえ、これは計算通りで、すでに引用したように、「かかる事もやと、かねておぼしければ」と予期しており、しかも「かの須磨明石の二巻《ふたまき》は、おぼすところありて取りまぜたまへり」と、紫上と整理していた「旅の御日記」は、実は帝前での絵合を初めから意図して改装していたと知られてくる。

古代への憧憬

藤壺中宮の提案による絵合は、専門的な女房による限られた人数の中での遊びであっただけに、外部に漏れ出る心配はないと、思う存分のことばで作品を批評しあうことができた。それはかえって宮中の人々の心を煽《あお》り立てる結果が生まれ、オープンにして評価を知りたいと熱望の思いが沸き上がる。このあたり、藤壺中宮と源氏との密かな連携があったのではないかと想像したいところだが、それはともかく帝前での絵合という公的な行事へとなってくる。

藤壺中宮の冷泉帝を護りたいとの思いと、冷泉帝以降も源氏の覇権による政権を継続していく考えは、須磨流謫以前からの二人の共通した戦略でもあった。弘徽殿女御ではなく、梅壺女御が中宮となり、冷泉帝においても源氏の絶対的な権力を維持し、次代につなげる必要があった。宮中における絵の好みは、たんなる遊びではなくなり、帝がどちらの女御に心を傾けて后にするのを至当と思わせるか、そのような政治的な駆け引きのツールに変質していったのである。それだけに、頭中将を戯画的なまでに新作絵巻の製作に夢中になる姿を描き、源氏の古い作品と競合させていこうとする。それはとりもなおさず、桐壺帝の時代を想起させることにもなってくる。

源氏三十九歳の春、明石姫君は十一歳に成長し、裳着《もぎ》とそれに続く入内の準備を進めようとする。六条院で薫物合《たきものあわせ》を催すことになり、大宰大弐が献上した香木などを御覧になるにつけ、昔の品にはやはり劣っているのではないかと、源氏は二条院の蔵を開けて比べてみる。「錦綾《にしきあや》」は「なほ古き物こそなつかしうこまやかにはありけれ」と、古い品ほど親しみがあり上質だとの感想を持つ。姫君が入内して使用するようにと、調度品の覆《おお》い、敷物、褥《しとね》（下に敷くとか寝具類）などは、

故院の御世の初めつ方、高麗人《こまうど》のたてまつれりける綾、緋金錦《ひごんき》どもなど、今の世のものに似ず、なほさまざま御覧じあてつつせさせたまひて、このたびの綾、羅《うすもの》などは、人びとに賜はす。（梅枝）

と、伝来品を用いることにした。大弐も九州の赴任地で入手した高級な輸入品を持参したのだろうが、それでもやはり古い時代の唐来品のほうが優れているとする。桐壺帝の御代に高麗人

が訪れたというのは、源氏がまだ若宮と呼ばれていた七、八歳のころ、鴻臚館に赴き相人によって運勢を占われた折を指す。「いみじき贈り物どもささげたてまつる」とあったので、高麗人から帝へ各種の品が贈られたはずで、それから三十数年、今では二条院の蔵に納まっているというので、桐壺院の遺品として受け継いでいたと知られる。源氏は、大弐が香木とともに入内用にと贈呈した「綾、羅《うすもの》」ではあるが、品質が劣ると、それらは人々に下賜《かし》したという。梅壺女御に渡された絵巻類も、桐壺院以来の伝領品なのであろう。このように絵合にしても薫物合にしても、たえず桐壺帝時代へ回帰し、聖帝の世の優位性を説く。

作者は尚古趣味を開陳しているのではなく、桐壺院の時代の品が、今の世の新しい品に劣らないと強調するとともに、桐壺院の正統な継承者が源氏であることを明確にさせようとの思いがあった。古い絵巻類であっても、当代の評判の高い絵師や書家の作品にすこしも引けを取らないとの思いがあり、堂々と頭中将と対抗させることにした。臣下の「源」となった源氏が、これほどまでに権力の行使が可能なのは、いわば公認された存在だと主張することができる。ここに『源氏物語』の本質があり、桐壺帝が高麗人の言を用いて「源」にした根本の理由でもあった。

女性の遊びから始まった絵合は、公的な催しへと昇格し、世間的にも高い関心を呼ぶ。朱雀院は梅壺女御に思いを寄せていたこともあり、「年の内の節会《せちゑ》どものおもしろく興あるを」とする、天皇家に伝えられ、代々書き加えられた年中行事絵巻を届ける。すぐれた絵師の手によるもので、醍醐天皇が直接詞書も加えた巻もあり、朱雀院の御代《みよ》になると斎宮が伊勢に下向する大極殿の儀式も存する。今の世の高名な巨勢金茂《こせのきんもち》の手によるもので、朱雀院が斎宮の額髪に別れの小櫛を挿した、忘れられない場面である。六年後に朱雀帝は譲位し、入れ替わりのように母六条御息所と斎宮は帰京する。朱雀帝は忘れられない斎宮の姿を恋い慕い、入内を強く望み、源氏にも相談したものの、思いはかなえられなかった。「過ぎにし方の御報いにやありけむ」と、須磨に下るに至った仕打ちではないかと、源氏を恨めしく思うばかりである。そのような辛酸を嘗《な》めながらも、このたびの絵合ではぜひとも梅壺女御に勝ってほしいと、家宝ともいうべき絵巻を贈与したのである。歴代の天皇家の年中行事絵巻を、朱雀帝が勝手に手放してもよいのか、それでは冷泉帝の御代になると続きはどうするのか、などとこれまた変な心配も生じないわけではない。

旅日記の勝利

このようにして弘徽殿女御も梅壺女御も万全の準備を整え、左右の絵が宮中に運び込まれ、帝も藤壺中宮も臨席し、女房の控え所はいうまでもなく、殿上人は後涼殿《こうりょうでん》の簀子《すのこ》に座を設け、源氏も頭中将も参上するという、大がかりな晴の儀式となる。藤壺中宮のもとでは、「女絵」の物語絵巻の絵合であり、人数もごく限られた女性たちだけであった。このたびは公式の絵合として、行事絵をはじめとする、さまざまな作品が取り揃えられる。蛍兵部卿宮は趣味のある

方で、

大臣の下にすすめたまへるやうあらむ、ことごとしき召しにはあらで、殿上におはするを、仰せごとありて、御前に参りたまふ。この判仕うまつりたまふ。（絵合）

と、勅命《ちょくめい》によって判者を務める。たまたま宮中にいるところを召されたというのではなく、兄弟の中でももっとも親しい兄の源氏から、「下にすすめたまへるやうあらむ」と、内々ながらあらかじめ判者となるよう依頼されていたというのだから、それなりの思惑があったのであろう。

さすがに「いみじうげに描きつくしたる絵どもあり。さらにえ定めやりたまはず」と、提出された作品はいずれも甲乙つけがたく、判定も困難をきわめる。「所どころの判ども心もとなきをりをりに、時々さしいらへたまひけるほどあらまほし。定めかねて夜に入りぬ」と、蛍宮は最終的な判断をしかねると、源氏に助言を求めるといった具合で、適切な批評だったようで、すばらしいことだったとする。どれほどの絵巻類が番《つが》わされたのか記されてはいないが、かなりの数が披露されたのであろう、いずれも決定的な勝ちを得ることもできないまま夜になってしまう。

左はなほ数ひとつあるはてに、須磨の巻出で来たるに、中納言の御心騒ぎにけり。あなたにも心して、はての巻は心ことにすぐれたるを選《え》りおきたまへるに、かかるいみじきものの上手の、心の限り思ひ澄まして静かに描きたまへるは、たとふべき方なし。親王《みこ》より

はじめたてまつりて、涙とどめたまはず。（絵合）

物合せは左が最初に出し、次に右の番となり、優劣が競われ、判者が勝ち負けか、「持《ぢ》」とする引き分けの判定をし、最後はそれぞれ集計して勝敗を決めることになる。「十番絵合」であれば、左右から十作品ずつの合計二十作品、「十五番絵合」だと三十作品という数が眼前に広げられるだけに、絵の好きな者にとっては垂涎《すいぜん》物というほかはない。

左右の方人《かたうど》は、自分たちの提出した作品のすばらしさを主張し、相手の欠点をあげつらうなどの論議がなされる。それらを聞いた上で、最後は判者が公正な判定をし、根拠もきちんと明らかにして人々に納得させなければならない。ところが最後の作品に、左の梅壺女御方から「須磨の巻」が提出され、頭中将はそれを一目見ただけで胸騒ぎがしたという。頭中将とて、最後の作品はこれ以上の物はないというほどの逸品を用意していたはずだが、その野心も打ち砕かれてしまいそうな衝撃を受ける。

絵師以上の技量を持つ源氏が、都の喧噪《けんそう》から離れた地で、心静かに、ありったけの思いを込めて描いた絵日記であることは、すぐに理解できた。紫上が目にして悲しみの思いを新たにし、当時のことを知っている者であれば「涙惜しむまじくあはれ」と評されていた絵日記である。

その世に、心苦し悲しと思ほししほどよりも、おはしけむありさま、御心におぼししことども、ただ今のやうに見え、所のさま、おぼつかなき浦々磯の隠れなく描きあらはしたまへり。草《さう》の手に仮名の所どころに書きまぜて、まほのくはしき日記にはあらず、あはれ

なる歌なども まじれる、たぐひゆかし。誰も他《こと》ごと思ほさず、さまざまの御絵の興、これにみな移りはてて、あはれにおもしろし。よろづみなおしゆづりて、左勝つになりぬ。（絵合）

源氏が須磨に下ったのはすでに五年前、右大臣や弘徽殿大后の政権の前では誰も非難めいたことばは口にできなかったものの、心ある人々は悲しみの淵に沈み、須磨ではどのような生活をしているのかと、思いやらずにはいられなかった。知りたいと思っていた源氏の謫居《たっきょ》のさまが、まざまざと今目の前に展開しているではないか。見たこともない浦々や磯のたたずまい、そこには草仮名《そうがな》で源氏の日々の深い思いが表現され、孤独にあふれた歌までが添えられる。「具注暦」の余白に書き込まれる、男性のもっぱら行事を中心にした漢文日記とは異なり、読む者にあわれな感慨を誘うような「仮名日記」の絵巻が目の前に置かれ、源氏の日々の暮らしから暴風雨のありさまなどが記され、しかも素晴らしい絵が効果的に描かれる。

源氏が「絵日記」に書いていたという「草仮名」とは、どのようなものだったのであろうか。『枕草子』の「宮にはじめてまゐりたるころ」の段に、中宮定子が「人の草仮名書きたる草子など取り出でて御覧ず」と、草仮名の冊子を見る場面がある。また『源氏物語』にも、源氏が「草のも、ただのも、女手《をんなで》も、いみじう書きつくしたまふ」（梅枝）と、草子（冊子）に古歌を「草仮名」「普通の仮名」「女手の仮名」と文字を使い分けて書写したという。現代に通じる「ひらがな」は、『万葉集』に代表される「万葉仮名」という、音を借用してすべて漢字の文字表記から出発する。「あはれ」を『万葉集』で「安波礼《あはれ》」と書き、時代が下ると「安」の文字が崩されて「あ」となり、「波」が「は」となっていく。この「万葉仮名」を草書のように崩した字体が「草仮名」、さらに簡略化したのが「ひらがな」になったとされる。『源氏物語』の時代においても、「草仮名」はやや古風な書体のようで、源氏はことさら風格のある荘重な「絵日記」に仕立てていたようである。

3　源氏の栄華への階梯

『土佐日記』の絵日記

平安朝中期に恵慶《えぎょう》（生没年未詳）という、中古三十六歌仙の一人に数えられる歌人がいる。紫式部からすればすこし年上といったところで、三百首ばかりの『恵慶集』という私家集が残され、そこには思いがけない記述を見いだす。

貫之が土佐の日記を、絵にかけるを、五年《いつとせ》を過ぐしける、家の荒れたる心をくらべこしなみぢもかくはあらざりきよもぎの原となれる我が宿

紀貫之は延長八年（九三〇）から承平四年（九三四）までの四年間、土佐国司として赴任していた。次の国司との引き継ぎが遅くなり、やっと十二月二十一日に土佐の国府を出立し、翌年

の二月十六日に京都の自邸に帰るまでの、五十五日間を記したのが『土佐日記』（古くは「土左」と表記）である。この日記の書き出しが、

男もすなる日記《にき》といふものを、女もしてみむとてするなり。

と、女性に仮託した表現にしていることはよく知られる。「日記は男の方が漢文で書くのが一般的なようですが、女性の私も日々の記録を記してみたく思います」と、日記を書く宣言をする。わざわざそのように断るのは、「私は女性なので、仮名文字によって日記をつけた」と断るのである。男性は宮中の公務が中心なだけに、日記をつけるとなると漢文日記が普通である。貫之も官人だけに漢文を用いるべきながら、旅日記における個人的な感情を吐露し、和歌を挿入するには、どうしても仮名でなければ表現しきれない。

仮名は「女文字」とも称されるように、官僚の貫之が仮名日記を書くとなると、どうしてもためらいを覚え、男性の姿を前面に出すわけにはいかなかった。仮名文字は「女手《おんなで》」とも呼ばれ、流布し始めたころは男性も使ったにしても、もっぱら女性用の文字の認識であった。貫之は自ら男の姿を消し、『土佐日記』を仮名文字で書くからには、女性に仮託する必要があった。かつて醍醐天皇の勅命のもとで撰進された、『古今集』の「仮名序」を書いた貫之だけに、男性が書いてきた漢文日記を、仮名によって表現してみようとの、新しい文学への野心があったのであろう。

土佐の人々との別れ、船中の人々の姿、室戸岬の沖を越え、海の波間から出て来るような月、

海賊に追われるという恐れ、住吉の松原の眺めなどと、風景や船人の心が日を追ってさまざま描かれていく。難波から山崎までの風物、やっと上陸し、月明かりのもと牛車によって都入りをする。

京に入り立ちてうれし。家に至りて、門《かど》にいるに、月明ければ、いとよくありさま見ゆ。聞きしよりもまして、いふかひなくぞこぼれ破れたる。……さて、池めいてくぼまり、水つける所あり。ほとりに松もありき。五六年《いつとせむとせ》のうちに、千年《ちとせ》や過ぎにけむ、かたへはなくなりにける。今生《お》ひたるぞまじれる。大方みな荒れにたれば、「あはれ」とぞ、人々いふ。

隣の住人が、留守中は屋敷の管理をしてあげましょうと、自ら進んで申し出てくれたため、土佐からは折々につけて御礼に品物も届けていた。ところが五年たって我が家へ戻ってみると、使いの者が都に帰って、また土佐に戻って来ると、「家が荒れていますよ」とかねて報告し、噂にも聞いてはいたが、目の前は想像していた以上の惨状ではないか。隣との垣根もすっかり壊れて朽ち果て、庭は一つの屋敷のようにつながってしまっている。五年ぶりに都に帰り、我が家にやっと着いたとうれしいはずながら、このひどいありさまを目にすると、喜びも消え去ってしまう。

門から屋敷に入ると、月が明るいだけに、庭は野原のように広々と見える。庭にはくぼみができ、水が溜まって池のようになっている。小さな松だったのだが、五六年しかたっていないのに、千年も過ぎたように伸び放題で、半分は枯れたのか見当たらない。最近芽生えたのか、小松もある。あまりの荒れ果てた姿に、供の人々も「ひどいこと」と口々に声を出すほどであった。

貫之はがっかりする思いで、このように書きつけた日記も、「忘れ難く、口惜しきことも多かれど、え尽くさず。とまれかくまれ、疾《と》く破《や》りてむ」と「土佐からの旅も、忘れられなく、残念に思われることも多いけれど、ここには書き尽くせない。ともかくも、早く破り棄ててしまいたい」とのことばで結ぶ。これは貫之の韜晦《とうかい》なのだろうが、幸いにも日記は保存され、当時の人々にも読まれるようになった。

恵慶が手にした「貫之が土佐の日記」は、この最後の場面が描かれていたようで、航海してきた冬の荒れた波以上に、五年ぶりの我が家の庭が荒れていたとする。まるで藪のようになった屋敷が目に入り、呆然と立つ貫之の姿が描かれていたのであろうか。貫之の日記本文がすべて引用され、各所に絵が挿入されていたわけではなく、本文は抄出され、興味深い場面が絵画化されていたのではないかと思う。

『土佐日記』の絵日記は、日記の本文とともに、その内容を復元するように場面ごとに絵画化されていた。このような作品の存在は、紫式部とて知らないはずはなく、源氏の「絵入り旅日記」はまったくの独創というわけではなく、先蹤《せんしょう》が存在していたと知られる。詳細な日記の代わりに、「草仮名」による文章や和歌が流麗な筆致で絵に添えられていたのである。

恵慶にとって貫之は敬愛すべき先人として存在したようで、絵日記だけではなく、

故貫之が書き集めたる歌を、一巻借りて、返すとて
ひとまきにちぢのこがねをこめたれば人こそなけれ声は残れり

と、貫之の家集を人から借りていたことも知られる。わずか一巻ながら、貫之のさまざまなことばによる宝玉が込められており、一首一首の歌には目の前で語りかけてくるように、ありありと本人の声が聞こえてくるようだという。

歌人仲間でもあった安法《あんぽう》法師の歌集に、

貫之詠み集めたる歌の集ども、恵慶借りて返すとて歌詠めるに、皆人々詠みし
紀の家のくさに残れる言の葉はかきこそたむれちりのうへまで

とあるのは、恵慶の歌とも関係するのであろう。周辺の人々も「紀の家のくさ」（紀貫之の筆跡。「くさ」は草仮名で書かれた歌とするのであろう）に感動し、塵《ちり》のようなささいな断簡までも書きとどめようという。貫之には自らの歌を一巻にまとめた家集が存し、それを後世の人々は規範とすべく書写して学んでもいた。「土佐の絵日記」も、そのようにして人々に伝えられて読まれていたと思われる。

絵草子の流行

源氏が須磨、明石でまとめていた絵日記は、紫式部の当時も数多く流布していた「絵草子」の一種だったのであろう。文学史の初期の例としては、醍醐天皇の歌を集めた『延喜御集《えんぎぎょしゅう》』に、

御門《みかど》若くおはしましけれど、御病《やまひ》重くて、東宮に位譲りきこえさせ給ひて、おりさせ給へば、女御たちもみなまかで給ひけるに、三条右大臣の女御、草子の絵に書きつけ給ひける

秋風にたぐふ木の葉の今はとてをのがちり〲なるぞ悲しき

とするのを見いだす。醍醐天皇は在位三十三年、延長八年（九三〇）九月二十二日に病の重さから朱雀天皇に譲位し、七日後の二十九日に四十六歳で亡くなる。このあたりは、道真との関係ですでに述べたところである。醍醐天皇のもとに入内していた多くの女御《にょうご》や更衣《こうい》たちも、それぞれ宮中を離れて散り散りになったようで、その一人の三条右大臣定方女《さだかたのむすめ》能子が、「草子の絵」に歌を書きつけたという。内容は不明ながら、秋も深まり、木の葉の舞い散る風景が描かれていたのであろうか。宮中ではこのような絵草子は、女房たちの間でもてはやされ、人々の慰みとして流布していたと思われる。

先ほど引用した『恵慶集《えぎょう》』からも例を引くと、

草子の絵に、須磨の浦のかたを描きたるに、神の社《やしろ》に船よりゆく人の、浪の高ければ、
手寄《たよ》せに、みてぐらたてまつる

たよせとは思はざらなむわたつうみに祈る心は神ぞしるらむ

また

白浪にいろ見えまがふみてぐらをたよせにうけよ島主の神

同じ絵に、旅行く人、十月ばかりに、もみぢのもとに宿りたるを

ゆくすゑもみぢのもとに宿とらじをしむに旅の日かずへにけり

御草子の絵に、夏、女の桂の木の陰《かげ》に涼むところ

夏なれど夏とも知らで過《すご》すかな月のかつらの陰に隠れて

秋、網ひくところ

風吹けど枝をならさぬ秋なれば網ひくそこものどけかりけり

などと一連の歌を見いだす。これによると、絵入りの冊子になっており、風景だけではなく、季節とともに物語を思わせる内容に仕立てられていた。初めの場面には須磨の海辺と神社が描かれ、船を着けて参拝しようとしたものの、浪が高くて近寄れず、社《やしろ》をたぐり寄せるようにして幣帛《みてぐら》を奉納している場面と知られる。「船旅の安全を祈って白い幣《ぬさ》を奉納しようとしたもの

の、浪が高いため断念することにした。神社をたぐり寄せるようにして納める、形ばかりとなった祈願とはいえ、神は私の心を知って下さるだろう」とする。

さらに、「白く立つ波は、この白い幣と見まがうばかりの色なので、船から社をたぐり寄せて祈るけれど、寄せる波を幣と思っていただき、どうか願いをかなえてほしい、島主の神よ」と続ける。

三首目は、同じ絵とするので連続した同じ旅人なのであろうか、十月ばかりに紅葉の木の下で宿をとったのだが、そのすばらしさに心引かれてとどまってしまい、旅程の日数が余分にかかってしまった。「これから先は、もう紅葉の木陰で泊まることはしないでおこう、つい紅葉のすばらしさに心奪われ、旅を急ぐ思いが失せてしまった」というのだ。いずれも草子の絵を見ながら場面を想像するなり解釈し、それぞれの思いを歌に詠んで書き込んだのであろう。以下も、「草子の絵」とし、たんなる風景ではなく、物語的な展開をしていたようである。

源氏の絵日記も、「絵草子」あるいは「草子絵」と称されるような、絵をともなった生活記録と歌からなっていた。『土佐日記』の絵日記は、すべての本文ではなく、後の人が興味深い場面を抄出し、そこに絵を添えたのだろうが、後人によって日記が絵巻に仕立てられた例は他にも存する。本論からはずれるため、紹介するだけにしておくと、古筆手鑑『藻塩草《もしおぐさ》』（国宝）には、玉津切と称する『蜻蛉日記絵巻』の鎌倉時代写による絵詞《えことば》の断簡一葉を見いだす。早くから、このように日記は「絵日記」として制作され、人々に賞玩されていたようにも思われる。

源氏の絵日記は、自らが景色などを描き、そこに詞書なり和歌を書き入れていた。本来は該当する場面に紫上の歌も書き込めるように余白を残し、独詠歌ではなかった。帝前での絵合に用いる方針にしたことから、過去の経緯はすべて捨象し、改装して二巻に仕立てたのである。とりわけ絵合の場において人々を感動させたのは、絵日記の「おぼつかなき浦々、磯」のたたずまいだったという。『恵慶集』では「須磨の浦」があり、『古今集』では、

ほのぼのと明石の浦の朝霧に島がくれ行く舟をしぞ思ふ（巻九、羇旅）

とする「明石の浦」が歌に詠まれる。須磨や明石は、屏風絵でもしばしば目にする風景ながら、そのような名所の中に悄然《しょうぜん》とした源氏の姿を目にし、人々はその運命に思いを馳せ、感興を催したのであろう。

季節ごとに移り替わる情景の美しさと寂寥《せきりょう》の思い、落雷で炎上する建物、桐壺院の姿、激しい風雨の中に漕ぎ出る小舟などと、絵と日記、そこに草仮名による和歌が添えられるなど、目にする者はすっかり絵日記の世界に魅了されてしまう。源氏は不当な扱いを受けていたにすぎなく、今の繁栄は紛れようもなく桐壺院を継承した姿と人々は首肯する。源氏の絵合での効果は狙い通りで、右方が最後に残していた切り札的な作品を出す暇もなく、絵日記を前にして勝負は早くもついてしまった。

絵日記の場面

冷泉帝を前にしての絵合、藤壺中宮も前回とは異なる作品が提出されるだけに興味深く、臨席することになった。最後の番となり、右方は満を持して「すぐれたるを選りおきたまへるに」と、秀作の絵巻を残していたのだが、左方の「須磨の巻」を一目見るなり、「中納言の御心騒ぎにけり」と意表をつかれた思いがする。頭中将の目の前に置かれた絵日記には、須磨で寂しく謫居して一年を迎えた源氏の詫び住まいとともに、自らが都から見舞いに訪れた場面も描かれていたはずである。

　事の聞こえありて罪に当たるともいかがはせむとおぼしなして、にはかに参うでたまふ。うち見るより、めづらしううれしきにも、ひとつ涙ぞこぼれける。（須磨）

頭中将は右大臣の婿君でもあるだけに、冷遇されることなく、むしろ有能さから重要視され、順調に昇進も果たしてきた。この須磨への密かな訪れが右大臣方に知られ、処罰されるような事態が生じようとも、それはそれで仕方がないと、頭中将は強く覚悟を決めていた。感動深い友情の証しといってもよく、須磨の浦の風景に、心情溢《あふ》れる贈答歌が流麗な筆致で添えられ、涙を流しあう二人の姿が絵日記には描かれていたに違いない。

頭中将が目にしたのは、「唐めいた」住まいで、「所のさま絵にかきたらむやうなるに」と、すでにそこには絵巻の情景が展開していた。涙を流して再会した場面が描かれているのを見ると、頭中将はそれだけで、絵合はこれで負けてしまったと覚悟したことであろう。源氏は無罪ながら、右大臣や弘徽殿大后方のあらぬ圧力に抵抗して須磨に蟄居し、帰京の訪れの日を四季の風物とともに待つ姿が描かれていた。そこには道真や高明の事件で語り継がれたような恨みも、怒りもなく、平静で穏やかな日々を過ごす源氏の姿に、あらためて見ている人々は感動も覚えたはずである。判者の蛍宮までもが、絵日記を目にするなり、真っ先に涙を流すのは、不公正な態度というほかはない。蛍宮と同じ思いで、須磨に下った源氏の身を案じていた多くの人々も、同じく涙を流したことであろう。

源氏は「絵日記」を帝前での絵合に提出しようと決意した段階で、自分が須磨・明石に赴いて都を離れ、海辺で生活していたさまを、紫上に見せる目的は失せてしまっていた。紫上が返しの歌を書き込む余白の存在など無視され、彼女も書いていたという絵日記もその後語られなくなったこと自体が、源氏の「絵日記」の変質を意味している。明石君との結婚にいたる経緯、毎夜のように岡辺の宿を訪れたなどという、紫上や人々に披露するのがはばかられる、不都合な部分は巻子の絵日記に用いなかったはずである。激しい雷雨と風浪、そこに桐壺院の救いの姿、波に翻弄《ほんろう》されながら小舟で明石へ向かうなど、劇的な動きや視覚的にも効果のある部分は加えたことであろう。絵日記を紫上と整理しながら、源氏は心密かに藤壺中宮へ差し上げることを思い、「かたはなるまじき一帖づつ」を選び出して絵巻に仕立てていった。

「中宮ばかりには」とするように、源氏が詫び住まいをしていた須磨・明石での生活の姿を、藤壺中宮には知ってほしいとの思いである。藤壺中宮は桐壺院一周忌後に出家、その行動は故院への痛切な思いの表現と世の人々は思ったはずながら、内実は弘徽殿大后方からの無言の圧力から逃れ、自分に向けられる源氏の恋慕の情を断ち切り、春宮の擁護にひたすら心を向けてほしいとの思いからであった。源氏は宮中における春宮を護る立場にありながら、むしろ見放すように都から離れてしまった。

「母宮をだに、おほやけ方ざまにとおぼしおきてしを、世の憂さにたへず、かくなりたまひにたれば、もとの御位にてもえおはせじ。我さへ見たてまつり棄てては」など、おぼし明かすこと限りなし。（賢木）

かつて桐壺院は、自分がこの世からいなくなっても、母の藤壺が中宮として存在していれば、春宮の身は安泰だと口にしていた。その痛切な思いを知っていながら、藤壺中宮は出家という道を選んでしまわざるを得ない。藤壺中宮はこれまでのように直接春宮の擁護ができなくなるため、最後の頼みは源氏しかいないとの願いである。その心情を源氏はよくよく知っているにもかかわらず、須磨行きは結果的に自分までもが春宮を見捨てることになってしまう。

源氏は、「春宮の御事のみぞ心苦しき」と、不安定な立場に追いやる姿を思い、痛切な悲しみを覚える。しかし現実には源氏の身とて危うく、今は春宮を護れなくなったとしても、将来を見据えての行動と諦めるしかない。源氏には「宿世」を信じるしかない。自分の苦しむ胸の内を、藤壺中宮はわかっていたにしても、どのような生活をしていたのか知ってほしく、実情を提示したのが絵日記の存在であった。

絵日記の行方

帝前での絵合は、源氏の「須磨明石の二巻」によって梅壺女御方が圧勝し、遊戯のはずながら、直接の契機ではないまでも、二年後には中宮（秋好）として立后する。頭中将は政治的な意図のもとに、涙ぐましいまでに対抗心を剥きだしにし、新作の絵巻の収集に奔走したが、源氏の絵日記の存在の前にはなすすべもない。優位に進めていた弘徽殿女御方は、源氏の須磨流謫をモチーフにした絵日記によって敗退したともいえる。「負《ふ》」であるはずの源氏の須磨行きは、結果として栄華を獲得する一つの階梯となったのである。

絵合の催しが終わった後、人々の噂はもっぱら源氏の「絵日記」の話でもちきりであった。源氏はつぶさに見てほしいとの思いもあったのであろう、

「かの浦々の巻は、中宮にさぶらはせたまへ」と聞こえさせたまひければ、これが初め、残りの巻々ゆかしがらせたまへど「今、次々に」と聞こえさせたまふ。上にも御心ゆかせたまひておぼし召したるを、うれしく見たてまつりたまふ。（絵合）

と、提出された「絵日記」の二巻は藤壺中宮のもとに納められる。藤壺中宮は絵合の場で目にしたとはいえ、あらためて直接手にして場面を詳細に見るにつけ、自分に訴えかけたかった源氏の思いが伝わってくる。それとすぐに理解したのは、この二巻は完成品ではなく、絵合用であり、自分に向けられた内容だということであった。藤壺中宮が、「これが初め」「残りの巻々ゆかしがらせたまへど」とすることばによって、絵日記にはまだ残りの巻々が存在したと知ら

れてくる。

「須磨明石の二巻」は、源氏が都を不在にしていた二年半ばかりの、いわばハイライトともいうべき場面からなっており、その前後やまだ隠されていた部分が存在した。紫上に初めて冊子の絵日記を見せながら、不都合ではない部分を選び出し、絵合用にと巻子本に仕立てたのであった。絵合の終了後、源氏方から提出された絵日記の二巻は、そのまま藤壺中宮に進呈される。藤壺中宮は絵日記を子細に見れば見るほど、重要な部分がまだ残されているのを知り、源氏に人を通じて懇望したようだが、「今、つぎつぎに」と、体よく断られてしまう。確かに、選び出した絵日記には、残りの冊子が存在したはずながら、その後源氏の絵日記はどのように処理されたのであろうか。このようにたどってくると、源氏が須磨や明石で記録していた絵日記を、部分的に抜き出し、つなぎ合わせて二巻にしたとは考えられなくなる。むしろ原本から抄出し、構想も整えて絵も描き直したのではないかとも思われてくる。流謫地でつけていた絵日記は、『土佐日記』のように記述も詳細で、紫上の歌も書き入れることができるように余白もとっていた。源氏は、絵巻として絵とともに、詞書として簡略にし、草仮名で歌を書写したのかもしれない。

右大臣方は流罪に処すという謀議を源氏は事前に察知し、藤壺中宮との密通事件を隠蔽するためもあり、自らの意思によって須磨行きを決行した体裁となっていた。それは物語における表面上の展開であり、背後に流れるのは、「さだめ」としての明石君と出逢い、姫君の誕生という必然の流れを作るためであった。その推進の役割を担ったのが桐壺院であり、いわば重要な狂言回しの役割を果たしたのである。源氏の危機的な状況から救済するために、桐壺院は地獄の苦患にあえぐ宿命を、不可避的に負わざるを得なかったともいえる。そのような苦難の過程があって、初めて明石姫君の誕生となり、成長して入内し、母后になるという運命が訪れることになる。そのような重要な秘密は、「須磨明石の二巻」になく、須磨の風景と源氏の悲哀が強調された内容だった。

明石姫君の入内

紫上の養女となった明石姫君は十一歳、入内を控えて裳着の儀が催される。源氏は入内に備えて、さまざまな準備を進めるが、その一つに仮名書きの名筆家による巻子本の収集があった。身分に応じた仮名の書の集成といってもよく、人々がゆかしがるほどの内容で、姫君の教育用にとの考えなのであろう、箱にはその他の宝物や絵巻物なども収めて持たせることにした。その直前には「草のもただのも、女手も」と、源氏自身が書体を変えて書写し、このたびも「古万葉集」「古今集」を唐の料紙に、「巻ごとに御手の筋を変へつつ、いみじう書き尽くさせたまへる」と、新しい作品作りに余念がない。仮名書きが隆盛し始めた時代を反映するとともに、源氏の教育観を示す営みでもあった。なお、「古万葉集」とは不明ながら、現存の『万葉集』を指しているのであろうか。

源氏は明石姫君のために用意した箱に、さまざまな筆跡や宝物を詰め込みながら、

御絵どもととのへさせたまふ中に、かの須磨の日記は、末にも伝え知らせむとおぼせど、いますこし世をもおぼし知りなんに、とおぼし返して、まだ取り出でたまはず。(梅枝)

と、姫君がもう少し成長するまで待とうと、このたびは箱の品に「絵日記」は加えなかったという。「かの須磨の日記は、末にも伝へ知らせむとおぼせど」と、源氏の「絵日記」は子孫に伝える存在だと述べる。藤壺中宮には、絵合で披露した「須磨・明石の二巻」を進呈しているので、すでに述べたように、原本から抄出して新たに作成した絵巻だったのであろう。源氏の手もとには、本来の絵日記は冊子としてすべて残されていた。

源氏の須磨や明石での「絵日記」は、たんなる手すさびではなく、「末にも伝へ知らせむ」との目的を持った存在とする。もともとは紫上と交換する絵日記だったはずが、帝前の絵合に用いることによってすっかり変質し、源氏一統の栄華を語る家伝としての意義を持つにいたる。そこには、明石入道の夢語り、明石君への通い、姫君の誕生といった、運命が絵日記として記される。源氏が須磨に下った真の意義は、結果的に明石姫君の誕生にあったたし、さかのぼれば母桐壺更衣、その父大納言の夢とも重なってくる。

このような意義を持つにいたった絵日記だけに、入内《じゅだい》する明石姫君が理解するにはまだ年も若いし早いとの源氏の思いである。いずれ成長すれば献上し、その皇子たちも読めるようにと、「末にも伝へ知らせむ」との思いであった。宮中に入る明石姫君は、実母が受領の娘(明石君)

であり、紫上が養母になった事情なども、絵日記によって将来は知ることになるのであろう。

源氏は懐妊した明石君を残して明石を離れるのは心残りながら、これからの政治基盤を確立するには帰京しなければならない。自分の「宿世」とかかわるだけに、しきりに明石には文を遣《つか》わして様子をうかがい、「十六日になむ、女にてたひらかにものしたまふ」と聞くと、源氏は宿曜《すくよう》の「御子三人」のことばが、まさに的中したとの思いであった。予言が正しければ、女の子の誕生が必然で、その通りになっただけに、将来の后候補として育てる必要がある。

源氏の「絵日記」は、暴風雨から桐壺院の助けによって明石に赴き、明石君に通うようになり、懐妊を知りながら源氏は許されて帰京を果たし、紫上をはじめ多くの人々と喜びを分かち合ったという、結果のめでたさで打ち切られたわけではあるまい。帰京すると桐壺院追善の法華八講、住吉神社、石山寺への参詣、当然のことながら明石姫君誕生も描かれ、それによって源氏の須磨行きの真の事情が理解できてくるはずである。それらの一連の源氏の行為は、悲願でもあった桐壺更衣父の故大納言、弟の明石入道父の大臣という、一族の繁栄の礎《いしずえ》でもあった。明石姫君がまず十全に知るためには、もうすこし成長して渡すことを源氏は考えた。入内して不動の地位を占めるようになった明石中宮は、「絵日記」によって源氏や明石一族の源流を知り、桐壺院から続く聖帝の世を持続していく聖典として位置づけられるはずである。

七　明石君一族の宿世

1　明石入道の野心

明石入道の夢

源氏は須磨で過ごすようになってすでに一年、人の勧めもあり、「弥生の朔日《ついたち》に出で来たる巳《み》の日」（須磨）に、海辺で災厄を払う禊《みそぎ》をすることにした。源氏が神々に祈りを捧げ、「犯せる罪のそれとなければ」と歌を詠ずると、それに感応するように天候は急変し、風雨の激しい日々が続くようになる。源氏が海辺で祈った日に、明石入道は不可思議な夢を見る。

去《い》ぬる朔日《ついたち》の夢に、さまことなる者の告げ知らすることはべりしかば、信じがたきことと思うたまへしかど、「十三日にあらたなるしるし見せむ。舟よそひ設けて、必ず、雨風止まばこの浦にを寄せよ」と、かねて示すことのはべりしかば、こころみに舟のよそひを設けて待ちはべりしに、いかめしき雨風、雷《いかづち》のおどろかしはべりつれば、他《ひと》の朝廷《みかど》にも、夢を信じて国を助くるたぐひ多うはべりけるを、用ゐさせたまはぬまでも、このいましめの日を過ぐさず、このよしを告げ申しはべらんとて、舟出だしはべりつるに、あやしき風細う吹きて、この浦に着きはべること、まことに神のしるべ違《たが》はずなん。（明石）

須磨での暴風雨は夕方になってすこし静まったとはいえ、人々はすっかりおびえて落ち着かず、床に就いたのは「暁方」になってであった。源氏は心の動揺を自ら抑えるとともに、供人に不安な姿を見せてはならないとの思いからなのであろう、「のどやかに経をうち誦《ず》じておはす」と、努めて平静さを保つ。源氏がやっと寝に就くと、「そのさまとも見えぬ人来て」と、異様な姿の人物が「など、宮より召しあるには参りたまはぬ」と口にし、源氏を探すかのようにあたりをうろうろする。源氏はすっかり、「海の中の竜王」が自分を魅入ったと思ったという。その後も、毎夜のように訪れ、同じことばを源氏に訴えかけてくる。

朔日の同じ夜、明石入道のもとにも「さまことなる者」が現れ、「告げ知らすること」があった。明石入道は「信じがたきこと」と思ったとするので、言ったことばは理解できたのであろう。ただそれは、とても信じられる内容ではなかったとするのだが、具体的にどのようなことだったのかは不明である。

源氏の夢に毎夜のように出現した「そのさまとも見えぬ人」と、明石入道のもとに訪れた「さまことなる者」とは、同じ人物なのであろう。源氏とは別の内容を告げたようで、明石入道にはとても信じられない内容だったとする。明石入道とは会話が通じたためなのか、一度だけの訪れだったようで、最後に言ったのは「十三日にあらたなるしるし見せむ」と、十三日に奇瑞《きずい》を見せるため、ともかく舟を用意して、風雨がおさまれば必ず須磨の浦に向かえということだった。

明石入道はお告げを信じ、十三日になって試しに舟を準備して待っていたが、激しい風雨と雷鳴のすさまじさは、一向に終息しそうにない。中国においても、夢を信じてその通りにすると、国を救ったという例は多いだけに、自分は夢を信じてみて、たとえそれが無駄であっても仕方がないとの思いであった。ともかく須磨に赴き、「さまことなる者」が告げたことばを源氏に伝えなければとの思いで、舟を出してみると、不思議な風が周りだけを細く吹き、この浦に着くことができた。誠に神の「しるべ」に違いないとの思いだという。

それにしても奇異に思うのは、「さまことなる者」が明石入道に告げたのは、十三日に「あらたなるしるし」を見せるので、「雨風止まば」と、風雨がやめば舟を出すようにということであった。しかし現実には嵐は吹きすさび、止む気配もない真っ只中を、明石入道は夢を信じて舟を出したというのである。あまりにも無謀すぎる行動で、ことによると舟はそのまま海の藻屑にもなりかねない。ところが舟を出した海面だけは、波が穏やかになったようで、しかも細い風が吹いてたちどころに須磨へと運んでくれる。まさにこれは神のご加護だと、明石入道は感謝の思いを深くする。

風浪で海は荒れ狂いながら、舟の進む先だけは波も穏やかになったというのは、まさに奇跡というほかはない。神に守護されている源氏が、無事に救出される必要があったのだが、それにしても「さまことなる者」の意思は明石入道と疎通がはかられ、源氏とはうまくいかなかった。

「さまことなる者」について説明をしておくと、私が「者」の漢字を用いたのは、源氏の夢に出現した「そのさまとも見えぬ人」と同一であるとの解釈による。注釈書では「物」と宛て、また「もの」と仮名で表記し、「得体の知れない異様な存在」とするが、「人」とあるからには「者」でよいはずで、これを源氏は誤解して海の竜王の使いと考えた。実のところは住吉の神の化現《けげん》かその使者であり、源氏には須磨から脱出するようにと命じ、同時に明石入道には舟の準備をしておくようにと伝えるために訪れたのであった。

源氏は「そのさまとも見えぬ人」のことばの意図するところが理解できず、その後もしばしば夢に現れ、まといつくように周辺を徘徊するため、不安な思いと日々の暴風雨による疲れから、このまま自分は過酷な運命にさらされるのではと心細い思いになってくる。住吉の神は、異常な天候の現象と雷鳴によって須磨から離れるようにと勧告し続けたにもかかわらず、源氏はむしろ恐れるばかりであった。明石入道に告げた十三日が訪れたが、源氏は「神のさとし」の意図がわからないだけに、須磨から動こうとしない。神の意思をどのようにして源氏に伝えるか、その役割を果たしたのが父の桐壺院であった。

明石入道が夢に見たのは、十三日に「あらたなるしるし」を見せるため、舟の用意をして待てとの神のお告げだった。「今は激しい風雨と波浪ながら、神のあらたかなる示現《じげん》を信じ、その時にはすぐさま舟を須磨へ向かわせよ」というのである。この日の須磨は、夕方になると「やうやう風なほり、雨の脚《あし》しめり、星の光も見ゆるに」と、急に嵐は収まり、空も晴れてきたはずである。ところがすぐ隣の明石の地では、「いかめしき雨風、雷《いかづち》のおどろかしはべりけるを」とし、明石入道の果敢な行動を効果的に示すためだったのだろうが、かなり違和感を覚える。

明石からの小舟が須磨の浦に着くと、すぐさま源氏の宿に迎えに来た旨を伝える。源氏はつい先ほど桐壺院の夢を見ただけに、自分の救出と納得し、明石へ移り住むことになる。帰りの舟も、「例の風出で来て、飛ぶやうに明石に着きたまひぬ」と、源氏の新たな生活へと進められる。ここで明石君と出逢い、姫君の誕生という、源氏の運命の扉が開かれてくる。『旧約聖書』でよく知られる、モーゼが杖を振り上げると、海の水が割れ、人々を歩ませて救ったという神話が連想されてくる。

桐壺院の霊

「弥生の朔日」からの須磨は暴風雨、落雷、高潮と間断なく過酷な気象に曝《さら》され、源氏を苦難に陥れる。帰京して藤壺中宮だけには、「めづらかにてよみがへるさまなど聞こえたまふ」と告げるところからすると、源氏はきわめて深刻で危機的な状況にあったのは確かなようである。藤壺中宮は密通事件の贖罪もあって出家したが、源氏も死を賭《と》しての贖罪を果たしたのであり、その意味を知ってほしいとの思いもあった。神話的な奇瑞を展開し、過去の源氏は一度死に、蘇生《そせい》して新しい存在になったと、読者にも訴えたかったのであろう。死者の赴く黄泉《よみ》の国から生還した伊邪那岐命《いざなぎのみこと》（伊弉諾神）の存在が連想されるように、源氏も〈よみがえり〉を果たしたのだ。

須磨における源氏には神の導きが理解できず、そのため十日余も風雨に苛《さいな》まれるという、いわば無駄な時間を過ごしてしまった。暴風雨となった「朔日」とする最初の夜に、すでに源氏の夢に「そのさまとも見えぬ人」が訪れ、「など、宮より召しあるには参りたまはぬ」と告げていた。もっとも別のテキストによると、「そのさまとも見えぬもの」（河内本・別本）と表記し、人間ではない「もの」とするが、「人のように見える異様な存在」であるというだけのことで、住吉の神かその使者であることに変わりはない。

神託は超自然現象によって示されるか、シャーマンなどの口から告げられるのだろうが、この「得体の知れない人」がその役割を果たしていたのであろう。須磨における暴風雨と落雷は、住吉の神の意思を示していたのであり、その説明を告げるために「そのさまとも見えぬ人」が訪れ、「どうして、宮からお召しがあるのに、参上しないのか」と教え諭したのである。このことばだけから何を意図したのか理解するのは無理な話で、あるいは源氏がもうすこし真剣に聞こうとすれば、会話は成り立ったのかもしれない。

「宮」は、「神の鎮座している御殿、神宮」（角川古語大辞典）とするように、ここでは住吉の神を意味する。神が源氏を呼んでいると言われても意味がわからず、むしろ海竜王の使いとの先入観を持ってしまい、ますます気づかれないようにと身を縮める。神の使者であるならば、どうして源氏の姿が見つからなかったのか、「たどり歩く」とするように、近くまで来ながらあたりを探し求めてうろうろするだけである。「そのさまとも見えぬ人」は毎夜のように訪れ、源氏にまといつくだけに、ますます気味の悪い思いである。神の使者としては、一日も早く源氏に真実を訴え、行動を促《うなが》したいところながら、なかなかそばに寄って説明することができなかったのであろうか。

これは見当はずれなのかもしれないが、ずっと後に紫上は危篤となり、そこに出現したのが六条御息所の死霊だった。その訴えることばによると、紫上が憎いわけではなく、本来ならば源氏にとり憑《つ》きたいところながら、「まもり強く、いと御あたり遠き心地してえ近づきまいらず」（若菜下）と告白する。執念深い霊魂となった六条御息所でも、源氏には近寄れないというのだ。それから類推すると、神の使いであっても、源氏には直接触れることができない存在だったというのであろうか。

「宮より召し」があると言われても、源氏は耳を傾けず、須磨から離れようともしない。このままでは身の危険にもなりかねなく、なんとか神の「お告げ」を一刻も早く知らせなければならない。そこで登場したのが桐壺院で、神の意図を告げる役割を担ってはるか遠い地獄から駆けつけたという次第である。六条御息所も地獄に堕ちて苦しんでいたが、こちらは秋好中宮の現世での姿を「天翔《あまがけ》りても見たてまつれど」と述べているので、桐壺院とは異なり飛翔《ひしょう》することができたようだ。物の怪となった身が調伏《ちょうぶく》されると、霊的な能力を失い、読経の声は「身には苦しく、わびしき炎とのみまつはれて」と訴えているため、六条御息所は火炎地獄で苛まれる姿が髣髴《ほうふつ》としてくる。

桐壺院は地獄で「罪を終ふるほど暇《いとま》なくて」と、何か任務が課せられていたようで、日々その処理に追われていたため、都を離れて後の源氏の姿を注意深く見守ることを怠ってしまっていた。桐壺院のいた場所から、現世が遠望できるのか、そのような鏡が存したのか、ふと気がつくと源氏が苦難にあえぐ姿が目にはいってくる。このまま放置していては大変なことになると、すぐさま職場放棄といえなくもないが、「海に入り、渚に上り」といったかなりハードな行程を経て須磨を訪れる。さまざま想像を膨らませると、須磨へと訪れたのは桐壺院の意思というよりも、住吉の神の命によっての行動だったとも思われてくる。住吉の神としては、どうしても源氏を助ける必要があり、「さまことなる者」の代わりとして、桐壺院は地獄から呼び戻されたと解釈もしたくなる。

桐壺院の訪れは十三日の夕刻だっただけに、タイミングがよかったともいえるし、なぜもっと早く助けに来ることができなかったのか、と言いたくもなる。もっとも、明石入道には十三日に舟の準備をするようにと命じているため、それ以前に源氏は動きようがなかったというのも事実である。暴風雨の起った日から、神の使いが源氏に須磨を離れるようにと告げ続けたが、実際のところ源氏には逃げる手段がなかったではないかと、抗議したい思いがしないわけではない。

桐壺院は開口一番、「などかくあやしき所にものするぞ」と、源氏を叱るように述べ、

住吉の神の導きたまふままに、はや舟出してこの浦を去りね。(明石)

と、ともかく神の教えに従って須磨からすぐさま去るようにと諭す。桐壺院はまさに立ち話の

まま源氏に必要なことを伝え、「いたく困じにたれど」とひどく疲れたと口にしながらも、あわただしく都へと去ってしまう。

須磨から脱出するようにとの「住吉の神の導き」を、桐壺院は伝達に訪れたのであり、個人的な親子の情によるだけの行為ではなかった。桐壺院は、いわば神の赦しのもとに「助けに翔《かけ》り」と、贖罪を果たしている地獄から須磨へ駆けつけ、折角なので「かかるついでに」と、朱雀帝への諫言もしなければならないと、都へ向かったのである。このようにたどると、源氏は運命のもとに生かされ、周辺の人々はそれを支える役割を担っていたともいえるであろう。源氏はすべて自分の意思でものごとを決め、行動をしているとはいえ、物語の底流の冥々裡《めいめいり》には、神によって操られていた姿が浮かんでくる。

桐壺院と別れた源氏は、無理に寝ようとするが、目は冴《さ》えてしまい、「暁方になりにけり」と、夜明け近くなる。そこに小舟が渚に寄せ、二三人ばかりが源氏の宿りを訪れ、明石入道からの使いだと告げる。警告は須磨の浦を去れということだけで、どこへ行けとも聞いてはいないが、源氏は夢を信じて身を任せることにした。源氏が舟に乗ると、不思議な細い追い風が再び吹き、たちどころに明石の浦に運んで行く。海辺にはすでに車が用意されており、源氏が乗る頃に「日やうやうさし上《あが》りて」と、夜明けを迎える。

明石入道の半生

「明石の浦は、ただ這ひ渡るほどなれば」（明石）とされるように、須磨とはわずか八キロ余隔たっているに過ぎない近さである。源氏が数人の供とともに須磨の地を訪れ、わび住まいをするようになったというニュースは、すぐさま明石入道の耳に入ってくる。都での政治状況も、すでに知られていたことであろう。

八年前の十八歳の春、源氏は瘧病《わらわやみ》に悩まされ、さまざま試みるものの一向に回復しない。北山に「かしこき行《おこな》ひ人」がいるとの報により、三月も末に四五人の供人を連れ、「まじなひ」を求めて出かける。「なにがし僧都《そうづ》」の祈りが効いたのか、症状も起こらないため、聖の「深刻に考えず、気を紛らわすのがよい」とのことばに、背後の山に登ってあたりの景色を楽しむ。都の方は霞がかかり、木々は芽吹きかけてなおさら風情のある眺めであった。源氏が「絵にいとよく似たるかな」とめでると、「これはいと浅くはべり」と、これはまだたいしたことはなく、「都とは別の国にある、海や山の様子を御覧になられると、どんなにか絵は上達なさることでしょう」と、実際の風景を目にすると、源氏の絵は一段とまさるというのだ。源氏は供人の間でも、絵のうまさは評判だったのであろう。ここから須磨での「げに及ばぬ磯の立たずまひ、二なく書き集めたまへり」と、具体的な絵の連作となり、すでに詳述した「絵日記」の執筆にもつながってくる。八年後に訪れる源氏の須磨・明石行きの運命を、作者の想念にはすでに具体的な姿として描かれていたようである。

このことばを聞いて、忠実な従者の一人の良清が、次のような明石入道の興味深い話を口にする。

近き所には、播磨の明石の浦こそなほことにはべれ。何のいたり深き隈《くま》はなけれど、ただ海のおもてを見わたしたるほどなん、あやしく他所《ことどころ》に似ず、ゆほびかなる所にはべる。かの国の前《さき》の守《かみ》、新発意《しぼち》のむすめかしづきたる家、いといたしかし。大臣の後にて、出で立ちもすべかりける人の、世のひがものにて、交らひもせず、近衛中将を棄てて、申し賜はれりける司《つかさ》なれど、かの国の人にもすこしあなづられて、「何の面目《めいぼく》にてか、また都にかへらん」と言ひて、頭髪《かしら》もおろしはべりにけるを、すこし奥まりたる山住みもせで、さる海づらに出でゐたる、ひがひがしきやうなれど、げに、かの国の内に、さも人の籠《こも》りゐぬべき所どころはありながら、深き里は人離れ心すごく、若き妻子の思ひわびぬべきにより、かつは心をやれる住まひになんはべる。先《さい》つころ、まかり下りてはべりしついでに、ありさま見たまへに寄りてはべりしかば、京にてこそところえぬやうなりけれ、そこら遥かにいかめしう占めて造れるさま、さはいへど、国の司にてしおきけることなれば、残りの齢《よはひ》ゆたかに経《ふ》べき心がまへも、二なくしたりけり。後の世の勤めもいとよくして、なかなか法師まさりしたる人になんはべりける。（若紫）

詳細な良清の説明は、その後の明石行きの予備知識を読者に与え、源氏も明石入道親娘への関心を持つきっかけになる部分だけに、長い本文ながらそのまま引用しておく。

「この近い所では、播磨の明石の浦がなんといっても風光明媚な点では、各別なことでしょう。これといった趣深くはないのですが、ただ海を眺めやるだけでも、不思議なほど他の場所とは違い、ゆったりとした思いのする所です。その播磨国の前国司で、新発意《しぼち》（最近発心して仏門に入った者）が娘を大切に育てている屋敷は、とてもすばらしいのです。もともと大臣家の子供で、出世もできるはずの人ながら、ひどくひねくれ者で、宮中勤めをすることもなく、近衛中将だった身分を捨て、自分から願い出て播磨の国司になって下ったのです。ところがその国の人々にも軽蔑されるなどし、「今さら何の面目があって都に帰ることができようか」と、任期を終えても都に帰ることをせず、そのまま明石に住みつき、最近になって頭を丸めて出家してしまいました。法師になれば山に入って修行するのかと思うと、そんな所には籠らず、人も多い海辺に住んでいるのです。

間違った態度のように思いますが、いかにも播磨の国には僧が山籠りするのにふさわしい場所がいくらもありますけれど、奥深い山は人が住んでいなくて寂しく、若い妻子が心細く思うため、そうはしないと言うのです。そのようにして海辺に出てきて修行する一方では、自分の気晴らしの住まいにもしているのです。先だって、父が播磨国司なので、その地を訪れた際、ついでに明石入道の生活ぶりを寄って見てまいりました。都にいる頃は恵まれなかったようですが、播磨で出家した今は、その一帯の広い土地を領し、造営した建物は、土地の人々から馬鹿にされたとはいえ、やはり前の国司の権力によってしただけあって、それはすばらしいものです。しかも裕福に余生が過ごせるような用意も、充分にしているのです。後世の仏道の勤めも怠りなく、俗人でいる時より、むしろ法師になってからのほうが、すばらしい人柄になったように思われます。」

「海山のありさま」と聞き、源氏が関心を示したため、良清は明石の海の眺めを推奨し、そのついでに明石入道の運命を語ったのである。大臣家の子孫で、出世もできるはずながら「世のひがもの」で、世間との交際もせず、近衛中将の役職を棄て、自ら願い出て播磨守となって下ってしまった。律令制のもとでの官位相当表によると、近衛中将は従四位下、地方官の播磨守は従五位上なので、位階からすると三ランク下がったことになる。人間関係の煩雑な都での勤めを避け、田舎の役人だとそのような憂いもなくなると思ったのだが、「かの国の人にもすこしあなづられて」と、役所の役人たちなのであろう、都と同じような侮蔑を受けてしまう。四年の任期を終えたものの、今さら都に戻って恥もかけないと、その地で頭を丸めてしまった。出家すれば山に籠るはずながら、ひねくれ者だけに、海辺での豪壮な邸宅住まい、それもまだ若い妻子が寂しがるのと、自分の風流な思いからのようだという。変わり者とはいえ、経済の才覚にはすぐれていたようで、国司としての権威もあったのか、土地の開墾などをして私有地を広げ、余生は裕福に暮らせるだけの財産も蓄えていた。

良清が最近播磨国に赴いたついでに立ち寄ったところ、広大な領地を占め、その羽振りのよさは「法師まさり」していたと、俗人でいた時よりも豊かな暮らしぶりだったという。「若き妻子」とするので、明石入道もまだ年を取っているわけでもなく、後に源氏と直接会っている姿からは、偏屈な人間のようには思われない。明石入道は運命によって明石に下って娘を育て、やがて源氏を出迎えるという構想が透けて見えてくる。源氏はすぐさま、「さてそのむすめは」と尋ねるが、これが後に登場する明石君である。

このような明石入道の行動は、世間から見ればひねくれ者と映るのだが、本人は奇瑞ともいうべき夢を見て信じ、具体化するための決断だった。それが源氏の運命とも結びついてくるだけに、語り手は大きな構想の流れの中で、少しずつ人物相互の関連を近づけてくる。

運命の糸

明石入道が出家しても山に籠らなかったのは、寂しがる「若き妻子」のためだと良清が述べたことばを受け、源氏は一人娘に関心を示して問いかける。良清が明石入道を訪れたというのは、最近のことなのか、下心があるだけに、娘に話題が向くと、「けしうはあらず、容貌《かたち》心ばせなどはべるなり」と、器量や気立ても悪くはないとそっけなく答える。

地元でも評判の娘なのであろう、「代々《だいだい》の国の司《つかさ》など、用意ことにして、さる心ばへ見すれど」と、明石入道の後任の国司などが意向を示すものの、娘の結婚話には一切耳を傾けないという。話の内容からすると、明石君は成人した女性のように思われるのだが、源氏と出会うのはまだ九年後の十八歳だっただけに、このあたりの年齢関係はいささか理解しかねる。「代々の国の司」の求愛があったとするので、任期四年で二代となるとそれだけで八年が過ぎてしまう。幼女の頃から美しいとの評判が立ち、早くから申し込んでいたのか、源氏の須磨行きが先延ばしになってしまったのか、不自然な話の内容ではある。

明石入道は、「我が身が落ちぶれてしまっただけでも無念なのに、一人娘をそのような身分にさせたくはない。娘の将来には格別な思いがあるのだ。私が先に亡くなり、願い通りに高い身分の方と結婚できない運命となれば、海に身でも投げ入れよ、といつも遺言しているのだ」と語ったという。源氏は不思議な話だと聞きながら、「それでは海竜王の后にでもさせるつもりであろうか」と冷《ひ》やかし、国司の身分ながら気位の高いことだと笑う。「海竜王」は「海の竜神」、このことばは須磨で暴風雨に遭遇し、源氏が「海の中の竜王が私を連れて行こうとしているのだろうか」と不安に陥ったことへと繋がる。

良清は今の播磨守の子、それだけに前任者の娘に詳しいようだが、まだ若いだけに、入道の娘に関心を持ち、口実をつけては立ち寄っているのであろうと、他の供人たちは噂をする。ほかにも情報を耳にしている者もいるようで、「幼い頃から明石住まいなので、田舎めいた娘だろう」と批判すると、「母親は由緒のある家柄らしい。すぐれた女房や女童など、都の縁故をつてに集めているらしい」などと女性の話になると盛り上がる。源氏は、明石入道が娘へそれほどまでに望みをいだくのはなぜなのか、むしろその尋常ではない態度に関心が向けられる。将来自分と結びつき、明石中宮という娘を持つようになろうとは、源氏は夢想すらしなかった。

その後明石君については語られることなく、北山での噂から八年過ぎた須磨巻の年の暮、明石入道が北の方の尼君に源氏の話を持ちかける。

桐壺更衣の御腹の、源氏の光る君こそ、朝廷《おほやけ》の御かしこまりにて、須磨の浦にものしたまふなれ。吾子《あこ》の御宿世にて、おぼえぬことのあるなり。いかでかかるついでに、この君に奉らむ。（明石）

「源氏の君が、ただ今は朝廷への謹慎のため、すぐそばの須磨にお住まいになっている。これは娘の宿世にとって、思いがけない事態となっているのだ。何とかしてこの機会に娘をさしあげたい」と、明石入道は北の方の尼君に自分の思いを打ち明ける。ことさら源氏を「桐壺更衣の御腹」と言及する事情は後に明かされるにしても、ここで明石入道は重要なことばをさりげなく語る。源氏が須磨に流謫するにいたったのは、娘の「宿世にて」生じていることだとする。源氏が須磨へ下っているのは、娘と結婚する運命によっているのであり、なんとかしてこの機会に「この君に奉らむ」と、一家が明石に下った真実をこれまで語っていなかったのか、自分の長年秘めていた決意のほどを語る。

源氏は日々の生活に憂鬱さを覚え、政治的な圧迫もあり、自ら都を離れる決断をし、その行き先を須磨としたというのが、これまで語られてきた経緯であった。ところが明石入道の話によると、源氏は公的な追放による下向《げこう》の体裁をとっているとはいえ、実のところは明石君と結びつく運命のもとでの一連の行動なのだという。右大臣や弘徽殿大后も、源氏も自らの意思による判断で動いていたと思っていたところ、背景は大きな運命の糸に操られての行動だったと明かされる。

当然のことながら、気を揉みながら胸を高鳴らせて展開する語りにしないと、運命物語の筋書きだと知られると、読み手はすぐさま興味を失って放棄しかねない。人物たちの意想外な言動に胸を震わせ、次の場面へと思いを馳せさせるのが、作者の才覚でもある。そのようにして読者を語りの世界に引きずり込みながら、ときには物語の底に流れる思想を披歴し、不自然さを覆い隠していく。

明石君の結婚話

明石入道にとって源氏の須磨流謫は、娘と結婚する運命のもとに訪れたと知っており、それが住吉の神を祈り続けてきた結果であり、明石一族を栄華へと導いてくれる運命の道筋であると確信した。中央官僚として勤めていても、播磨守となって明石の地に下っても不遇をかこち、出家までしている身にとって、都にいる源氏に娘との結婚を申し入れ、それが運命だといくら説いたところで、聞き入れられることはなく、願いがかなうはずもない。源氏が須磨に滞在しているというのは、千載一遇の機会で、明石入道にとってこれを逃がす手はない。その思いを尼君に打ち明けたのだが、にべもなく拒否されてしまう。

あな、かたはや。京の人の語るを聞けば、やむごとなき御妻《みめ》ども、いと多く持ちたまひ

て、そのあまり、忍び忍び帝の御妻さへあやまちたまひて、かくも騒がれたまふなる人は、

まさにかくあやしき山がつを、心とどめたまひてむや。（須磨）

北の方が反対したのは、第一に源氏の評判の悪さで、都とは頻繁に行き来してさまざまな情報が入って来るだけに、夫の提案はとんでもないことだった。「まあ、愚かなことを」と、まずは驚きのことばを発し、

都から訪れる人の話すのを聞くと、源氏には身分の高い奥方が、何人もいらっしゃるそうではありませんか。それでも不足なのか、お忍びで帝の妻にまで通って過ちを犯し、大騒ぎとなってこのような須磨に流されてしまったということです。そのような方が、田舎住まいの我が娘などに、心をおとどめになることがありましょうか。

と、源氏の噂をもとにして、娘との結婚などあり得ないと反対する。母親としては当然の思いとはいえ、明石入道は自分の真意を理解していないと立腹し、

え知りたまはじ。思ふ心ことなり。さる心をしたまへ。ついでして、ここにもおはしまさせむ。（須磨）

と、源氏を迎える準備を整える。「あなたは、私の心が分かっていない。思っていることが違っているのだ。源氏の君を、こちらに迎える準備をしなさい。機会を設けて、明石にお迎えしようと思う」と、強い調子で厳命する。

播磨守となり、都を棄てての一家を上げての下向は、重大事だったはずながら、夫は北の方

に秘密を打ち明けていなかったのであろうか。「え知りたまはじ」と、これには深い事情があり、「思ふ心ことなり」とはいうものの、これこそ明石入道の理不尽な言動というべきであろう。後に打ち明けるとはいえ、夫は夢を信じ、その実現のために都から播磨に下り、出家までするという「世のひがもの」の半生であったのは確かである。源氏を明石にお迎えするきっかけを念頭にしながら、明石入道はすぐさま「まばゆきまでしつらひたり」と、まずは住まいを準備し、婿君を迎える段取りを思いめぐらす。

なお、明石尼君が源氏の行動を「忍び忍び帝の御妻さへあやまちたまひて」と、不正確ながら朧月夜と通じたことで世の中を騒がしたというのは、すでに述べたように結果として源氏の思う壺であった。噂は都の内だけではなく、明石の地にまで及んでおり、朧月夜との関係で源氏は朝廷から謹慎を受け、流罪に処せられたというのが、人々の受け止め方だったのであろう。藤壺中宮との密事は絶対的に隠さければならないだけに、源氏はかつて関心を持った朧月夜との関わりを復活させ、右大臣や弘徽殿大后の注意をそちらに向かわせようとたくらんだ。それがこのように政治的な大騒ぎとなり、源氏の須磨行きで一段落しただけに、結果としては源氏のたくらみが功を奏したともいえよう。朧月夜は女御や更衣として朱雀帝に入内したわけではなく、女官としての尚侍として仕えていただけに、源氏は関係を持ったとはいえ、それは私情にしか過ぎなく、あくまでも「無実」と訴えることができた。

尼君は、夫が源氏を迎えることに夢中なっている姿を目にするにつけ、などか、めでたくとも、ものの初めに、罪に当りて流されておはしたらむ人をしも思ひかけむ。さても心をとどめたまふべくはこそあらめ、たはぶれにてもあるまじきことなり。

（須磨）

と、あくまでも流罪に処せられて須磨に下っているとの世間の噂を信じ、いくらなんでもそのような罪人に、初めて結婚する娘をやれるものではないと、断固たる反対の立場をとる。立派な方だとはいっても、「罪に当りて流されておはしたらむ人」なのに、どうして夫はそのような源氏に望みを託そうとするのか、疑念を抱くばかりである。明石入道は、

罪に当ることは、唐土《もろこし》にもわが朝廷《みかど》にも、かく世にすぐれ、何ごとも人にことになりぬる人の必ずあることなり。（同）

と、源氏が流罪によって須磨に下ったことを是認しているため、これが世間でも公式の見解だったのであろう。こじつけとしか言いようがないが、すぐれた人は必ず処罰があるものだと主張する。このような二人の会話を聞くにつけ、明石入道は十八年前に見た夢など、北の方にはまったく打ち明けていなかったようだ。

話題は急に飛ぶようだが、宇治十帖の総角巻において、中君に通うようになった匂宮について、姉の大君が都から伝わる好色の噂を聞くにつけ、故父八宮に顔向けできなく、「人笑へ」になるのではないかと、悩んだことにも通じてくる。右大臣方からの喧伝《けんでん》にもよるのか、源氏は朱雀帝後宮の女性と通じ、その罪によって流罪に処したという話にするほうが、世間的にも

都合がよかった。源氏が個人的な判断によって、都から逃げてしまったとするよりも、社会的な対面を保つことができる。

明石入道は、強引な論調ながら、古注にも引く、無実にして流罪の憂き目に遭った、小野篁《たかむら》、菅原道真、源高明といった、後世に名を残す人々が念頭にあったのか、ともかく源氏は「すぐれた人」であるとまくしたてる。過去の歴史が証しているように、源氏が「罪人」と世で騒がれていても、心配する必要はなく、必ず復活を果たすだけに、将来に夢を託したいと説得したはずである。北の方は、その後とくにことばを口にしていないのは、それで納得したか、諦めたのであろうか。

2　源氏と明石一族

明石入道と桐壺更衣

明石入道のことばは続き、

いかにものしたまふ君ぞ。故母御息所は、おのがをぢにものしたまひし按察《あぜち》使大納言のむすめなり。いと警策《かうざく》なる名をとりて、宮仕へに出だしたまへりしに、国王すぐれて時めかしたまふこと、並びなかりけるほどに、人のそねみ重くて亡せたまひにしかど、この君のとまりたまへる、いとめでたしかし。女は心高くつかふべきものなり。おのれ、かかる

田舎人なりとて、おぼし捨てじ。（須磨）

と、「この源氏を、どのような方と思っているのか」と厳しい口調で問いかける。若紫巻で「大臣の後にて」とあったように、徐々に明石一族の系譜と源氏との関係が解きほぐされるように明らかにされていく。

明石入道の叔父は、故按察大納言であり、その娘が入内して桐壺更衣と呼ばれたというのである。明石入道と桐壺更衣とは従兄妹、源氏と明石君とは血縁関係となり、二人は結ばれる運命のもとに一族の栄華をもたらすというのだ。そのようなかかわりがあるとは、源氏はまったく知らなかったであろう。源氏は三歳で母を失い、祖父の按察大納言はすでに過去の人、祖母は六歳の年に死別しているため、親族関係など聞く機会もなかったであろう。年齢関係に矛盾があるとはいえ、源氏が訪れるようになった明石君は十八歳、九つ違いとなる。

明石君が生まれる年の二月、近衛中将だった明石入道は瑞相ともいうべき夢を見、暮には娘の誕生となったのであろう。

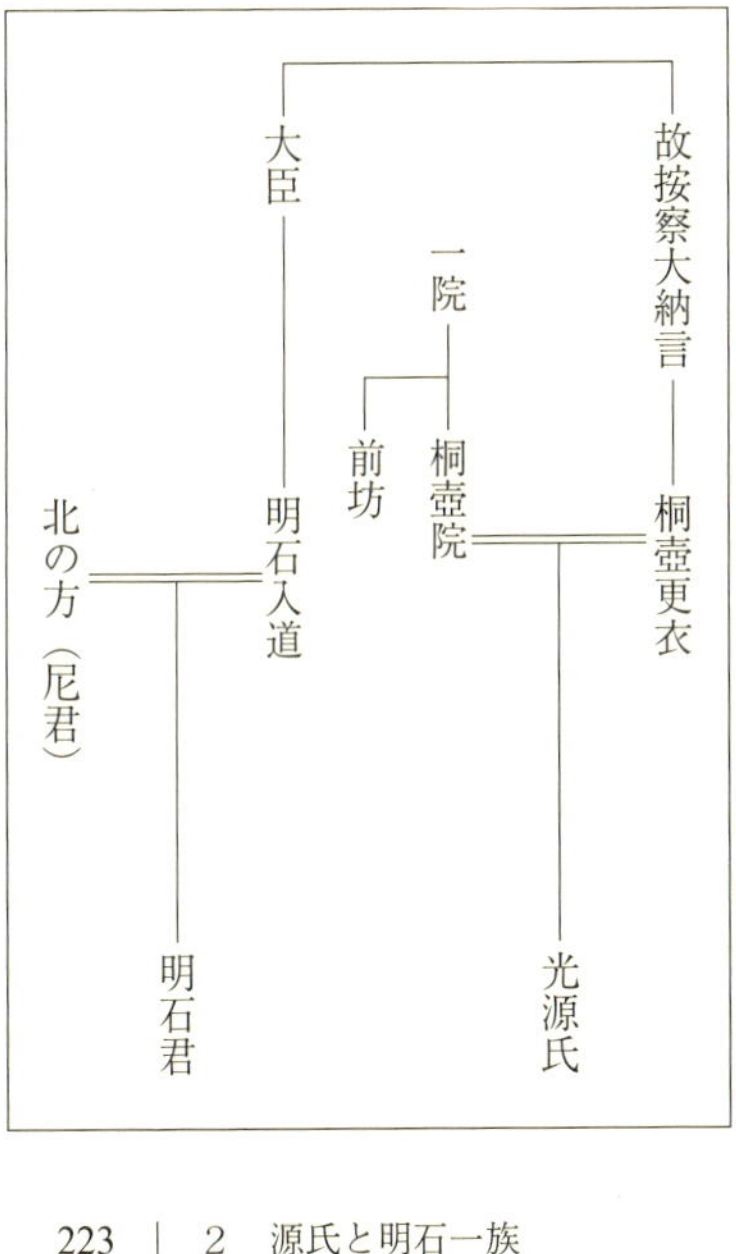

夢の啓示を実現するには、「世のひがもの」として遇される都で育てるわけにはいかないと、自ら願い出て播磨守として赴任する。代々続く大臣家の領地が播磨に存したのかどうかは不明、ともかくそれ以来春秋の年に二回住吉神社に参詣に赴いているというのだ。娘が生まれた年から祈りはじめたとして十八年、すぐさま地方官への赴任を願い出て、翌年一月の除目で播磨守に任命されたのであろうか。

播磨は諸国のうちでも十三か国の一つとされる大国、財政収入も多く、豊かな地でもあった。国司の中には、蓄財してそのままとどまって豪族になる者も多くいたようだが、明石入道もその一人、経営感覚にはすぐれていたのか、在任中に膨大な私有財産を確保していた。生活基盤を固め、娘は都の姫君に劣らない育て方をし、後はひたすら婿君候補の源氏の訪れを待ち続ける。都を離れたのは、ひとえに「ただ君の御ため」（松風）と娘に打ち明け、その地で「思ふやうに明け暮れの御かしづきも心にかなふやうもや」と、豊かな生活環境のもとで育てようと思ったことによるという。梲《うだつ》の上がらない近衛中将のままであれば、瑞夢ははかなく消え去るであろうし、国司の任期を終えて帰京したところで、落ちぶれ受領とさげすまされるに違いなく、親の名誉を傷つけることになりかねないため、播磨にとどまることにした。

叔父（故按察大納言）の娘桐壺更衣は、評判の高さによって入内し、桐壺帝からことのほかの寵愛を受けたとはいえ、人々の嫉《そね》みによって命を失ってしまった。帝との間に残されたのが源氏であり、その君が近くの須磨で謫居しているのは、まさに天祐《てんゆう》である。娘が誕生して以来住吉の神に祈り続け、結ばれる運命がやっと訪れようとしているのだと、明石入道は縷々《るる》と北の方に長い経緯を説き聞かせる。娘は「すぐれたる容貌《かたち》ならねど、なつかしうあてはかに、心ばせあるさま」(須磨)で、高貴な姫君に少しも劣ることはないと主張する。父の夢の話を受け、受領身分の者とは結婚するつもりはなく、願いがかなえられなく、両親が先立ちでもすれば、「尼にもなりなむ、海の底にも入りなむ」と、娘自身も強く思っているとする。若紫巻の良清のことばとも重なっており、明石入道は日ごろから娘の運命について語り聞かせていたのであろう。

ここで明らかになった事実は、明石入道の父と桐壺更衣の父とは兄弟であり、語られたことから推断すると、娘が生まれる前に見た夢というのは、源氏と結婚して一族が遠い先に世を治め、栄華をきわめるといった内容だったと知られる。娘も父の夢を信じ、自分の将来像を描いて覚悟を決めているからには、北の方が知らなかったというのは奇異にも思うが、結婚に反対の意見を述べさせ、明石入道が経緯を語るという物語の手法なのでもあろう。このようにして明石入道が待ち続けていた機会が、結果論からすれば運命として決められたこととはいえ、源氏の須磨退去という事件によって、一段と現実に近づいたのである。

明石入道の訴え

源氏は、桐壺院が夢で諭した、住吉の神の導きによって「はや舟出してこの浦を去りね」とのことばに従わず、「ことさらに寝入りたまへど」と、眠りにつこうとする。ただ、父が慕わしく、むしろ目は冴えるばかりで、「暁方になりにけり」と、夜も明け方近くなってしまう。そこに二三人の者が訪れ、明石の浦から「前の守新発意《しぼち》」の命によって迎えに来たと、良清を通じて申し入れる。

明石入道から伝えられた三月十三日の奇跡は、桐壺院が夢で命じたことばとも重なるだけに、源氏は疑いようがないと、人々に従って明石へと向かう。明石の浦に着き、舟から降りるころに、「日やうやうさし上がりて」とするため、それほど時間はかからなかったと知られる。明石入道の「浜の館《たち》」から目にした「木立立石前栽《こだちたていし》などのありさま」は、北山で供人が述べたことばと照応し、「絵にかかば、心のいたり少なからん絵師は描き及ぶまじと見ゆ」と、かつての絵の話が源氏には想起されてくる。

明石入道は、「年は六十ばかりになりたれど、いときよげに、あらまほしう、行ひさらぼひて」(明石)と、もともと受領層の出身ではなく、大臣家の血筋を引くだけに品格の高さが描写される。ここで年立《としだて》を見直すと、源氏が生まれた年に明石入道は三十三歳、播磨守となって明石に下ったのはそれから十年ばかり後のことであろうか。それはこの巻における論理で、時間的な整合性を求めたとしてもすべて氷解するわけではない。一応のめどとしてたどると、明石君は父入道が年をとっての、四十を過ぎての誕生となる。大臣家の家柄ながら、そのような年まで近衛中将であったのかという疑念もないわけではない。宇治八宮がかなり遅く二人の娘を儲《もう》けた例もあるし、いつまでも中将止まりの恵まれなさから、新天地を求めたのだとも解釈しておく。

明石入道が三十二、三歳の年に源氏が誕生したとすると、三十五歳で従兄妹の桐壺更衣が亡くなるという悲劇に遭遇したことになる。源氏がまだ七、八歳のころ、「故院の御世の初めつ方、高麗人のたてまつれりける綾、緋金錦《ひこんぎ》ども」（梅枝）と回想される場面がある。源氏が高麗人の相人によって運命を占われた折だとすると、桐壺帝は即位して間もない頃になる。母桐壺更衣は、桐壺帝が即位してほどなく入内し、三年ばかりで人々の嫉視のもと命を失ってしまった。弘徽殿女御は、桐壺帝がまだ春宮時代に入内していたのであろう。「初めつ方」といっても、年数からすれば、即位して十年余は経ていたはずである。

桐壺更衣は十代の後半に入内し、二十歳余で亡くなったとすると、当時の明石入道は壮年の三十前後だった。叔父の大納言（桐壺更衣の父）が早く亡くなったとはいえ、更衣として入内した従兄妹に、明石入道は期待を寄せていたかもしれないが、それもあえなくついえてしまう。明石入道の父大臣はそれ以前に亡くなっていたようで、ますます自分の将来に希望を失い、役所勤めもうまくいかず鬱々と過ごしていたころ、女君誕生の瑞夢を見ることになったという経緯が想定されてくる。

明石入道は源氏を我が家に迎えたとはいえ、すぐには真意を打ち明けがたく、初夏の夜更け、琴と琵琶の合奏から、「問はず語り」のようにして住吉の神に十八年祈り続けた娘の話を打ち明ける。源氏を明石に迎えるにいたったのは、自分の浄土への願いはともかく、「ただこの人を高き本意かなへたまへ」（明石）と祈念し続けた宿世によると告白する。明石入道はこれまでの数奇な長い半生を語り、娘には「いかにして都の高き人に奉らん」と思う心のほどを伝え、かなえられなければ「浪の中にもまじり失せね」と強く命じていると、泣きながら源氏に訴える。都の高い身分の方と結婚できなければ、「海に入って波の中に沈んでしまえ」と厳命し、娘もそのつもりだというので、親子は夢の奇瑞によって強く結ばれていたといえる。源氏と結婚して姫君が生まれなければ、明石入道にとって十八年は無意味な人生であったことにもなってしまう。

源氏は明石入道の話によってやっと自らの宿世を自覚し、これまで理解できなかった自分の行動は、深い因縁によるものだったのだと述べる。

横さまの罪に当りて、思ひがけぬ世界に漂《ただよ》ふも、何の罪にかとおぼつかなく思ひつるを、今宵の御物語に聞きあはすれば、げに浅からぬ前《さき》の世の契《ちぎり》にこそはとあはれになむ。（明石）

「不当な罪により、思いがけなくも須磨や明石で流浪する身として過ごすようなったのは、どのような罪によるのかと、不審に思っていたけれど、今宵の入道の話を聞き、これまでのことと考え合わせると、なるほど明石君とは深い宿縁が、前世からあったとわかり、感慨深く思われる」と、源氏は今の自分が置かれた立場が、この話でやっとすっきりすることができたと述べる。

弘徽殿大后は、「罪に怖《お》ぢて都を去りし人」と述べていたように、源氏は自らの意思によって須磨行きを決意したはずながら、早くから「罪のなさ」「おぼえぬ罪」を主張し続けてきた。これは幾度か指摘してきたように、朱雀帝政権としては対外的な対面を保つためにも、源氏を後追いの追放という謹慎処分にした。朧月夜との関係を念頭にしての、帝位への侮辱ないしは紊乱《びんらん》、さらには謀反容疑などと、名目はもっともらしく作り上げていたはずである。歴史的な事実とは齟齬《そご》するにしても、ともかく源氏が都からいなくなり、政治権力を行使しない存在になればよかった。厳格な処分を履行しているのであれば、源氏が明石に移ったという、居住地の勝手な変更だけでも、逃亡罪とみなされたはずである。これによると、源氏が須磨へ赴いたのは、明確な意図があったわけではなく、ともかく明石君と結びつくにふさわしい場所であればよかったことになる。

明石姫君の誕生

源氏は都に残した紫上を恋しく思いながらも、明石入道の宿世のことばにより、我が身の運命を委ねることにしたのか、明石君と文を通わし、秋八月十三夜に岡辺の宿を訪れるようになる。源氏に召喚の宣旨が下されたのは翌年の七月二十余日、源氏はうれしい思いがする一方では、明石君と別れなければならないだけに悲しさも覚える。明石入道も自らの運命をかけて娘に仕掛けたことだけに、嘆かずにはいられないとはいえ、これが「思ひのごとの栄えたまはばこそは」と、住吉の神に導かれた夢の実現へと思いも馳せる。源氏が娘と別れて帰京したとしても、「これが願い続けてきた繁栄につながれば」との、将来へかける思いでもあった。

源氏は明石を去る日が近づくにつれ、「そのころは夜離《よが》れなく語らひたまふ」と、途切れることなく毎夜のように通い、しかも「六月ばかりより心苦しきけしきありて悩みけり」と、明石君には懐妊の兆候が現れる。明石の地は、「おめでた」の喜びと「別れ」の悲しみであふれるが、ほどなく都からの迎えの人々とともに源氏は帰京の途に就く。難波《なにわ》での祓えをし、住吉神社にも無事の帰京を報告するとともに、いずれ願果たしに参詣する旨の使者を立て、淀川を上って都入りを果たす。

帰京すると源氏がすぐさま法華八講の準備をするのは、「いかでかの沈みたまふらん罪救ひたてまつる事をせむ」（澪標）との、堕獄《だごく》した父桐壺院の救済のためであり、権力の復活した姿を世に示す意図があったのであろう。十月に挙行され、「世の人なびき仕うまつること、昔のやうなり」と、世の人々がこぞって源氏に仕える盛大さは、かつてのはなやかさをとりもどしたようだと、その威勢のさまが強調される。

源氏がもっとも気にかかっていたのは明石君のこと、「三月朔日《ついたち》のほど」にと、懐妊して十ヶ月目にあたる三月初めに使者を遣わすと、「十六日になむ、女にてたひらかにものしたまふ」との報告がもたらされる。五月五日に五十日《いか》の祝いをしているため、明石姫君の誕生は三月十六日、源氏一族の繁栄へと導く掌中《しょうちゅう》の玉を得ることになる。そこから源氏は、

宿曜《すくえう》に、「御子三人。帝、后かならず並びて生まれたまふべし。中の劣りは、太政大臣

にて位を極むべし」と、勘《かんが》へ申したりしこと、さしてかなふなめり。（澪標）

と、運勢の判断通りに進む我が身を確認する。「宿曜」という星占いによると、源氏には三人の子が生まれ、一人は帝、一人は后として必ず並び、もう一人は身分が劣るとはいえ、太政大臣の位に就くと判断されていた。その一人は夕霧のはずで、一人は不義の子とはいえ冷泉天皇、それでは后になる娘はと思っていると、明石君に姫君が誕生したのである。かつて桐壺院から聞かされた源氏への予言が、まさに忠実に実現へと向かっているではないか。

いつの間に、源氏はこのような運勢を占わせていたのであろうか。

おほかた上なき位にのぼり、世をまつりごちたまふべきこと、さばかり賢かりしあまたの相人どもの聞こえ集めたるを、年ごろは世のわづらはしさにみなおぼし消ちつるを、当帝《たうだい》のかく位にかなひたまひぬることを、思ひのごとうれしとおぼす。（同）

多くの賢明な相人たちが判断していた「上なき位」とは帝位であろうか、そのような地位となって統治すると見解が一致していたものの、源氏は「年ごろのわづらはしさ」により、運勢の判断は無意味なことと思うにいたっていた。権力は剥奪され、須磨へと流謫していた苦難の歳月を指しているのであろう。

源氏にとって数々の予言は、無意味なこととすっかり否定していたものの、名のることはできないまでも我が子が帝位（冷泉帝）に就き、姫君が生まれたことを聞くと、あらためて「宿曜」の予言による「御子三人」は現実になるとの思いであった。源氏自身が運勢を占わせたわけではなく、すべて桐壺帝の時代になされたことで、病床で遺言として伝えられていたのであろう。高麗人の相人は源氏を見るなり、首をかしげ、「国の親となりて、帝王の上なき位にのぼるべき相」(桐壺)があるとする一方では、そうなれば国の乱れが生じ、「おほやけのかため」となると、また異なった相が見えるとしたことばと通じてくる。須磨での苦難は、臣下となった身として蒙らざるを得なかった「乱れ」だったのではないかと、源氏はあらためて自分の運命を反芻《はんすう》する。

桐壺帝は「宿曜のかしこき道の人に勘《かんが》へさせたまふにも、同じさまに申せば」と、観相を含めてさまざまな占いを総動員して予想させたが、いずれも同じ結論であった。皇族に残したとしても、母方に有力な親族もいない若宮には、せいぜい無品《むぼん》親王として生涯を過ごすことになりかねないと桐壺帝は危惧《きぐ》し、才覚が発揮できる立場にと源姓を与えて臣下としたのであった。

宮廷社会は、天皇を頂点とし、次位が春宮《とうぐう》、それ以外の男子は親王、女子は内親王として処遇される。天皇には多くの女性たちが入内し、多くの子女が生まれていた。すべての子供を平等に扱うわけにもいかないため、母親の出自も考慮し、一品親王から四品親王の四ランク、その下は無品親王とした。身分が高ければそれだけ、社会的な名声と経済的な生活も異なってくる。そのようなこともあり、「平」や「源」の氏を与えて臣下とし、政務にかかわる者も生まれてくる。

死を迎えた桐壺院の床に、朱雀帝、冷泉春宮、源氏、左大臣などが次々と見舞いに訪れ、そこで聞かされたのが、春宮の擁立と源氏を後見者として大切にすることであった。とりわけ朱雀帝に向かい、源氏は「かならず世の中たもつべき相ある人」だとし、即位させなかった事情を述べる。朱雀帝はその任が果たせなかったことで、桐壺院からの叱責となり、夢で睨みつけられてしまうという結果となったのだった。とりわけ源氏には、「源」の姓を与えて臣下にした経緯、世の柱石となる心得、それは多くの相人の等しくする運勢の判断であったことなども、委細を尽くして夜の更けるまで語ったはずである。

源氏は自分の置かれた存在を知り、世はそのように進むものと考えていたが、桐壺院が崩御すると、遺言の機能は果たさなくなっていく。源氏は運命に反抗するように須磨に下り、予言のむなしさを実感していたところ、桐壺院に救われて明石に移り、そこで明石君との間に姫君の誕生となった。源氏は復権して春宮が即位し、そこに姫君の誕生を聞き、あらためて桐壺院から教えられていた「御子三人」のことばがよみがえり、現実になるのではとの思いを強くしたという次第である。姫君が入内して后位となるように、源氏はその実現へ向かって後半生を歩み始める。

3　明石の入道の夢

明石君の上京

源氏にとって、明石君をそのまま明石の地に置いておくわけにはいかず、いずれは都に引き取ることを考え、そのために用意することにしたのが新しい建物であった。ただ一人のために家を構えるとなると、紫上の手前もあるし、世間的にも受領の娘という身分上の問題もある。それが、「二条院の東《ひむがし》なる宮、院の御処分《しょうぶん》なりしを、二なく改め造らせたまふ」（澪標）とする、源氏が住まいとする二条院からさらに東に位置した、父桐壺院の遺産として伝領した二条東の院の大々的な修築であった。

藤壺中宮と秘密を守り通した冷泉春宮が、十一歳の二月二十余日に即位、二十九歳となった源氏は内大臣になったとはいえ、実務的な摂政は義父左大臣に委任する。かつて右大臣の横暴さにその地位を辞していたのだが、源氏の強い求めにより政権への復帰となった。左大臣は「御年も六十三にぞなりたまふ」とし、明石入道とほぼ同年齢の人物を登場させるのは、二人の運命の違いをことさら示そうとしたのであろう。

二条東の院は、「花散里などやうの心苦しき人々住まはせむ」との意図のもとに造営された。かつて源氏が通い、今ではすっかり関係もなくなったとはいえ、寂しい暮らしをしているのであろうか、同情すべき女性たちを集めようとの計画である。まずは西の対に花散里、続いて末摘花、空蝉を引き取り、東の対は明石君用と考える。北の対は大きな建物とし、「かりにてもあはれとおぼして、行く末かけて契り頼めたまひし人々」を集めることにしたという。源氏は多くの女性とかかわりを持っていただけに、「少しでも思いを寄せ、いつまでもと契りを交わし、自分をあてにさせた人々」を、仕切りを設けた大部屋なのであろうか、すべてを迎え入れる。

このように準備を整え、姫君三歳となった秋に明石君の上京を促す。明石君は身分の高い女性達との交わりや、都に行くと源氏の訪れが途絶えてしまい、世間から笑い者にされるのではないかとの不安な思いもあり、なかなか明石を離れる決心がつかない。

明石君の上京をめぐって話題が展開している中で、かねて「母こそゆゑあるべけれ」と指摘されていたが、ここで徐々に具体的な素性が明らかにされてくる。明石一族については、少しずつ切り出すようにして身分や運命が語られ、家格のよさが付加される。いかにも源氏の姫君として、将来の后にふさわしい環境を整えるための物語の方法ともいえるだろう。

昔、母君の御祖父《おほぢ》、中務宮《なかつかさのみや》と聞こえけるが領《らう》じたまひける所、大堰《おほゐ》川のわたりにありけるを、その御後はかばかしう相継ぐ人もなくて、年ごろ荒れまどふを思ひ出でて、かのときより伝はりて宿守《やどもり》のやうにてある人を呼びとりて語らふ。（松風）

明石君の母は、中務宮の孫にあたり、その別荘地が大堰川のあたりにあったのを思い出し、宿守のようにして住んでいる者を召し、修理するようにと求める。中務宮が亡くなった後、正式に引き継ぐ者もいないまま、その後放置されて荒れてしまっていた。

内大臣源氏が近くに御堂を造営しているため、むしろ「静かなる御本意《ほい》」の住まいにはふさわしくないのではないかと、男は追い出されるのを恐れて迷惑そうに答える。明石入道は、源氏とのかかわりをほのめかし、娘たちが上京して住めるようにと再度強く求めて承知させる。

この男の申し開きによると、御庄《みしょう》の田畑もあり、放置されたままになっていたため、「故民《みん》部大輔《ぶのたいふ》」に願い出て、謝礼を納めて作物を作りながら所有しているという。明石入道は、地券（領地所有の証文）はこちらで所持しているが、その土地はこれまで通り使用することを許し、ともかく建物を造作するようにと命じる。

ここでまた新しい人物が加わるのだが、古くから注釈書において「中務宮」は醍醐天皇御子兼明《かねあきら》親王であり、大堰河畔に山荘を持ち、「雄蔵《おぐら》殿」（小倉宮）と称していたとし、「民部大輔」は兼明親王の次男民部大輔伊行《これゆき》がモデルだとする。『尊卑分脈』では、源伊行は伊陟《これただ》（兼明長男）の子とするなど、このあたりの系譜は明らかでない。ただ、尼君は親王の孫、娘の明石君はその血筋を引くという関係にあるのは確かである。このように語りながら、姫君は受領階級とは異なる、本来は王家につながる身分だと明らかにしていく。流浪する女性が結婚し、後に貴種だったと判明する物語は、中世になるといくらも存する。

中務宮が「領じたまひける所」と、民部大輔の「御庄の田畑」とは同じ領地を指し、親子だけに伝領したと推察されるのと、その没後か晩年には明石尼君が所有者となっていたことが知られる。都合よくも土地の存在が思い出されたものだと言いたいところだが、ともかく源氏が用意した二条東院には入らない構想へ、ここであらたな転換がなされたことになる。しかも源氏は、三月二十日余の帝前での絵合の後、「山里ののどかなるを占めて、御堂を作らせたまふ」（絵合）としていたのは、

造らせたまふ御堂《みだう》は、大覚寺の南に当りて、滝殿《たきどの》の心ばへなど劣らずおもしろき寺なり。（松風）

と、より具体的に位置が明示される。源氏は中務宮の旧領地が近くにあるとは知らず、春に寺の造営に着手し、秋にはできあがった。源氏の造営した御堂（寺）とは、大覚寺の南に位置し、滝に臨むように設けた建物とし、なかなか興趣深い風情だとする。当時の人々にはすぐにモデルが連想されたようで、源融《とおる》が造営した栖霞観《せいかかん》（現在の清涼寺と敷地が重なる）だったようである。虚構の物語とはいえ、具体的なイメージを描きながら、人々は実話のようにして読んでもいたことであろう。

大堰川を臨む建物も春に改修し、秋には明石君母娘の上京となる。源氏が明石君のもとを訪れる口実作りとしては、都から離れているだけに、寺の存在はふさわしいとの考えなのであろう。源氏は、明石君が上京する場所は知らないまま、たまたま「嵯峨の御堂」を造ったとするが、それぞれの場面ごとで新たな事実を積み重ねていく手法は、これまでも述べてきたところである。

そのほか、紫上が「桂の院といふ所、にはかに造らせたまふと聞くは」（松風）と耳にしているのによると、源氏は桂の院も着工していた。ただこの建物は、後の表現からすると、古くから存在していたようで、住めるようにと手を加えていたようである。紫上は、かねて聞いていた明石君を桂の院に迎え入れるのであろうと、気をまわして妬みもする。二条東院の東の対は、その後どのようになったのか明らかではないが、このあたりは明石君の処遇とともに、その先の大きな物語構想を進める上において、練り直しがなされ、なかば念頭からも放置されてしまったのではないかと思う。

四年後の春三月、少女巻にいたって、夕霧が十二歳で元服すると、大学に入学させ、祖母大宮の三条邸から二条東院に部屋を設けて移り住ませ、勉学に専念させる。「東の院」とするだけなので、これが「東の対」かどうかは明らかでない。花散里に後見させているため、夕霧の「曹司《ぞうし》」は「西の対」なのかもしれないが、それ以上の説明はなされない。

六条院の造営

明石姫君が誕生したのは、源氏二十九歳の三月十六日、その前には二条東院造りをしており、いずれはその東の対に親子をひとまず迎えることが源氏の想念にはあった。ところがその建物ができあがったのは三十一歳の秋、竣工までに二年半も要したというのはやや奇異な感じもする。二条東院は父桐壺院の遺産として受け取っていたもので、「二なく改め造らせたまふ」と、この上なくすばらしく、増築もするなど全面的に手を入れたためこれほどの時間がかかったのであろうか。

源氏はしばしば「静かなる住まひ」を願う一方では、矛盾するとはいえ、若い頃にかかわりを持った女性たちの安泰をも心がけ、面倒を見ようとする博愛主義的な考えなのか、広い屋敷に皆を集める思いにいたる。

大殿、静かなる御住まひを、同じくは広く見どころありて、ここかしこにて、おぼつかなき山里人などをも、集《つど》へ住ませんの御心にて、六条京極のわたりに、中宮の御旧《ふる》き宮のほとりを、四町《よまち》を占めて造らせたまふ。（少女）

源氏はすでに三十四歳、それ相応の年ともなり、かねての願い通りに隠棲し、静かな住まいをしたいと考えるにいたる。同じことなら広い敷地に、見ばえのする庭なども造り、あちらこちらにと放置したようにしている女性たち、とりわけ大堰川のほとりに明石から上京してきた山里人なども、一堂に住まわせようとの計画である。そこで思いついたのが、梅壺（秋好）中宮が以前から持っている御殿のあたりを、さらに拡張し、四町を占めた建物を造営することにした。

養女にして冷泉帝に入内させた中宮が、母六条御息所から伝領していた土地を新たに広げ、多くの女性を集めて住まわせるという、大規模な工事が始まる。一部の平安貴族の屋敷は、平安京が碁盤目のような道路の条坊制によるのだが、平均の敷地は一町であった。一町といっても、一辺が百二十メートル四方、九千九百平米以上となり、そこに寝殿造と称した、庭が大半を占める建物を造る。源氏の新しい屋敷は、四町からなるというのだから、その規模の大きさが知られるであろう。梅壺（秋好）中宮が母から受け継いだ土地を、源氏は養女にしたことで移譲されたのか、周辺の土地も入手したというので、権力と経済力の大きさを改めて認識せざるを得ない。

このようにして竣工《しゅんこう》したのが、四季の庭を持つ六条院で、秋に計画され、翌年の「八月にぞ、六条院造りはてて渡りたまふ」ということになった。わずか一年ばかりで完工しており、その後に描写される凝った庭園や建物の描写からすると、あまりにもあっけない感じがし、二条東院の二年半を要した工期と比較すると、奇異な思いもしてくる。

二条東院では、西の対に花散里を入れ、末摘花、空蝉も迎え、東の対は明石君を予定して空け、北の対は格別広くし、「かりにてもあはれ」と思った女性たち、しかも「行く末かけて契り頼めたまひし人々集《つど》い住むべきさま」に造ったという。その建物の構造は、「隔て隔てしつらはせたまへる」（松風）と、大部屋ではなく個室的な仕切りが設けられ、多くの女性たちが生活できるような工夫がなされていた。

六条院でも、「ここかしこ」に住む女性たちを集めるとするので、二条東院の北の対だけでは収容しきれなかったのかと思いたくなる。ただその後の描写からうかがうと、六条院にそのような女性たちを集めた気配はない。「おぼつかなき山里人」は、大堰の河畔に住む明石君で、明石から上京してすでに四年も経過しているのだ。二条東院に明石君用の部屋を設けていながら、拒まれて引き取れなかった。姫君は三歳の年に紫上の養女として引き取っているとはいえ、母親を大堰に放置したままにするわけにはいかない。明石君が二条東院に素直に入っていれば、それで済んだ話ながら、さらに物語を新たに展開するため、ひとまず大堰のほとりに足止めして時間かせぎをする。二条東院の存在は無視し、より大きな六条院造りをして明石君を迎え入れ、その建物で次のテーマを展開することにした。里内裏《さとだいり》のような豪華な屋敷の出現によって、朱雀院の姫君女三宮を迎えることが可能になったのである。二条東院に住むはずだった明石君は、家格の高さも明らかにされることによって、六条院入りの資格を持つにいたったともいえよう。

二条院の西の対には紫上、そこからほど遠くない二条東院には、花散里や明石君、それ以外の空蝉、末摘花を含めた多くの女性たちを集めようとの源氏の考えであった。源氏は五節なども忘れず、通いたいとは思いながら、自分の身の高さは意のままにならず、女も訪れのないのを悲しむばかりだという。そのような状況だけに、

心やすき殿造りしては、かやうの人集《つど》へても、思ふさまにかしづきたまふべき人も出でものしたまはば、さる人の後見《うしろみ》にも、とおぼす。かの院の造りざま、なかなか見どころ多く、今めいたり。よしある受領などを選りて、あてあてにもよほしたまふ。（澪標）

と、二条東院には五節なども移り住まわせ、源氏が密かに通えるようにとの考えで、いわば私

的な後宮作りを目ざし、そのため寝殿は自ら休息する空間として確保していた。「思ふさまにかしづきたまふべき」は、「子供でも生まれると」とするのかどうか不明だが、源氏には「御子三人」とあったので、四人目はいないはずである。あるいは、すぐ後に登場する前斎宮を養女に迎えることを意味しているのであろうか。二条東院に引き取り、花散里に世話をさせようと、初めは考えていたのかもしれない。源氏に心を許していた女性たちを一堂に集め、身分も高くなっただけに、今さら通うのもままならないだけに、気楽に逢える建物にしようと考えていたのであろう。源氏はしきりに五節を思いやるものの、その後は引き取られることもなく姿を消してしまう。

二条東院の建物全体の改築設計ができあがると、源氏は親しくする受領たちにそれぞれ分担させて工事を進める。源氏に取り入ろうとする地方役人たちも多いだけに、贅《ぜい》を尽くし、互いに競うように建物や庭を寄進したことであろう。このように二条東院の進捗《しんちょく》については詳細に語られながら、六条院の建設となると、すでに触れたように、計画して一年もたたないうちにできあがってしまっているのだ。

源氏は須磨・明石から帰京し、権力の復活を果たすとともに、二条東院に明石君を入れ、いずれ姫君は二条院の紫上のもとに引き取り、将来の后候補として育てることを考えていたはずである。そのように進めながら、平行してさらに新しい栄華の世界を生み出し、源氏に対して過酷な運命を課す方向へと転進していく。それが六条院であり、その建物で女三宮と柏木との密通がなされ、不義の子が生れるという試練が源氏に与えられることになる。

源氏は明石君の二条東院入りにあまりこだわりがなく、上京を促したとはいえ、それ以上強く勧めようとはせず、四年も経た後にいきなり六条院へ迎える意向が示される。さらに花散里も二条東院から引き抜いて六条院の住人にするという変更を加え、これによって春の御殿の紫上を中心とする擬似後宮が出現したのである。

かつて桐壺帝の後宮において、母桐壺更衣は「女御」とさえも呼ばれず、不遇のまま命を失ってしまった。母によく似ているというのが藤壺中宮、その姿に見まがうばかりとされるのが紫上、後に太上天皇とも称される源氏にとって紫上は后の位にかなう存在である。源氏王朝の後宮が六条院であり、桐壺帝が寵愛した桐壺更衣に匹敵するのが紫上であった。その栄華をきわめた世界が、内部から瓦解していくのが、次の重要な命題として語られていくことになる。

明石君出生の秘密

明石入道にとって、源氏に強く求められての娘の上京は、喜びであるとともに痛切な悲しみであり、今生の別れになるのは明らかであった。長く苦労を共にした北の方とも会えなくなるし、将来の一族の繁栄をもたらす姫君の姿も見る機会はもはやないとの思いだけに、入道は生涯をかけた運命を長い語りとして吐露する。明石入道が播磨国に下るにいたったのは、「ただ君の御ため」であり、それはひとえに源氏と結婚し、姫君の誕生を待ち続けるためであったと、あらためてこれまでの生きてきた日々を振り返る。いわば明石入道の人生は、娘のために存在したといっても過言ではない。

明石姫君は紫上の養女として二条院入りし、ほどなく六条院での生活となり、十一歳の四月二十余日に春宮への入内となる。二年後の三月十日余には皇子の誕生、源氏四十六歳の年に冷泉院の退位にともない春宮（朱雀院皇子）の即位、それによって六歳となった若宮（源氏の孫）が立坊する。源氏と明石入道との血筋を引く若宮（春宮）が近い将来帝位に就くという見通し、長い経緯を経ての栄華への階梯が語られていくことになる。

明石の地で朗報を耳にした明石入道は、待ち続けた宿運が成就したと喜び、現世での願いがかなえられたと、住まいを寺とし、田畑すべてを寄進し、自らは人も通わない播磨の奥に隠棲することにした。世を離れるにあたっての「とぢめ」として、明石入道は娘への長い手紙をしたため、これまでの住吉の神への「願文《がんもん》」の数々も一つにまとめ、「沈《ちん》の文箱《ふばこ》」に納めて届けてくる。これによって、一部はすでに明らかにされていたが、明石君へ綴られた長い文によって、明石入道の異常なまでの運命の全容を知ることになる。

わがおもと生まれたまはんとせし、その年の二月のその夜の夢に見しやう、みづから須《す》弥《み》の山を右の手に捧げたり、山の左右より、月日の光りさやかにさし出でて世を照らす、みづからは、山の下の陰に隠れて、その光にあたらず、山をば広き海に浮かべおきて、小さき舟に乗りて、西の方をさして漕ぎゆく、となん見はべりし。（若菜上）

明石入道は源氏を暴風雨の中から明石の地へ迎え、娘と結ばれる運命にあることを縷々と説き、それを承知して婿君となった。明石君のもとで、源氏は明石入道の消息や願文の話を聞き、直接内容を目にしてとりわけ驚くことがないのは、すでに明石の地で詳細に聞かされていたためであろう。あるいは、願文の一部を、明石入道は源氏に披見して自分の真意のほどを打ち明けていたとも考えられる。明石姫君の誕生を聞き、桐壺院から教えられていた、宿曜《すくよう》に「御子三人」とのことばが、あらためて確認されるとともに、明石入道の夢の予言とも重なってくるとの思いであっただろう。

明石君が生まれた月日は不明ながら、直前の二月なのか、明石入道は不思議な夢を見、それを信じてこれまでの長い人生を歩むことになる。それは大胆な内容というべきで、世の中の中心となる高山（須弥山《しゅみせん》）を右手で捧げ持ち、その左右からは月と太陽が明るく照らすというものである。ただ本人はその光に照らされることなく、山の陰に隠れて身を潜め、手にしていた須弥山をそのまま大海に浮かべる。どのような栄光が訪れようとも、明石入道自身はその恩恵に浴さないことを意味しているのであろう。太陽は皇帝、月は后を象徴しているようで、明石入道はその出現を見届け、小舟に乗って西の方の仏の世界へと向かって行った。

多様な解釈ができる夢のようだが、ともかく明石入道は世を統治する帝と后を生み出す支えの役割を持ち、その実現を確認すると、後はひたすら西方浄土を目ざすことになる。瑞夢の後に生まれたのが明石君であり、夢を現実のものにするためには、娘が皇族につながる方と結婚するしかない。これが男君の誕生だと夢は無意味になってしまうため、明石入道は必死になって住吉明神への祈誓《きせい》を続け、その後十八年の間、春秋には参詣するという運びになる。

明石君が入内して男皇子の誕生となり、その子が即位するというのがもっとも簡単なことながら、近衛中将の身分ではかなうはずがない。確実な方法としては、都にいるのではなく、播磨守として地方に下り、娘の結婚にもっともふさわしい貴公子の訪れを待つことであった。突拍子もない考えとはいえ、そうすることがもっとも夢を実現させるにはふさわしいと思ったからで、結果的には源氏との出逢いとなる。運命論的にいえば、源氏の須磨行きも、さかのぼると桐壺帝の判断によって臣籍にくだって「源」となったことも、すべて繋がってくる。

明石入道は出家の身にありながら、俗世の子孫繁栄を祈るという矛盾した行動は、夢を信じたことによる。「心ひとつに多くの願《ぐわん》を立てはべりし」と、明石入道は誰に相談することもなく、明石君の結婚、明石姫君の入内、その後に続く若宮の誕生などと、さまざまな願を立ててきた。それらが一つ一つ、実現していったのである。

明石から届けられた箱には、明石入道が書いた祈願文が収められていたはずである。女御が国母《こくも》となり、願いがかなえられた暁には、「住吉の御社《やしろ》をはじめ、はたし申したまへ」と、自分ではもはやできない「願ほどき」をしてほしいと求める。「かの社に立て集めたる願文《ぐわんぶみ》ども」とするので、明石君の誕生以降の、折々の祈願内容とそれに対する神への喜捨が詳細に記されていたのであろう。

北の方の尼君には、何月かは不明ながら、この十四日に深い山へ入ったこと、来世では極楽浄土で再会できることなど、簡単な内容の文が添えられていた。明石入道のその後の消息は、最後の文を書いて三日後、すべての品々を「御弟子ども六十余人」に分け与え、僧一人、童二人の供とともに人跡もまれな高い峰に入山し、多くの僧たちは麓まで見送りをしたという。

明石君は父入道の願文を女御にも見せ、勤めを果たすように求め、源氏もそれを知り、あらためて自分が無実ながら都を離れて流謫したのも、明石女御の出現のためであったかと確認する。このようにたどると、すべては運命の糸で繋がれていたことになってくる。

八　桐壺更衣の運命

1　桐壺院の更衣への寵愛

若宮の誕生

「いづれの御時にか、女御更衣あまたさぶらひたまひける中に」と語り出されるのは、いうまでもなく桐壺巻の冒頭で、あまりにもよく知られた書き出しであろう。後の桐壺院と称される後宮には、多くの女御、更衣が仕えていながら、「いとやむごとなき際《きは》にはあらぬが、すぐれて時めきたまふありけり」と、身分は高くないとはいえ、ひときわ寵愛を受けていた女性が存在したと紹介される。異常なまでの帝の執心ぶりで、「はじめより我はと思ひあがりたまへる御方々、めざましきものにおとしめそねみたまふ」といったありさまであった。入内する本人は勿論のこと、親にとっても帝からどれほどの待遇を受けるかどうかが関心事で、それは一家の盛衰にもかかわってくる。自分こそは優遇されるはずとの思いの者であふれ、競い合いの厳しい閉じられた世界だけに、名もない低い身分の桐壺更衣だけが寵愛されるとなると、人々は心を一つにしてさげすみ、憎しみをあらわにする。あわよくば男皇子が生まれ、それなりの家柄だと春宮《とうぐう》に選ばれる可能性もあるし、一品親王の位にでもなればめでたい限りである。

尋常ではない帝の桐壺更衣への偏愛ぶりに、さすがの「上達部《かむだち め》上人《うへびと》など、あいなく目を側《そば》めつつ」と、近臣の公卿や殿上人なども、帝の桐壺更衣への常軌を逸した扱いには困ったことと、知らぬふりをして目をそむけるありさまである。帝から目もかけられない女御や更衣になるとなおさら心穏やかでなく、不満は桐壺更衣に向けられ、恨むだけではなく、具体的に陰湿ないじめが密かに実施される。桐壺更衣は心労から病気となり、実家に帰ることも多くなるのだが、帝にとって逢えない日が重なるだけに悲しみが深まってくる。帝は一日も早く参内するように求め、桐壺更衣は療養する暇もなく、病状は充分に回復しないまま、悪化の一途をたどる。

　この場面からは、毅然とした桐壺院の姿はうかがえず、ひ弱い印象を受けるのは、即位してまだ年月が経っていないのか、年の若さもあったのであろうか。明治四十五年二月に第一冊目が刊行された与謝野晶子の『新訳源氏物語』では、「陛下は二十《はたち》になるやならずの青年である」としたのは、このあたりを勘案したのであろうか。もっとも後には、「三十歳」と変更し、『新新訳源氏物語』になると年齢の表記はなくなってしまう。

　源氏は七歳の「読書始《ふみはじめ》」の後に、高麗人《こまうど》が都を訪れ、源氏を観相したことはしばしば指摘したところで、ずっと後年になって、「故院の御世の初めつ方、高麗人のたてまつれりける云々」（梅枝）との記述を見いだす。源氏がこのような年になっても、桐壺院の「初めつ方」であったというのは、作者の失念ではなかったかと思うのだが、桐壺更衣が入内していたころは、即位してそれほど年月は経ていなかったのは確かであろう。もっとも信頼していた桐壺更衣の父大納言が早く亡くなっていただけに、政権の基盤はまだ確立していなかったのであろう。

　それにしてもどうしてこれほどまでに一人の女性に執着するのか、「前《さき》の世にも、御契りや深かりけん、世になくきよらなる玉の男御子《をのこみこ》さへ生まれたまひぬ」と、桐壺更衣との間には、それが前世からの運命のように、玉のような男の子が生まれる。更衣にとっては、入内して寵愛され、御子を残すことだけが宿世だったかのように、若宮の三歳の夏に命を失ってしまう。

桐壺更衣については、その後少しずつ素性が語られ、入内にいたった経緯なども明らかにされてくる。「父の大納言は亡くなりて、母北の方なむ、いにしへの人のよしあるにて」と、父の大納言はすでに亡くなっており、教養もある母が育てて入内させ、ほかの女御や更衣の実家にも引けを取らないように作法や行事にも勤めてきた。有力な後見もいない家柄だけに、苦労は尽きることなく、それを知っての桐壺院のいたわりなのか、

この御子生まれたまひて後は、いと心ことに思ほしおきてたれば、坊にも、ようせずは、この御子のゐたまふべきなめりと、一の皇子の女御はおぼし疑へり。（桐壺）

と、桐壺更衣への寵愛は増すばかりであった。男御子が生まれて後には、これまで以上に大切な女性として扱うだけに、右大臣を父に持つ第一皇子の母弘徽殿女御（弘徽殿大后）は、若宮の立坊を考慮しているのではないかと疑うありさまだった。

桐壺院は若宮を春宮にしたいとの考えもあり、母更衣は春宮母にふさわしい待遇にしなければとの思いもあったはずである。弘徽殿女御は、第一皇子の我が子が当然春宮位に就くものと安心していたところ、若宮の出現と帝の心の変化を感じ取り、容易ならぬ事態と危機感を持ち、桐壺更衣への攻撃を強めていく。このようにして、桐壺更衣は幼い若宮を残してはかなく亡く

なってしまう。

若宮の春宮位断念

桐壺天皇の時代に、どういう事情とも書かれていないが、春宮が不在であった。若宮四歳の春のことで、早く春宮を決めておかないと、政争の火種にもなりかねない。後の展開からすると、桐壺院の弟が春宮の在位のまま急逝したようで、入内していたのが六条御息所であったという。このあたりについては、六条御息所との年齢関係で、すでに詳述したところである。

いとひき越さまほしうおぼせど、御後見《うしろみ》すべき人もなく、また世のうけひくまじきことなりければ、なかなかあやふくおぼしはばかりて、色にも出ださせたまはずなりぬるを、さばかりおぼしたれど、限りこそありけれ、と世人《よひと》も聞こえ、女御も御心落ちゐたまひぬ。

（桐壺）

桐壺院は、「兄の第一皇子を追い越し、若宮を春宮にしたい」とまで考えていたものの、後見する者がいなく、世間でも承知しないだろうと判断し、兄をさし措いて春宮にすることは断念した。弟宮を春宮にすると、かえって政権は危うくなってくると恐れ、桐壺院はその考えを取り下げたのである。そのような事情もあり、第一皇子を春宮にすることによって、弘徽殿女御は安堵の胸をなでおろす。

若宮には天皇になるべき相を持つだけに、桐壺院としてはそのまま捨て置くわけにはいかない。ただ、今ここで右大臣を敵に回して若宮を春宮に就けることは、かえって将来に禍根を残しかねない。右大臣は娘の弘徽殿女御とともに、徐々に権力を伸展させているだけに、若宮が将来即位した時点で、どのような不測の事態が生じるか不安な思いもする。右大臣方が権力にものを言わせ、帝位から引きずりおろすような反乱が起これば、若宮の政治生命も絶たれてしまう。高麗人を初め、多くの相人の予言の内容とも共通するだけに、桐壺院は若宮を臣籍に下したのであった。

「色にも出ださせたまはずなりぬるを」と、桐壺院は明らかに若宮を春宮にする意思表示をしていた。難点は若宮に有力な後見者がいないことで、祖父の大納言も早く亡くなっているだけに、周囲の説得もあったのであろう、桐壺院は予言も尊重して断念することにした。祖母北の方は、娘の桐壺更衣を失い、「慰む方なくおぼししづみて、おはすらむ所にだに尋ね行かむ」と、悲しみにふけるばかりであった。せめて娘がいるあの世に行きたい、との思いである。それでも心を慰めていたのは、若宮の立坊で、祖母にとってはかろうじて生きる望みにもなっていた。桐壺院も、

かくても、おのづから、若宮など生ひ出でたまはば、さるべきついでもありなむ。命長くとこそ思ひ念ぜめ。（桐壺）

と、いずれ若宮が成長すれば、「さるべきついで」があると言明している。これは何を意味するのか、それ相応の地位に就けるというたんなる挨拶ではなく、かねて口にしていた若宮の春

宮位で、いずれはそうするつもりなので長生きするようにと、メッセージを伝えていたのである。

政治情勢の判断から、桐壺院はすぐさま断行できず、ひとまずは第一皇子を優先して春宮に立て、次の機会を待ち、若宮の身分を「親王」にもしていなかった。結果的に桐壺院は約束を守ることができず、もはや「色にも」出せる状況ではなくなり、若宮六歳の年に、祖母北の方は娘への追慕に加え、若宮の先の見通しのなくなった悲しみも加わり、命を失ってしまったのである。

故大納言一家

源氏は明石入道から一族の不思議な運命の話を聞き、都を離れて須磨での災厄に遭ったのは、ひとえに明石君と結ばれるためであったと悟る。明石君の誕生譚は、明石入道が須弥山を高く手にし、月日が周りをめぐるという瑞夢とかかわるという。その話から、鏡に映し出されるように浮かび上がるのは桐壺更衣の運命でもある。明石君と桐壺更衣は鏡像関係にあり、同じ宿世に生きた女性といってもよい。桐壺更衣についてはまったく語られていなかった出生話が、明石君によってあらためて想起される仕組みになっているのだ。

桐壺更衣が亡くなって後、桐壺院は母北の方のもとに靫負命婦《ゆげいのみょうぶ》を弔問に遣わす。北の方は、桐壺院の好意を謝すとともに、幸せの薄かった娘への思いを語り続ける。

生まれし時より思ふ心ありし人にて、故大納言、いまはとなるまで、ただ、「この人の宮仕《みやづかへ》の本意《ほい》、かならず遂げさせたてまつれ。我亡くなりぬとて、口惜しう思ひくづほるな」と、かへすがへす諫《いさ》めおかれはべりしかば、はかばかしう後見《うしろみ》思ふ人もなき交《まじ》らひは、なかなかなるべきことと思ひたまへながら、ただかの遺言を違《たが》へじとばかりに、出だし立てはべりしを、身にあまるまでの御心ざしの、よろづにかたじけなきに、人げなき恥を隠しつつ、交らひたまふめりつるを、人のそねみ深くつもり、安からぬこと多くなり添ひはべりつるに、よこさまなるやうにて、つひにかくなりはべりぬれば、かへりてはつらくなむ、かしこき御心ざしを思ひたまへられはべる。（桐壺）

明石入道が娘の明石君へ託した思いは異常なものだったが、大納言の娘への望みも普通ではない。桐壺更衣の入内は大納言の遺言であり、北の方はしっかりとした後見のいない入内はかえって苦労するばかりだと思いながら、夫の命《めい》に背くまいとの決断であった。思いがけないことにも帝の寵愛が深く、うれしく思う一方では、人々からの強い嫉みによって娘は横死のように命を失ってしまった。

「生まれし時より思ふ心ありし人」と、父大納言は娘が誕生した時から強い望みを持ち、亡くなる直前まで、入内をさせるようにと言い残す。「この娘を宮仕えさせる願いは、必ずかなえるようにしてほしい、父親が亡くなったからといって、残念に思ってあきらめることをするな」と、繰り返し忠告していた。母親としては、夫以外にこれといって有力な後見者もいないだけに、このまま宮中に入れたのでは、かえって苦労することが多いのではと心配したものの、ともかく遺言を守るしかないと、桐壺院に入内させたのである。そのような娘ながら、思いがけなくも帝から身に余るまでの寵愛を受け、もったいないことと感謝し、人並みでない恥を忍び、何とか桐壺更衣として仕えさせてきた。ところが多くの女御や更衣たちから恨みは深く、心穏やかに宮仕えすることもままならず、道理に合わないようにして、とうとう命を縮めてしまった。桐壺院の寵愛はうれしくも思っていたが、今となっては恐れ多いことながらつらくも思われてくると、北の方はこれまでの苦労してきた思いを綿々と語り続ける。

桐壺更衣は生まれた当初から宮中に入る女性として運命づけられ、楊貴妃のように寵愛を一身に集め、御子が生まれたものの、人々から嫉妬されてほどなく亡くなり、帝は深い悲しみに耽るという、あまりにも作られ過ぎた物語というほかはない。桐壺巻からは、登場してすぐさま姿を消してしまう悲劇の女性でしかない。ところが明石君の出生譚の秘密を知り、明石入道の父大臣と桐壺更衣の父大納言とが兄弟だと明かされると、無関係な存在ではなかったと認識してしまう。明石入道の夢は、叔父大納言の夢を引き継いだところに成り立っていたのであろう。

桐壺更衣の父大納言は、もともと低い家柄ではなく、いずれは大臣の地位を襲い桐壺院を支える立場の廷臣であった。源氏が大納言になったのは、明石から帰京した年の二十八歳、頭中将の場合は源氏三十二歳の薄雲巻においてであるため、桐壺更衣の父も三十前後だったのではないかと思う。ある夜の夢に姫君が誕生し、宮中に入内させるようにとの啓示が与えられる。それは明石入道と重なるような夢だったのではないかと思いたいのだが、そこまで推測することはできない。娘の入内により、一族には栄華が訪れるという将来のさとしだけに、大納言は明石入道と同じく夢を固く信じて行動していく。

娘は生まれながら宮中の女性となる「さだめ」を持つだけに、明石君がそうであったように、幼いころから身分の高い女房にかしずかれ、技芸の手ほどきも受けながら育ったはずである。ところが父大納言は、娘の成長を見ることなく早逝してしまった。

臨終の間際まで、北の方には「かならず遂げさせたてまつれ」と繰り返し入内させるように遺言し、自分が亡くなったからといって諦めてはならないとの強い口吻《こうふん》であった。大納言は娘が生まれる直前に見た夢の奇瑞を北の方に語り、そのような事情があるのだと、自分の死後の将来を託したのであろう。明石入道が源氏の訪れを信じて待ち続けたように、北の方も遺言を破ることはできなく、後見のあてもない娘の入内する機会を待っていた。ただそのままでは事態も動かないだけに、この背景には桐壺院の強い遺志が働き、大納言の娘を宮中に入れることにしたのであろう。

入内した桐壺更衣は、帝からことのほかの寵愛を受け、男御子が生まれるという、夫の大納言から聞いていた夢の予言が着実に訪れてくる。桐壺院自身も若宮の立坊を口にし、桐壺更衣が亡くなったからといって、落胆することはないとまで知らされるありさまだった。祖母北の方は、大納言の遺志として生まれた若宮の成長を楽しみにしていたが、桐壺院は急に口をつぐんで春宮のことばもしなくなり、すっかり望みは絶たれてしまう。むしろここからが物語の始まりといってよく、源氏となった桐壺更衣の息子が、苦難を経ながらも、同じ一族の明石君と結びついて栄華の道へと進むことになっていく。

2　大納言と明石一族の運命

大納言の夢

母親一人が育て、取り立てて後見《こうけん》もいない娘を、どのようにして入内させたのか、そのあたりの事情はまったく語られていない。かろうじて推測できるのは、桐壺更衣を失い、悲しみに沈む母北の方のもとに靫負命婦が見舞いに訪れ、桐壺院から次のようなことばが伝えられていた。

故大納言の遺言あやまたず、宮仕の本意深くものしたりしよろこびは、かひあるさまにとこそ思ひわたりつれ、言ふかひなしや。（桐壺）

桐壺更衣の入内は「故大納言の遺言」であり、大納言が亡くなったにもかかわらず、北の方はその意志を果たしてくれたと、桐壺院はずっと喜びに思っていた。その願いをかなえてくれただけに、それに見合う待遇をしたいと思っていたものの、結局は桐壺更衣を「女御」として待遇することもできなく、しかも宮中では庇護しきれず、人々から恨まれるように非業の死を遂げてしまった。葬送の場に帝からの使者が訪れ、「三位《みつ》の位《くらゐ》贈りたまふよし」の勅命が下る。「更衣」ながら、せめて「いま一階《ひときざみ》の位をだに」と、追贈して「従三位」にしたというのであろう。

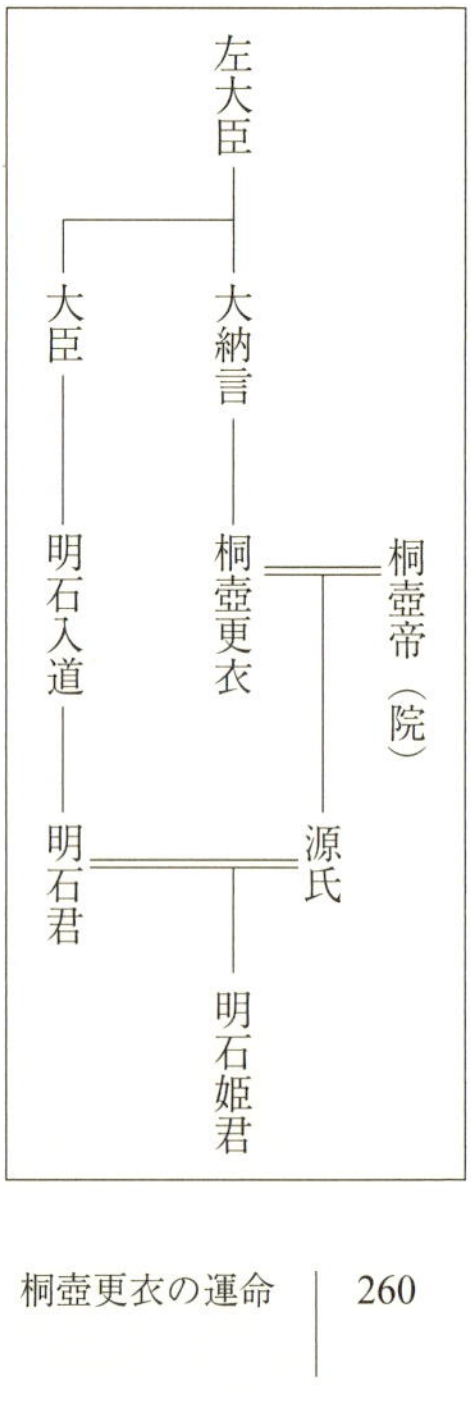

故大納言が娘を入内させたいとの遺言を、桐壺院はどうして知っていたのであろうか。これから先は私の想像でしかないが、大納言は生前において桐壺院の寵臣だったのではないかと思う。明石入道は「大臣の後」とされるように、大臣家の家柄だっただけに、大納言もいずれはその地位に就くことが予想されていた。大納言は桐壺院が即位する春宮時代から仕え、忠臣として信頼のおける存在だったのであろう。当時の左大臣は大納言の父、ただ子供は男一人だけで、入内させる娘を持っていなかった。大納言は一人娘が生まれていたものの、まだふさわしい年齢ではなく、その間隙を抜くように右大臣が娘を後宮に入れ、弘徽殿女御となったという次第である。

大納言はかねて自分の瑞夢によって娘の誕生を知り、桐壺院はまだ春宮時代だったのであろうが、将来入内させることを確約する。その見た夢というのは、明石入道と同じく須弥山《しゅみせん》を手に高く掲げ、その周りには日月が廻り、自らは山の陰に隠れて姿を潜めていたのであろうか。それが大納言家だけでなく、桐壺院子孫の繁栄にもつながると宿世《すくせ》のほどを語り、将来を心待ちにしていた。果たせるかな夢の教え通りに娘の誕生となり、「生れし時より、思ふ心ありし人」という、入内候補者として育てられることになる。大納言と明石入道の父の兄弟は、いずれ遠い将来に皇位の継承者として君臨するといった運命が賦与された一族だったのであろう。

明石姫君の裳着《もぎ》の準備で、源氏が二条院の蔵を開け、そこに、「院の御世の初めつ方」（梅枝）に高麗人が訪れ、贈り物とした綾とか緋金錦《ひごんぎ》があり、いずれも現在の製品とは異なり、各段に優れていたという。源氏が七つばかりの若宮だったころ、鴻臚館《こうろかん》に迎えた高麗の相人一行が、桐壺院に「いみじき贈り物どもを捧げたてまつる」としていた品で、その一端がここに示される。厳密ではないにしても、「故院の御世の初めつ方」と、桐壺院が即位した初めのころだったという。

春宮時代に朱雀帝が生まれ、三年後に帝位に就いてほどなく若宮の源氏が誕生したと考えると、七年後に高麗人が訪れたころは、まだ「御世の初めつ方」と大まかには表現できるのであろう。源氏二十一歳のころに桐壺院は朱雀帝に譲位し、二十三歳の十一月一日に崩御しているため、年齢は五十歳以前であったろうか。

大納言は、娘の入内を目にすることなく、明石入道の夢に「みづからは山の下の陰に隠れて」

とするように、ここでは子孫の繁栄を確認することなく亡くなってしまった。同じ陰に隠れながらも、見届けることができたのが明石入道であったともいえよう。桐壺院は、大納言のことばを信じ、娘の成長を待ち続け、北の方に早く入内させるようにと求め続けたことであろう。北の方は、後見のいない宮中入りをためらいながら、夫が亡くなる直前まで口にしていた遺言を心の支えとして手放すことを決意する。

桐壺院は、北の方が故大納言の遺言を守ってくれたうれしさから、それなりの処遇をと思いながら、それ以上に、

わが御心ながら、あながちに人目驚くばかりおぼされしも、長かるまじきなりけりと、今はつらかりける人の契《ちぎり》になん。（桐壺）

と、桐壺更衣の個人的な魅力の虜《とりこ》になってしまった。入内した更衣の美しさに心引かれ、思ってもいなかった寵愛となり、それが二人の宿世であったにしても、結果的には命を早めてしまった。桐壺院としては、故大納言の遺言もあり、後は残された若宮を一族繁栄へと育てることが重い課題となってくる。

桐壺更衣と藤壺中宮

桐壺院は桐壺更衣が亡くなって後も心は癒されることなく、

慰むやと、さるべき人々参らせたまへど、なずらひにおぼさるるだにいとかたき世かな

と、うとましうのみよろづにおぼしなりぬるに、（桐壺）

と、すこしでも似ていると噂を聞く女性を入内させるものの、いずれも比べものにはならないありさまに、今さらながら桐壺更衣の存在の大きさを思い、失った現実に落胆するしかない。桐壺院は、故大納言の語った瑞夢と重ねながら、自分にとって桐壺更衣がいかに重要な意味を持っていたかを痛感するばかりであった。桐壺院にとって、桐壺更衣への追慕の情の強さを示す行為と解釈すれば済む話ながら、異常なまでの執着心は故大納言への贖罪意識も働いているのであろう。せめて身代わりを立て、寵愛することによって自分の心を慰藉《いしゃ》したいとの思いでもあった。

ここで登場するのが「先帝《せんだい》の四の宮」で、先帝の時代から仕え、今も親しく出入りしているという典侍《ないしのすけ》が、

亡せたまひにし御息所の御容貌《かたち》に似たまへる人を、三代の宮仕に伝はりぬるに、え見たてまつりつけぬを、后の宮の姫宮こそ、いとようおぼえて生ひ出でさせたまへりけれ。ありがたき御容貌《かたち》人になん。（桐壺）

と、桐壺更衣によく似ていると報告する。典侍は三代にわたって天皇に仕えてきただけに、これまで数多くの女御や后を目にしている。その中にあっても、桐壺更衣のような方は見たこともなかったのだが、先代の帝の姫宮は、その更衣によく似た、この世にまたとない美しさであるという。

桐壺院が探し求めていた女性は、桐壺更衣に「似たまへる人」というのが必須の条件であった。このようにして入内させたのが「藤壺」であり、桐壺院は目にするにつけ、「げに御容貌ありさま、あやしきまでぞおぼえたまへる」という、桐壺更衣に酷似した女性であった。

桐壺更衣は大臣家の出自ながら、父大納言はすでになく、有力な後見もいないだけに、桐壺院の異常なまでの寵愛ぶりに、多くの女御や更衣から反発され、苦しい立場に置かれていた。ところが藤壺中宮はかつての天皇の姫宮だけに、「人もえおとしめしきこえたまはねば」と、とても侮《あなど》れない存在であり、帝にしても「思ひなしめでたく」と、そのような目で見るからなのか、やや気品のさまも覚えるほどであった。桐壺更衣を失って後、桐壺院は似ているという女性を入内させてきたが、藤壺中宮によって、

おぼしまぎるるとはなけれど、おのづから御心うつろひて、こようなおぼし慰むやうなるも、あはれなるわざなりけり。（桐壺）

と、やっと心も慰められ、落ち着いた思いをするようになる。ここで重要なのは、桐壺更衣と別人格でありながら、藤壺中宮と重なる美しさという不可欠の要件であった。

母の面影をまったく知らない源氏にとって、典侍の「いとよう似たまへり」のことばは、この上もない魅惑であった。桐壺院自身も、藤壺中宮に、

なめしとおぼさで。らうたくしたまへ。つらつきまみなどは、いとよう似たりしゆゑ、かよひて見えたまふも、似げなからずなむ。（同）

と語り、源氏を部屋に連れて行き、擬似親子を演じさせる。「無作法な子だと思わないで、かわいがってください。あなたの顔つきや目もとなどは、亡くなった桐壺更衣にとてもよく似ているので、母親を慕うように思うのも、ふさわしいことです」と、帝自身も説明する。桐壺院の二人への情愛の深さから、世の人は源氏を「光る君」、藤壺中宮は「かかやく日の宮」と褒《ほ》めたたえたという。

源氏三十二歳の年に藤壺中宮は三十七歳で亡くなっているため、五つ違いだった。源氏は十二歳で元服すると、それまで帝は藤壺中宮の部屋にも連れて入り、姿を目にすることができた。ところが「大人になりたまひて後は、ありしやうに、御簾《みす》の内にも入れたまはず」と、男性と女性の存在として扱うようになり、これまでのように、「御簾の内にも入れさせようとならない」と、かりそめの親子関係は解消してしまう。源氏が十一歳以前に藤壺中宮は入内したはずなので、彼女は十六歳ばかりだったことになる。母親として慕っていた藤壺中宮に会えなくなると、源氏の思慕の情は理想とする女性への恋慕と変質し、密通事件を引き起こし、不義の男御子の誕生へと展開していく。桐壺更衣と藤壺中宮との相似は、大きな罪を生む結果となり、それがまた物語の主題を動かす原動力にもなっていった。

桐壺院にとって、恋しい思いは徐々に藤壺中宮へと取って代わったとはいえ、本質は桐壺更衣にあった。「女御」とさえも呼べなかった悔恨が、早く入内していた有力な弘徽殿女御をさし措き、藤壺を「后の位」(紅葉賀)にしたのも、桐壺更衣への代償行為であった。藤壺中宮は、桐壺院が桐壺更衣へ抱いていた別の姿となって出現したのだともいえる。

源氏と冷泉天皇

源氏がいくら藤壺中宮を慕い、系図に書き込めない子供が生まれようとも、二人が結ばれることはありえない。その代わりに登場したのが、あらためて述べるまでもなく紫上で、北山で幼い少女に目を奪われた源氏は、

さるは、限りなう心を尽くしきこゆる人に、いとよう似たてまつれるが、まもらるるなりけり、と思ふにも涙ぞ落つる。（若紫）

と、涙を流して我に返る。源氏は、なぜこの幼い女の子に吸い寄せられるように見つめてしまうのか、初めはわからなかった。そこではたと気づいたのは、限りなく心を尽くして恋い慕っている藤壺中宮に、とてもよく似ているため、このように見つめてしまうのだと。後に藤壺中宮の姪と判明し、似ていることに納得しながらも、その時はまだ素性をまったく知らなかった。

藤壺中宮は源氏との逢瀬によって懐妊し、若宮の誕生となるのだが、この事実は絶対に秘匿しなければならなく、桐壺院も知らないままに生涯を終えたといえる。藤壺中宮にとって、生まれた我が子を見るにつけ、

いとあさましう、めづらかなるまで写し取りたまへるさま、違《たが》ふべくもあらず。（紅葉賀）

と、「写し取りたる」と表現するまでに、そこにはまぎれようもない源氏の姿を見る。まった

くあきれるばかりの、似ているといっても、これほどまでに似るものであろうか。まるでそのまま写しとったような顔に、この子は紛れようもなく源氏との間に生まれた子だと、藤壺中宮は確信する。それは、恐ろしい現実でもあった。

藤壺中宮は自邸の三条宮で二月十余日に出産し、桐壺院の強い求めもあり、拒むわけにもいかず、四月に若宮を伴っての参内となる。

あさましきまで、紛れどころなき御顔つきを、思ひよらぬことにしあれば、また並びなきどちは、げに通ひたまへるにこそは、と思ほしけり。いみじう思ほしかしづくこと限りなし。（紅葉賀）

桐壺院は夢にも不義の子とは知らないだけに、源氏とあまりにも同じ顔つきを目にし、容姿のすぐれた者同士は似るものだと感嘆の思いをするばかりである。桐壺院も「あさまし」とするように、もう疑いの余地がないほど、目の前の若君は源氏の姿そのものであった。年をとっての幼子、しかも源氏によく似ているだけに、ひとかたならぬかわいがりようであった。桐壺院にとって、「世の人のゆるしきこゆまじかりし」により、源氏を春宮に立てられなかったことは、今でも痛恨の思いである。若宮を目し、

かうやむごとなき御腹に、同じ光にてさし出でたまへれば、瑾《きず》なき玉とおぼしかしづくに、（紅葉賀）

と、源氏と「同じ光」だけに、果たせなかった望みをこの子に託そうと考える。このようにし

て、桐壺院は譲位するのにともない、四歳の若宮を春宮（冷泉院）に擁立する。源氏の立坊という夢を、よく似た若宮によって果たしたのだともいえよう。

源氏と春宮とは、

御子は、およすけたまふ月日に従ひ、いと見たてまつり分きがたげなるを、（紅葉賀）

と、成長していく月日とともに、とても見分けがつかないほど似ているとし、それ以後も、

大人びたまふままに、ただかの御顔を脱《ぬ》ぎすべたまへり。（賢木）

と酷似した二人が強調される。年は離れているとはいえ、源氏と若宮はまさに双子であった。十一歳で元服した場面でも、

ほどより大きに大人しうきよらにて、ただ源氏の大納言の御顔を二つにうつしたらむやうに見えたまふ。（澪標）

と、年にくらべて大人びており、その姿はただ源氏大納言の顔をそのまま持ってきたようだと、これまでも繰り返された酷似ぶりである。

桐壺院も知らない不義の子は、危難に遭遇しながらも即位して冷泉帝となる。母藤壺中宮はそれを見届けて三十七歳という厄年に亡くなってしまう。喪に服した冷泉帝の姿は、

常よりも黒き御装《よそ》ひにやつしたまへる御容貌《かたち》、違《たが》ふところなし。上も年ごろ御鏡にもおぼし寄ることなれど、聞こしめししこの後は、またこまかに見たてまつりたまうつつ、ことにいとあはれにおぼしめさるれば、（薄雲）

と、黒の装束を身にした冷泉帝の容貌は、今ではもうまぎれようもない、源氏そのものであるという。夜居の僧都から、父親は源氏だと真実を聞かされた冷泉帝は、これまでも鏡を見てよく似ているとの思いをしていたが、まさかそうとは思いが及ばなかった。あらためて源氏の顔をつくづくと見るにつけ、似ているというだけではなく、親としての敬慕の情愛がわき出てくる。

ここまでくると明らかなように、桐壺院は「似ていること」が一つの重要なキーワードとして藤壺を中宮とし、冷泉帝を立坊させ、即位への道を歩ませた。逆にいえば、桐壺更衣と源氏の母子にかなえられなかった夢を、藤壺中宮と冷泉帝によって実現したともいえる。桐壺更衣に対して本来の願った姿が藤壺中宮となり、臣下の源氏は冷泉帝として君臨する、もう一つの姿であった。

九　桐壺院の贖罪

1　高麗人の運勢

若宮誕生

桐壺後宮にはあまたの女御や更衣が仕えていた中に、「やむごとなき際《きは》」ではないにもかかわらず、「すぐれて時めきたまふありけり」と、とりわけ寵愛された女性がいたと、語り始められる。多くの嫉視の中での宮仕えに桐壺更衣は心労も重なりながら、「男御子」の誕生に帝の心はますます執着するというありさまで、廷臣たちも凝視できないほどの偏愛ぶりだったという。とりわけ早く入内し、第一皇子を儲けている弘徽殿女御と父右大臣にとっては、若宮が立坊するのではないかと疑念を持つほどで、そうなると将来の政権構想が揺るぎかねない状況になるだけに、強い不安な思いもしていた。このあたりの推移は、すでに述べてきたところでもある。

桐壺院は桐壺更衣に夢中になるあまり、「おのづから軽《かろ》き方にも見え」ていたのだが、御子誕生後は扱いに明らかな変化が生じてきた。「心ことにおきてたれば」と、儲《もう》けの君《きみ》を持つ母親として遇する態度で、それもひとえに若宮が「きよらなる玉の男御子《をのこ》」であり、桐壺院が目にするにつけ「めづらかなるちごの御容貌《かたち》」だとの判断にほかならなかった。

弘徽殿女御は帝よりも年上だったのか、右大臣家という権力の背景もあり、ときに諫言もしていたようで、このことばだけが帝にとっては煩わしいとの思いだった。当然のことながら、第一皇子が春宮に就くものと弘徽殿女御は安心していたところ、桐壺院の言動からすると、二の宮を先に立坊させるのではないかと疑念を持つようになり、いささか心穏やかでなくなる。

ここからが激しい政権争いのかけひきとなり、右大臣方は若宮の立坊はとても容認できなく、将来は政治的な危機の訪れにつながるとのキャンペーンを展開していく。桐壺院としては、故大納言との遺言の約束もあり、かなり強引な運びながら、ためらう北の方を説得して娘を入内させ、桐壺更衣とした。自ら招いた執着により、桐壺更衣は若宮を残して亡くなってしまう。男御子の誕生が故大納言の瑞夢の語ったことでもあっただけに、桐壺院は桐壺更衣をせめて女御にし、若宮の立坊を模索するようになる。ところがすでに指摘したように、「世の人のゆるしきこゆまじかりし」により、春宮に就けることはあきらめざるを得なくなる。

桐壺院は若宮を目にし、異常なまでの美しさと心のほどを深く知ると、この才知をどのように開花させて故大納言の願いをかなえさせることができるか、真剣に悩み続ける。三つになった年の袴着《はかまぎ》も、「一の宮の奉りしに劣らず、内蔵寮納殿《くらづかさをさめどの》の物を尽くして、いみじうせさせたまふ」(桐壺)と、第一皇子以上の盛大さに、世の非難も厳しかった。宮中の宝物のありったけを尽くしての、若宮の着袴《ちゃっこ》の儀式というのだから、その力の入れようが分かるであろう。桐壺院の密かな決意に一部からは顰蹙《ひんしゅく》を買いながら、人々は若宮のすばらしい成長ぶりに、納得して声を失ってしまうほどであった。

夏に母桐壺更衣が亡くなり、里で過ごしていた若宮が久しぶりに参内する。その姿は「いとど、この世のものならず、きよらにおよすけたまへれば、いとゆゆしうおぼしたり」と、この世のものとは思われない「きよら」な美しさで、鬼神に魅入られてしまうのではとの不安な恐れを抱くほどであった。桐壺院は若宮の袴着によって、世間にその存在の大きさを披露し、春宮へ擁立する意図も口にしていたが、背景には右大臣への政治的な牽制も意図していたのであろう。しかし、若宮の立坊は権力構造からしても無理な話で、世間は承知するはずはなく、強引に思いを貫こうとすれば、「なかなかあやふくおぼしはばかりて」と、かえって不幸に陥れかねなく、危険な思いもする。どのようにして故大納言の遺言を実現させ、無念な思いで亡くなった桐壺更衣の遺志を若宮に託すればよいのか、桐壺院は翌年春の立坊はあきらめ、当面は世の推移を見守ることにした。

この後に語られる若宮の神童ぶりは異彩を放つばかりで、「わざとの御学問はさるものにて、琴笛《ことふえ》の音《ね》にも雲居《くもゐ》をひびかし」と、どれ一つを取り上げても尋常ではなく、「すべて言ひつづけば、ことごとしう、うたてぞなりぬべき人の御さまなりける」と、成長後の源氏の奔放な振る舞いを、あらかじめ弁解するような口つきである。本格的な学問はいうまでもなく、琴や笛といった音楽にも堪能で、宮中までも鳴り響くほどであった。このように一つ一つの源氏の才能ぶりを数え上げていけば、あまりにもわざとらしく、薄気味悪く思われるほどだという。

高麗人の予言

若宮に「読書始め《ふみはじめ》」があったとし、「そのころ、高麗人の参れるなかに」とするのは、七歳以降のことであろう。「かしこき相人」が一行に加わっていることを知り、桐壺院は気にかかっている若宮の運勢を占わせようと、皇族とは関係のない右大弁の子のようにして、外国の使節を接待する建物の鴻臚館《こうろかん》に遣わす。帝の子と名乗らせて運勢を見せると、それだけで相手に条件を教えてしまい、正常な判断ができかねないことによる。

「相人驚きて、あまたたび傾き《かたぶき》あやしぶ」と、一見して右大弁の子でなく、天子の御子と見えるだけに怪訝《けげん》に思う。なぜ右大弁の子として連れてきたのか、驚く一方では不審に思いながらも、相人はすぐさま背景の政治的な事情を推察する。この子を帝位に就けるのがふさわしいのかどうか、凶か吉なのか、それを知りたがって運勢を求めたものと考える。それにしても、なぜそのようにしなければならないのか、そこまでの国内の政治情勢には思いが及ばなかった。

相人は若宮が帝の御子という前提で、以下のような判断を下す。

国の親となりて、帝王の上《かみ》なき位にのるべき相おはします人の、そなたにて見れば、乱れ憂ふることやあらむ。おほやけのかためとなりて、天の下を輔《たす》くる方にて見れば、またその相違ふべし。（桐壺）

この意味内容については、贅言《ぜいげん》を要しないほど、すでに旧注以来さまざまな点から言及されているとはいえ、いまだに確たる解釈にいたっていないのが現状であろう。室町期の『花鳥余

情』の例を示すと、

国の親となるとは、六条院の太上天皇の尊号をえ給へることをいへり。乱れ憂ふるとは、須磨の浦へ移され給へること也。おほやけの御かためとは、摂政関白の天子を補佐したてまつる事也。源氏の君は、つゐに尊号を得給へりしかば、おほやけの御かためにはその相たがふといふ也。

とするが、これについては後の注釈でさまざま批判もされる。

「国の親」になるというのは、三十九歳の秋、「太上天皇に准《なずら》ふ御位得たまうて、御封《みふ》加はりて、年官年爵《つかさかうぶり》などみな添ひたまふ」（藤裏葉）とする、譲位した天皇に等しい待遇を受けたことを意味する。「上皇」とも「院」とも号した尊称で、それまでの臣下の太政大臣から、皇族に限りなく近づいた存在となった。「乱れ憂ふる」とは須磨への流謫、「おほやけのかため」は摂政関白となって天皇を補佐したことだという。そうでありながら、最終的に「その相たがふ」というのは、「太上天皇に准《なずら》ふ御位」を得たためだとするのだが、相人はそこまで見通せなく、「あまたたび傾《かたぶ》きあやしぶ」というありさまだった。

現代の解釈も基本的にはこれを踏襲しており、『源氏物語評釈』（玉上琢彌）を引用しておくと、

帝王の位に昇る相ではあるが、帝王として統治すれば、国乱れ民憂うることになろう、という。帝王でなければ、朝臣《あそん》である。執政の臣として、この子の人相を考えようとしても、臣たる相とは違うのである。やはり、帝王の位に昇るべき相なのだ。

相人に解けなかったこの謎は、作者によって藤の裏葉の巻で解かれる。

と、相人の予言が解明できたのは作者の説明によってだとする。しかも明らかになるのは、藤裏葉巻まで待つ必要があった。

高名な高麗の相人であっても、若宮の人相は「謎」として残され、右大弁はその結果を桐壺院へそのまま報告したことであろう。わざわざ右大弁の子のように仕立てて連れて行きながら、無駄に終わってしまったと言えなくもない。右大弁はこの後高麗の人々に、「実は帝の御子」だと真実を語ったようで、それで互いに心を許し、詩文を披露しあい、宮中へは「いみじき贈り物」、帝からは返礼として「多くの物賜はす」と、交流したさまが語られる。

私どもが一般に手にする注釈書でも、「准太上天皇なる地位への到達によって、読者ははっきりと相人の言葉の意味をさとることになる」（「新編日本古典文学全集」藤裏葉巻頭注）と、桐壺巻における相人の予言を解明したのは、読者であったとの立場をとる。桐壺院は若宮を春宮にするか臣下にするか、判断しなければならない時期も迫り、救いを求めるように高麗の相人に助言を求めたはずである。ところが判断不能で「謎」だと言われたこともあり、苦慮の末に「源」の姓を与えて皇族から離したのであろうか。桐壺院も周囲の者たちも、誰も予測がつかなかった源氏の将来は、実は准太上天皇位に就くことであり、それに気づいたのは、藤裏葉巻まで読み進めた読み手であったというのだ。読者を長く引きつける手法だとはいえ、気の長い話である。

2　源氏の臣籍降下

源氏の帝王の相

桐壺院は、桐壺更衣の懐妊が明らかになったときから、すでに生まれる子の予想はついていた。故大納言から遺言のように聞いた夢の予言は、明石入道の夢とも重なってくる。桐壺院は一族の未来を承引し、父親を失った娘の入内を強く求め、桐壺更衣に若宮が生まれると、予言の実現性を確信する。桐壺院は若宮のすぐれた相を見るにつけ、春宮から帝位につけるべきか、別の道に歩ませるのがよいのか、判断を迷いもする。一時は第一皇子以上に処遇して春宮のポストを志向し、自分の意向を具体的に口にもしていた。ただそれはきわめて危険なかけでもあり、多くの相人にも占わせていたところに、高麗人の入京を知ったという次第である。

右大弁から相人の結果を聞いた桐壺院は、

帝、かしこき御心に、倭相《やまとさう》を仰《おほ》せておぼしよりにける筋なれば、今までこの君を親王《みこ》にもさせたまはざりけるを、相人はまことにかしこかりけり、とおぼして、無品《むぼん》親王の外叔《げさく》の寄せなきには漂《ただよ》はさじ、わが御世もいと定めなきを、ただ人《うど》にておほやけの御後見《うしろみ》をするなむ、行く先も頼もしげなめることとおぼし定めて、いよいよ道々《みちみち》の才《ざえ》を習はさせたまふ。ただ人《うど》にはいとあたらしけれど、親王《みこ》となりたまひなば、世の疑ひ、負ひたまひぬべくものしたまへば、宿曜《すくえう》のかしこき道の人に勘《かむが》へさせたまふにも、同じさまに申せば、源氏になしたてまつるべくおぼしおきてたり。（桐壺）

桐壺院はすでに日本の相人にも若宮の運勢を占わせ、「源」にする方策を模索していた。高麗の相人も同じ結論だけに、これ以上もはやためらう必要はないと、桐壺院は最終的な決断を下す。どちらにでも進むことができるようにと、若宮を「親王」にしないで、天皇の御子という存在にしていた。皇族に残したとしても、若宮には後見者がいないだけに、せいぜい「無品親王」といったところで、才能の発揮もできないまま生涯を過ごしかねない。高麗の相人はさすがに賢明な判断を下したものと、桐壺院はあらためてそのすばらしさに感服する。

自分だっていつまで命をながらえ、若宮を庇護することができるか、無常な世の中だけに、早く進むべき道を定めておかなければならない。臣下にして政務の補佐をさせるのが、もっとも安心なことであろう。政治家として歩ませるには学問が重要になるだけに、それぞれの専門を深く学ばせることにした。若宮を「親王」にすると、いずれ立坊して帝位をうかがうのではないかと、右大臣方は疑いを持ち、若宮の立場は不安定になりかねない。観相だけではなく、星占いの専門家に見せても、同じように述べるため、ここできちんと源氏にすることを世に宣言することにしたのである。

桐壺院は長い時間をかけ、緻密《ちみつ》な政治的な配慮のもとに決断した。七歳から本格的な勉学をさせたというので、生まれたときから若宮の将来を思考していたと知られる。それほど桐壺院にとって若宮は重要な存在であり、故大納言の遺志を継ぐことが自らの運命との確固たる信念があったからにほかならない。

すでに触れたように、古くから現代にいたるまでの注釈書では、高麗の相人の予言は「謎」のまま残されたと解釈してきた。それではなぜ桐壺院は、相人のことばを聞き「かしこかりけり」と褒《ほ》めたたえ、若宮を臣籍に下して「源氏」にしたのか、理解できなくなってくる。桐壺院にはもはや迷いはなく、決断へとつき進んだ。高麗の相人の判断は明快であり、日本の多くの相人とも一致するだけに、若宮の処遇を決したのである。

桐壺院の病状が悪化し、見舞いに訪れた朱雀帝に諄々《じゅんじゅん》と説いたのは、「春宮の御事を、かへすがへす聞こえさせたまひて」と、危機意識を持っていたのかその護持を伝え、

次には大将の御こと、「はべりつる世に変はらず、大小のことを隔てず、何ごとも御後見とおぼせ。齢《よはひ》のほどよりは、世をまつりごたむにも、をさをさ憚りあるまじうなむ見たまふる。かならず世の中たもつべき相ある人なり。さるによりて、わづらはしさに、親王《みこ》にもなさず、ただ人《うど》にて、朝廷《おほやけ》の御後見をせさせむ、と思ひたまへしなり。その心違《たが》へさせたまふな」と、あはれなる御遺言ども多かりけれど（賢木）

と、源氏への処遇を誤ることのないようにと遺言する。「私（桐壺院）がいるときと変わらず、大小の問題にかかわりなく、何ごとであっても、源氏は帝の後見役だと考えなさい。年のわりに源氏は、政務を行うにも、まったくといってよいくらい安心できるのです」と、まずは源氏

のことをもっとも懸念して説き聞かせる。

「かならず世の中たもつべき相ある人」と、源氏の幼い頃に多く人によってなされた予言を打ち明け、帝位に就く運命を持ちながら、朱雀帝との争いが生じかねないと危惧《きぐ》して「親王《みこ》にも」しなかった。桐壺院の判断でもあったのだが、帝王の相とともに、必ず世の中の補佐をする相を、生まれながらに持っている人だとする。紛争になりかねない関係を断ち切るために、「ただ人にて、朝廷《おほやけ》の御後見をせさせむ」と臣下にしたのだと、明確に自分が決断するにいたったいきさつを語る。

源氏の後見者としての相

桐壺院が強い調子で言ったことばの真意は、「朱雀帝が帝位にあるのは、源氏の犠牲の上に存在しているのだ」ということで、場合によっては源氏が帝位に就き、朱雀帝は親王にとどまっていたかも知れないのだ。そのような二つの運勢を持つ源氏を、朝廷の後見役にしているのであって、たんなる臣下と思って軽んじるような、「心違へさせたまふな」と訓戒する。もっともここでは、源氏を春宮にして即位させると、「世の乱れ憂ふる」ことが生じる可能性については触れなかった。

桐壺院は、自分の死後の政治権力の動向をもっとも心配していたようで、繰り返し「さらに違《たが》へきこえさすまじきよしを、かへすがへす聞こえさせたまふ」と、朱雀帝に釘を挿すことを忘れなかった。厳命を守って心得違いをするようなことがあってはならないと、桐壺院は朱雀帝に固く約束を迫る。これほどまでに「かへすがへす」と執拗なまでに言い寄るのは、桐壺院はすでによからぬ動きを察知していたことによるのであろう。

桐壺院は高麗の相人などの予言にもとづき、自ら判断した最終の結果が源氏を政権の補佐役に徹することで、朱雀帝の地位を脅かす存在ではないと伝える。朱雀帝はこのことばに呪縛され、いつも臆する思いがちとなり、夢で桐壺院から睨みつけられると、眼病を患ったというのも、多分に精神的な強迫観念によるのであろう。

源氏も病床の父から、幼い頃に判じられたという数々の宿世の話をすっかり聞いていた。須磨・明石の難儀から帰京して政権に復帰し、明石君の姫君誕生を聞くと、「御子三人」の予言が真実だったと知り、

おほかた、上《かみ》なき位にのぼり、世をまつりごちたまふべきこと、さばかりかしこかりしあまたの相人どもの聞こえ集めたるを、年ごろは世のわづらはしさにみなおぼし消ちつるを、当帝《たうだい》のかく位にかなひたまひぬることを、思ひのごとうれしとおぼす。（澪標）

と、一度は須磨での苦難により、自分の運命をすっかり否定していた源氏ながら、「思ひのごと」になっていく現実にうれしさを自覚する。さらに高名な「あまたの相人ども」が、自分の運勢を「上なき位にのぼり、世をまつりごちたまふべき」と、帝位に就き世を統治すると判じていた。これは源氏が相人たちを召して占わせたわけではなく、父が遺言としてすべてを語ってい

たはずである。このことばは、そのまま桐壺巻における高麗の相人の「帝王の上なき位にのぼるべき相おはします人」との言に相当する。

　源氏は桐壺院から、本来は春宮にすべきところ、相人の予言もあって「源」にした事情をさまざま聞かされていた。臣下になったことで、自分は「乱れ憂ふる」災厄からはまぬかれたと思っていたにもかかわらず、桐壺院の崩御後は政治状況の悪化もあり、須磨へ下る身となってしまった。それにすさまじいまでの暴風雨と落雷、源氏は相人の予言などもはや信じられなく、一切は虚構に過ぎなかったのかと、むなしさも覚えたことであろう。ところが桐壺院の指示で明石に移って以降、明石入道の夢の話もあり、都に召還されて後の姫君の誕生は、これまでの疑念も払拭されてくる思いであった。

　このようにたどってくると、相人のことばは謎だったわけではなく、源氏の将来を言い当てていた。その判断は大勢の大和の相人とも共通していただけに、「相人はまことにかしこかりけり」と桐壺院は賛美したのである。ただ源氏の運勢には、帝位に就くと大乱が惹起《じゃっき》するというだけではなく、臣下になったとしても「またその相違ふべし」と、無化するわけではなかった。源氏への憂いは、将来どのような姿として出現するかどうかは不明ながら、いずれ生じると承知した上で、父は若宮を皇族から臣下の源氏に下すことにしたのである。源氏の身に何か起これば、それはひとえに桐壺院の責任でもあるだけに、朱雀帝への重ね重ねの忠告も、その危惧をすこしでも取り除いておきたいためであった。

桐壺院の決断

桐壺院が源氏の夢に出現したのは、須磨での暴風雨も治まりかけた夜明けのこと、そこで告白したことばに立ち戻ってみたい。桐壺院の語るところによると、自分は在位中に政治的な判断の誤りはなかったが、「おのづから犯しありければ」と不可抗力の罪を作ってしまった。その因由《いんゆ》によって地獄に堕ち、「罪を終ふるほど暇《いとま》なく」て、その贖罪を果たすため、今では時間的な余裕のない生活を強いられているという。地獄に堕ちた者は、子供の夢に出現して救済を求めるのが原則であるため、桐壺院は源氏の須磨からの脱出を促し、朱雀帝を強く諫言するとともに、一方では現状の苦境を訴え、自らの救済も求めていたことになる。源氏が帰京後すぐさま法要を実施したことは、すでに述べたところである。

六条御息所のことにも触れておくと、源氏の夢に炎に包まれて苦しむ姿のまま出現し、「罪軽むべからむ功徳《くどく》のことを、かならずせさせたまへ」(若菜下)と訴える。源氏が娘を中宮にしたことへの恩義とともに、火炎地獄なのか、我が身をさらけ出して救済を願う。さすがに身分の高い中宮には訴えることができなかったようで、その噂を知った秋好中宮は、仏に仕える身となって母の霊を慰撫《いぶ》したいとも考えるのだが、源氏は出家するのではなく供養するようにと強く忠告する。地獄の様相はさまざまながら、藤壺中宮にしても、宇治八宮にしても、夢を通じて現世での心残りを訴え、子に相当する者は成仏を祈願して供養することになる。

桐壺院は高麗の相人の運勢を聞き、「かしこかりけり」とその判断に同感し、下した結論は若宮に「源」姓を与えて臣下にすることであった。それで円満に解決したはずながら、現実にはそうはならなく、桐壺院は地獄に堕ち、源氏は須磨行きとなり、死に至るほどの災厄で難儀してしまう。これでは桐壺院は何のために占いを求めたのか、無駄なことだったと言われかねない。これまでも指摘したところながら、本書の眼目になるだけに、現在の代表的な解釈を、確認するためにも、次に三例示しておく。

○「自ら犯しあり」は、人間が生きていれば、ともすれば犯してしまうようなもろもろの罪、といった程度に受け取り、また初めの「いさ、かなるものの報い」も、同様な一般的な意味と考えておく。（玉上琢彌『源氏物語評釈』）

○源氏と藤壺との密通の報いとする説もあるが、桐壺院はその事実を知らなかったから、人間が生きていれば自然に犯してしまう罪の報いとする説に従ってよいであろう。（「日本古典文学全集」頭注）

○知らず知らずのうちに犯した罪があったので、死後、そのつぐないをする間、余裕がなくて。桐壺院は醍醐天皇を思わせる書き方がなされているが、醍醐天皇には生前犯した五つの罪によって地獄に落ちたという伝説がある（北野縁起）。ここも、そうした伝説を思わせる。（「新潮日本古典集成」頭注）

地獄に追放された桐壺院、生きた地獄ともいうべき災厄に翻弄された源氏、いずれも人間の「業《ごう》」がそうさせたのであり、自覚することなく犯した罪の結果なのだろうか。人間は知らないうちに罪を重ね、不本意ながら地獄で苦悩し、死ぬほどの憂き目に遭うというのであれば、あまりにも無責任な展開と言いたくなってくる。桐壺院が地獄行きとなり、源氏が須磨で災厄に苦悩したのは、「人間が生きていれば」とか、「知らぬ間に」といった性質ではなかったはずである。物語を書き進めていく上で、作者の念頭には要因となるテーマが存在したに違いない。秘密を解く鍵は高麗の相人の予言にあり、語られたことばには源氏の行く末が予見されていたはずで、桐壺院はその栄光を支え、運命を差配する役割を担わされていたのだ。

源氏は桐壺院の姿を目にし、悲しいことばかりが続くため、このまま荒れた渚に身を投げ捨てたいと訴えると、「いとあるまじきこと」と一蹴し、「これはいささかなるものの報いなり」と、深刻に思わせないようにとの配慮もあるのだろうが、源氏の生涯からすれば、些細な「ものの報い」にすぎないと断言する。桐壺院は源氏が苦難に遭遇している理由を知っており、今の状況から脱出するには、住吉の神の導きに身をまかせ、この浦から一刻も早く離れることだという。

桐壺院は、源氏が帰京できる環境を整えようと、「内裏《うち》に奏すべきこと」があるとすぐさま上京し、朱雀帝を叱咤して睨みつける。病の床で朱雀帝に遺言として詳細に語った源氏の宿世を、あらためて確認する必要があった。地獄での生活は「暇《いとま》なく」と口にしながら、桐壺院が「海に入り、渚に上り」と、身を挺してまで須磨へ駆けつけた。源氏と藤壺中宮との密事を知っての行動であれば、「いささかなるものの報い」と言うはずがない。桐壺院は春宮が生まれるにいたった事情をまったく知らなかったし、物語においては秘密裡に進行させる必要があった。

3　桐壺院の歴史語り

醍醐帝と桐壺院

高麗の相人が鴻臚館《こうろかん》を訪れた若宮を目にし、幾度も首をかしげながら下した結論は、日本のことばに翻訳されたのであろうが、弁の君からそのまま桐壺院に奏上されたはずである。帝は相人のすぐれた判断を称《たた》え、予期した観相の内容とはいえ、あらためて若宮の運命を確信する。「今までこの君を親王《みこ》にもなさせたまはざりけるを」と、桐壺院は若宮の身分を先延ばしにしていたが、相人のことばを有力なよりどころとして断を下した。

病床を見舞いに訪れた朱雀帝に、桐壺院はあらためて十数年前の高麗の相人の話を持ち出し、「かならず世の中たもつべき相ある人」だと、源氏の将来にわたる立場を鮮明にする。若宮の観相は多くの相人によってもなされたが、高麗人を代表例として示し、その運命のもとに政治の後見役として「ただ人《うど》」にしたのだと語る。もともと兄宮以前に弟宮を春宮にと考え、桐壺院はその方向を模索していた。それを実施していれば、目の前にいる朱雀帝は存在しなかったはずで、それだけに桐壺院は心得違いをしないようにと、強い口調で命じたのであった。

右大臣や弘徽殿大后の横暴さを憂慮し、このままでは源氏に不慮の災難が降りかかる恐れもあると、桐壺院は遺言として朱雀帝に戒《いまし》めたのである。ところが桐壺院が亡くなって三年ばかり、源氏は政治的な圧迫から逃れるように須磨行きとなり、自然災害による危機的な憂き目に苦しむことになる。避けられない源氏の運命だったにしても、そのような状況を生み出したのは朱雀帝の責任によると、桐壺院は夢で激怒したのであった。

若宮は「国の親」となり、「帝王の上なき位」の相を持ちながら、それにともなう「乱れ憂ふること」が起こりかねないとの相人の予言であった。その混乱を避けるため、もう一つの道である「おほやけのかため」に歩ませながら、源氏に「憂ふること」ともいうべき須磨に下る運命が訪れてしまった。桐壺院の判断ミスだったのかと非難したくもなるのだが、夢に出現した桐壺院は、「ただいささかなる物の報いなり」と源氏に告げるだけである。「報い」とは、因果応報による結果の一つとも言ってもよく、桐壺院は源氏の身にいずれ生起することは知っていた口吻であり、かねてその身を注視しながら、地獄での繁忙さにそれを怠ってしまっていた。

桐壺院は桐壺更衣を溺愛し、世の非難も中傷も耳を傾けず、あたかも政務とはかかわりのないような存在として登場する。女性の読み物だけに、政治は直接のテーマとはならないというだけではなく、桐壺更衣との間に世に類のない若宮の誕生を強調する必要性もあった。その後は左大臣の起用により、安定した治安と社会を実現し、退位して院になっても絶大な権力を保持し、すぐれた帝王として人々からあがめられる。その姿は、古注以来「聖帝」とも称される醍醐帝がモデルと指摘され、桐壺院にその事績を見出だすのは異論のないところで、当時の読者も歴史を彷彿とさせながら物語を読んでいたことであろう。
ところが偉大な存在であるはずの醍醐帝が、崩御後はそれに見合う待遇がなされず、地獄に堕ちてしまったという。醍醐帝の没後の姿を描く『宝物集』の説話の起りは、『源氏物語』以前にさかのぼるとされるだけに、紫式部の当時はすでに広く知られてもいたのであろう。金峯山の日蔵上人《にちぞうしょうにん》が、悟りを得て死の世界に赴き、ほどなく息を吹き返して語ったところによると、地獄で醍醐帝に遭ったのだという。

地獄にして延喜の聖主に会ひ奉り、御門《みかど》、上人《しやうにん》を見たまひてのたまはく、「地獄に来る者、ふたたび人間に帰ることなし。汝はよみがへるべきものなり。我、父寛平法皇のために不孝《ふけう》なりき。また、無実をもつて菅原大臣を流罪したりき。この罪過によりて、今、地獄に落ちて苦患《くげん》を受く。必ず皇子に語りて、苦患を弔《とむら》ふべし」と仰せごとありければ、かしこまりて承りければ、（古典文庫）

醍醐帝の懺悔は、父寛平法皇（宇多天皇）より先に亡くなり、親を供養することができなくなった不孝と、道真を流罪に処した罪過により、今では地獄の苦患を受ける身になったと告白し、救出をはかるよう皇子に伝えてほしいと依頼する。皇子とするのは、醍醐帝の後を継いで即位した朱雀帝を指すのであろう。このあたりの天皇の系譜も、『源氏物語』と重ねられて読まれたに違いない。醍醐帝に比せられる桐壺院とはいえ、なぜ地獄行きとなったのであろうか、ここに仕組まれた物語のトリックがかいまみえてくる。

道真と光源氏

地獄に堕ちた者が、苦患から抜け出て成仏するには、現世の人間に自らの供養を求める必要があった。知らせるのは我が子だけに、醍醐帝は日蔵上人を通じて朱雀帝に伝言を求め、桐壺院は夢で源氏や朱雀帝に今いる場所を明らかにする。源氏が帰京するとすぐさま催した盛大な追善供養は、一刻も早く父を地獄から救出する必要があったからにほかならない。夢で父の苦患を知りながら、すぐさま供養をするのではなく、その後源氏は明石に赴き、一年半以上も過ごすというのは、いささか違和感を覚えはするが、物語の展開から避けられない時間の長さではあった。

道真は流罪の地で恨みをいだいたまま絶命し、霊魂は鬼神となり、雷鳴を轟《とどろ》かして宮殿を焼き、人々を死にも至らしめた。道真が天神として崇《あが》められるようになると、聖帝の醍醐帝は、処罰を下した報復として地獄行きとなってしまう。詳細な内容を持つ『沙石集』によると、日蔵上人は承平十四年（天慶四年の誤りかともされ、それだと九四一年となる）四月十六日に笙《しょう》の窟《いわや》に籠り、八月一日に頓死、十三日に蘇生して冥土の話をした中に、醍醐帝と地獄で遭遇したという。これだと、醍醐帝が崩じて十年ばかり後の話となる。

地獄の門を入ると四方は鉄の山で囲まれ、高さは四、五丈ばかりというので、およそ十三、四メートルはあるだろうか。中に茅屋があり、醍醐帝は赤灰の上に、三人の臣下とともに涙を流してうずくまっていた。醍醐帝の告白によると、自分は在位中に五つの大罪を犯し、とりわけ道真の件では重い咎《とが》めを受け、苦しみの日々を過ごしているという。醍醐帝は衣服を身にしてはいたが、臣下は裸身、朱雀帝と国母に救済を愁訴する。説話の内容はともかく、無実の道真を流罪に処した醍醐帝は、地獄で苦しむ身となったという構図が、早く形成されて伝えられていたのは確かなようだ。

それでは桐壺院はどのような罪によって地獄に堕ちたのか、「人間は生きていれば、ともすれば犯してしまう」などといったあいまいなものではなく、物語の主題と密接にかかわっているはずである。醍醐帝の地獄行きは道真への処遇が原因だったが、源氏は流罪ではなかったにしても、須磨での危機的な状況に追いやった遠因は、不可避的な運命とはいえ桐壺院にあった。春宮から帝位へと向かわせると、世の動乱ともいうべき「乱れ憂ふること」が勃発しかねないとはいえ、「おほやけのかため」にすれば払拭されるかといえばそうではなく、若宮には栄華の相とともに、いささか不吉な宿世をも胚胎《はいたい》していた。このことを高麗の相人は言い当てていたのであり、それまでの相人たちも不安な要素を口にもしていたはずである。臣下にしたとしても、将来のいずれかの時期に、若宮の身に災厄が降りそそぎかねないとの判断である。桐壺院は、若宮がその危難を乗り越えられると判じ、親王にすることを諦めて「源」に下し、政権の後見役とするとともに、いずれは皇位につながる存在になることを信じたのだともいえよう。

源氏の須磨への下向や生活には道真を想起させ、また漂泊した人々とも重ねた描写が見られた。自らの判断による行動として語られながら、明石入道の消息によって明らかにされるところによると、すべては住吉の神の瞑々の裡《うち》に導かれた振る舞いだったという。さらに源流をたどると、若宮が源姓となったことが前提でなければ、このような事件は起こるはずがなく、その根本は観相による桐壺院の決断であったことになる。

桐壺院が、若宮を春宮にしようが臣下にしようが、いずれの道を歩ませたところで、「乱れ憂ふる」身であることに変わりはなかった。「世も乱れあしかりけれ」（桐壺）とするような、国家が転覆しかねない大乱に及ぶか、個人と周辺の人々に限られた「憂ひ」で終息するかの違いである。桐壺院は若宮のたどり行く姿を見通し、桐壺更衣の父故大納言との「遺言」を守るためにも、皇族から離して政治家として生きる道へと決断をしたのであった。ただ、それにもともなうのが源氏の身への「憂ひ」であり、具体的な須磨行きとして現実となり、実質的には左遷に等しいものとなった。

桐壺院は源氏を直接須磨へ追い遣ったわけでもないにしても、醍醐帝が道真を流罪に処した原話が底流にあり、その枠組みが用いられ、同じ聖帝として偉大な存在と尊崇されながら、あえて往生をたどらせなかった。桐壺院は自ら地獄へ堕ちることを覚悟していたし、いずれ栄華への階梯には遭遇する源氏の危機的な状況も見通していた。桐壺院が告白した「おのづから犯しありければ」とするのがその真意で、源氏の子孫繁栄のために自らが犠牲になっての献身でもあった。源氏は数多く聞かされてきた予言を、須磨での苦難に耐えきれず疑念を抱き、「この渚に身をや捨てはべりなまし」とまで思い詰める。夢に現れた桐壺院がその訴えを斬り捨て、

「ただいささかなる物の報いなり」と断言するのは、幼い頃の観相が背景にある。桐壺院の「犯し」が、源氏の「いささかなる」報いとして出現したという、物語の本質ともいうべき構図になってくる。

桐壺院にとっての地獄行きは、源氏への贖罪であり、自責の報いを果たす必要があった。若宮を臣籍に下したことにともなう、いつ襲うかも知れない「いささかなる物の報い」を、桐壺院としてはすこしでも軽減し、防がなければと思いながら、「暇なくて」とする地獄での日常生活に、現世への注視を怠ってしまっていた。気がつくと、源氏はすでに須磨で災厄に苦しみ、海に身を投じたいとまで思っている姿に、大変な失態をしでかしてしまったと、桐壺院はあわてふためき地獄から駆けつけたといった次第であった。

4　源氏と桐壺更衣のもう一つの姿

源氏の運命

朱雀院は病も重くなって出家を思考しながらも、気がかりな女三宮の行く末を案じているところに、夕霧が見舞いに訪れる。御簾の内に招いて親密に語らい、あらためて源氏のすばらしさを称えるとともに、かつて桐壺院から訓戒されたことばをうち明ける。

故院の上の、いまはのきざみに、あまたの御遺言ありし中に、この院の御こと、今の内裏《うち》の御ことなむ、とり分きてのたまひ置きしを、おほやけとなりて、こと限りありければ、うちうちの御心寄せは変らずながら、はかなきことのあやまりに、心おかれたてまつることもありけむと思ふを、年ごろことにふれて、その恨みのこしたまへるけしきをなむ漏らしたまはぬ。（若菜上）

桐壺院は臨終の床で、朱雀帝に数々の遺言を残した中でも、「この院の御こと、今の内裏《うち》の御こと」とする、源氏と当時春宮であった冷泉帝との二人を、とりわけ大切にするようにと厳命した。朱雀帝は帝位にあるとはいえ、祖父右大臣、母弘徽殿大后を前にして政策は思うにまかせず、「はかなきことのあやまりに」と、源氏の離京を追認する結果となってしまった。本来なら源氏から恨まれてもいたし方がないが、一度もそのような言動はまったく見られない。個人の身に災難が降りかかると、たとえ賢人であったとしても、心は必ず報いへと動き、歪曲されてくるものである。源氏は報復の矛先をいつ朱雀帝に向けるのか、「世人《よひと》もおもむけ疑ひけるを」と、源氏帰京後の動向を、世間ではどうなるかと注視していた。

このような話題は物語に一切書かれていないが、世の人々の関心事であったようだ。源氏はそのような心はおくびにも出さず、むしろ春宮（朱雀帝の皇子、後の今上帝）に心を寄せ、私とはこれまで以上に親しくする間柄となった。桐壺院の遺言を守って春宮（冷泉帝）に譲位し、今では末の世の「明らけき君」として尊崇を集めるに至ったと、朱雀院はいささか自らの決断に矜持《きょうじ》の思いで、夕霧に語りかける。源氏を須磨へ追いやり、夢で桐壺院から叱責されたことは、すっかり忘れてしまったような口ぶりである。

太上天皇（上皇）に准じる身となった源氏を、これほどまでに称賛するのは、それが真実であったにしても、朱雀院は年の差のある娘の女三宮の降嫁を正当化し、我が身にも得心する必要があった。源氏は聖人君子のように振る舞ったかといえば、朱雀院が伊勢から帰京した前斎宮（母は六条御息所）に思いを寄せているのを知りながら、藤壺中宮と図って冷泉帝に入内させるなど、必ずしも公平というわけではなかった。

源氏四十歳、異例なことながら十四、五歳の女三宮が六条院へ輿入れするという儀が行われる。このあたりから、『源氏物語』の新たなテーマへと変質していくのだが、須磨での災厄を経ながらも源氏は臣下でもなく、天皇でもない身となり、そこに后に准じた女性を迎え入れたのである。源氏の王朝ともいうべき栄華はほどなく尽きていくようで、七年後に紫上は三十七歳の厄年、病となって二条院に退き、女主人不在の六条院では、柏木と女三宮の密通事件が発生する。源氏にとって、人生の岐路に直面した危機的な状況の訪れといってもよく、すでに主役の座からは離れ、やがて幻巻で静かにフェードアウトしてしまう。女三宮が藤壺中宮に似ているかもしれないとのほのかな思いが、結果的には源氏のはなやかな人生を奪うことにもなってしまった。

源氏は「世になくきよらなる玉の男御子《をのこ》」（桐壺）として生まれ、「めづらかなるちごの御容貌《かたち》」とされ、母が亡くなって後、参内した姿を目にした帝を初めとする人々は、「きよらにおよすけたまへれば、いとゆゆしうおぼしたり」といったありさまであった。きよらかに成長した姿は、尋常な美しさではなく、薄命ではないかとの恐れである。その後はほとんど宮中での生活となり、七つになっての読書《ふみ》始めでは「かしこさ」が示され、ここでも「あまりに恐ろしきまで」と、その異能さぶりが記される。

源氏は、紫上と歩んできた長い人生を振り返り、

みづからは、幼くより、人に異なるさまにて、ことことしく生ひ出でて、今の世のおぼえありさま、来し方にたぐひ少なくなむありける。（若菜下）

と述懐するように、源氏は幼いころから父桐壺院に寵愛され、他に例を見ない繁栄を謳歌してきた。一方では「世にすぐれて悲しきめを見る方も、人にはまさりけりかし」と、母や祖母を初めとする人の死にも数々遭遇してきた。ただ源氏の悲劇は、むしろこれからが藤壺事件の応報のように生じてくる。

紫上を失って孤独な晩年を迎える源氏の生涯を、相人たちが幼い頃に予言していたとはとても考えられなく、見通していたにしても、太上天皇に准ずる地位に就くまでのことであろう。源氏を春宮にしようが、臣籍に降下させようが、「憂ふること」が具わった運命であり、世の大乱が勃発するか、個人的な不運に見舞われるかの相が見えたはずである。桐壺院はそれを承知した上で「源」にし、いずれの折かに訪れる源氏の災いは避けようがなかった。源氏が須磨で苦難に遭遇する運命に見舞われたのは、結果的には桐壺院の判断によって派生したことで

あった。源氏の身に生じた須磨行きは、醍醐帝が道真を流罪に追い遣って地獄に堕ちた事件と重なり、桐壺院も贖罪として地獄へ行かざるを得なかったのである。

須磨での災害の苦難にあえぎ、このまま海に身を投げ入れたいと自棄的な思いとなった源氏を、桐壺院としては何としてでも阻止しなければならない。そこで地獄での責務を一時的に放棄し、「海に入り、渚に上り」などして須磨まで駆けつけ、「これは、ただいささかなる物の報い」なのだと告げたのである。源氏の過酷な運命は、桐壺院の決断によって生じたことだけに、かねてその報いとしての地獄行きは覚悟していた。いわば桐壺院の贖罪は、源氏を栄華に導く犠牲であったともいえよう。

源氏と冷泉帝

桐壺更衣の入内は、父大納言の約束のもとに果たされ、若宮をこの世に出現させるのと引き換えのように命を失ってしまった。桐壺院は悲しみを深くし、心の慰めにと、似ていると噂のある女性を次々と入内させるが、誰一人として似てもいない。桐壺院の異常なまでの桐壺更衣への執着心は、美しさもさることながら、大納言の語った霊験ともいうべき夢が背後にあった。若宮の誕生とその麗質さは、桐壺院の確信することとなり、一方では将来の身に不安も覚え、相人の登場となった次第であった。桐壺更衣の運命は、明石入道が源氏に語り、詳細に消息にしたため娘と鏡像関係にあることは、すでに述べたところである。

桐壺院は桐壺更衣の復活を求め、似ていると聞くと入内させるのだが、容貌だけでなく、品格、資質においていずれも「なずらひ」とさえも思われないだけに、世の中を「うとましく」思うありさまだった。そこに「先帝《せんだい》の四の宮」が紹介され、幼い頃から仕えていたという典侍《ないしのすけ》の報告により、入内したのが藤壺中宮であった。

桐壺院は、藤壺の姿を目にすると、そこには「げに御容貌《かたち》ありさま、あやしきまでぞおぼえたまへる」と、桐壺更衣に酷似した姿を見いだす。桐壺院は、亡くなった桐壺更衣を忘れることがなかったとはいえ、いつの間にか藤壺中宮に心も慰められ、「おのづから御心」が移り行くという存在となる。幼い源氏にとって母の面影はまったくなく、典侍が「いとよう似たまへり」のことばが、脳裏に刷り込まれるように定着する。桐壺院自身も源氏を藤壺中宮の部屋に連れて行き、顔や姿が似通っているので、母親のように慕うのも当然ではあろうと、二人を擬似親子として結びつける。

藤壺が立后したのは、入内して十年ばかり経た、若宮（冷泉院）が生まれて半年ばかり後の紅葉賀巻においてであった。桐壺院は退位の心づもりで、出自からいっても非難されるはずのない藤壺を后とし、若宮を春宮に擁立することを決断する。藤壺中宮の男兄弟たちはいずれも政治とはかかわりのない親王であるため、ここで政権維持の後見者として源氏にその任務を与える。この構図は、かつて桐壺院が桐壺更衣と若宮の源氏に描いていた姿の代償行為といってもよい。

桐壺院は、桐壺更衣の死後、「女御とだに言はせずなりぬる」と後悔しているように、本来は誰はばかることもなく女御とか后とし、源氏を春宮にしたかった。しかし現実は故大納言の娘という身分上の問題、それに源氏には相人の予言があり、思いをかなえることができなかった。かつての願いを実現したのが、桐壺更衣に酷似しているという藤壺であり、また源氏と見まがうばかりの若宮（冷泉院）であった。

源氏が藤壺中宮との間に犯した大罪は、母と重ねた思慕の情によっており、誘因は桐壺院の桐壺更衣を再び現出させようとしたことに始まる。桐壺院は源氏に母恋いを仕向け、その結果不義の子が生まれるにいたったことは、最後まで知らなかった。源氏は桐壺院の思いを継承するように、若紫を目にし、「限りなう心を尽くしきこゆる人に、いとよう似たてまつれるが」と、「限りなく心を尽くして慕っている方に、とてもよく似ていること」と、そこに藤壺中宮の姿を目にした。後年に女三宮の降嫁話を聞くと、源氏はとんでもないと否定しながら、一方では「この皇女《みこ》の御母女御こそは、かの宮（藤壺中宮）の御はらからにものしたまひけめ」（若菜上）と関心を持ち、ついに引き受けてしまう。女三宮の母女御は、藤壺中宮と姉妹だけに、その面影が似通っているのではないかとの思いによる。

母と重なる藤壺中宮との密通による若宮（冷泉院）の誕生、「あさましきまで、紛れどころなき御顔つき」（紅葉賀）と源氏と酷似した姿として紹介される。桐壺院自身も「いとよくこそおぼえたれ」と、源氏と若宮の酷似を見いだしながら、藤壺中宮との不義が背後にあるとはまったく夢想さえもしなかった。藤壺中宮が出家を前に参内し、春宮と対面した折にも「ただかの御顔を脱ぎすべたまへり」（賢木）と、あきれるほどの類似性を確認する。

身内が見ての感想だけではなく、女五の宮の女房たちも「内裏《うち》の上（冷泉帝）なむ、いとよく似たてまつらせたまへる」（朝顔）と噂し、玉鬘が冷泉帝を目にすると、「源氏の大臣の御顔ざまは、別物《ことも の》とも見えたまはぬは」（行幸）と感嘆し、六条院に行幸した描写においても、

御容貌《かたち》いよいよねびととのほりたまひて、ただ一つものと見えさせたまふ。（藤裏葉）

などと、しばしば二人は双子のようにも描かれる。冷泉帝というのは、源氏のもう一つの姿であり、桐壺院が本来意図した別の存在でもあった。

桐壺院が果たせなかった桐壺更衣と若宮（源氏）への処遇、それは藤壺中宮と冷泉帝を現出させることで実現した。源氏の運命は、桐壺院の判断に委ねられていたと言えるし、源氏の栄華への階梯には、桐壺院自らが罪を犯し、地獄に堕ちて贖罪することも不可欠であった。同時に桐壺更衣の生まれながらの宿命は、明石君とも共有し、そのように向かわせたのは、物語に底流する住吉の神のなせるわざだったともいうことになる。

あとがき

『源氏物語』は、謎の多い作品である。登場する美しい姫君たちに思いを寄せ、悲しい運命に涙し、語られた世界に没入して感情を昂ぶらせることもあるであろう。しかし、すこし別の観点から読み進めると、どうして桐壺更衣はこれほどまでに桐壺院の寵愛を受けたのか、その結果が命を失うことだったのか、なぜ源氏は須磨へ行く必要があったのか、しかも須磨の地という必然性は、などと疑念が次々に生じてくる。桐壺院が源氏の夢に現れ、救出するため地獄から駆けつけたと告白するが、どうして彼はそのような過酷な地に行くことになったのだろうか。しかも桐壺院は「おのづから犯しありければ」と、仕方のない贖罪だと自得し、源氏には「いささかなる物の報い」と告げる。語り手が存在すれば、一つ一つ問い質してみたい。どこまで解き明かしたのかはともかく、私はこのような思いで、私なりの新しい読みを提示してみた。

個人的な感懐を記すと、私が『源氏物語』に関心を持つようになってすでに五十年以上の歳月が過ぎる。平安文学を専門とする中古文学会が発足し、その第一回大会が一九六六年一一月五日・六日の二日間、東洋大学で開催された。当時大学院生であった私は、二日目の最初に研究発表をし、研究者として歩みを始めた。それから半世紀が過ぎ、二〇一六年一〇月二二日と二三日、大阪大学で中古文学会創立五十周年記念大会があり、その講演を求められた。私は早くから気になっていた「桐壺院の贖罪」をテーマにし、原稿をまとめることにした。ただ、とても簡単に済ませる問題ではなくなり、学会を終えた後、あらためて原稿に向かって一気に書いたのが本書である。書き終えてみると、まだまだ不足な点もあり、さらに後半で源氏の運命はどのような展開になるのか、書き続けなければとの思いもするが、ひとまずはここで擱筆する。

私が現在勤務する阪急文化財団は、逸翁美術館、池田文庫、小林一三記念館からなり、その運営を担当する。古写本や古美術品を調査鑑賞するのも心の豊かな思いがするし、小林一三が起こした阪急電鉄等の企業の数々も無関心ではいられない。宝塚歌劇、そこから発展した映画の東宝(東京宝塚)、さらには有楽町の劇場開発など、手を広げていくときりがない。近年では、『小林一三の知的冒険』(二〇一五年、本阿弥書店)、『小林一三は宝塚少女歌劇にどのような夢を託したのか』(二〇一七年、ミネルヴァ書房)をまとめ、さらに次の新しい構想が浮かぶとはいえ、本来の古典文学へもさらに向かいたい思いもする。

大学の現場や研究機関から離れて時が立ち、研究を進めることへのもどかしさも覚えるが、ともかく『源氏物語』における桐壺院が演じた役割と源氏の運命をまとめることができた。このような解釈はひとりよがりなのか、新しい提言として受け入れられるのか、読む方々に委ねるしかない。講演の機会を与えていただいた大阪大学の加藤洋介氏、出版をこころよく引き受けていただいた、笠間書院の池田つや子、橋本孝、大久保康雄の各氏に、あらためて感謝申し上げる。

二〇一八年一月

伊井　春樹　識

著者略歴

伊井春樹（いい　はるき）

1941年愛媛県生　広島大学大学院博士課程　文学博士

大阪大学文学部教授、国文学研究資料館館長を経て、現在は公益法人阪急文化財団理事・館長、大阪大学大学院名誉教授、愛媛県歴史文化博物館名誉館長ほか。

著書　『源氏物語注釈史の研究』（桜楓社）、『源氏物語の謎』（三省堂）、『成尋の入宋とその生涯』（吉川弘文館）、『源氏物語注釈書・享受史事典』（東京堂）、『ゴードン・スミスの見た明治の日本』（角川学芸出版）、『源氏物語を読み解く100問』（NHK 出版）、『小林一三の知的冒険』（本阿弥書店）、『大沢本源氏物語の伝来と本文の読みの世界』（おうふう）、『小林一三は宝塚少女歌劇にどのような夢を託したのか』（ミネルヴァ書房）他多数。

光源氏の運命物語
――「かたり」から読み解く新しい『源氏物語』

2018年３月30日　第１刷発行

著　者　伊　井　春　樹

装　幀　笠間書院装幀室
発行者　池　田　圭　子

発行所　有限会社 **笠間書院**

〒101-0064　東京都千代田区猿楽町2-2-3
NDC 分類：913.36　☎03-3295-1331　FAX03-3294-0996

ISBN978-4-305-70894-6　組版：ステラ　印刷：モリモト印刷
落丁・乱丁本はお取りかえいたします。　（本文用紙：中性紙使用）
出版目録は上記住所までご請求下さい。

http://www.kasamashoin.co.jp